图字：01-2020-0825

图书在版编目（CIP）数据

献灯：拉默古马尔·沃尔马独幕剧选 /（印）拉默
古马尔·沃尔马著；贾岩译. —— 北京：中国大百科全
书出版社，2023.5

书名原文：Deepdan & Other Plays

中印经典和当代作品互译出版项目

ISBN 978-7-5202-1333-2

Ⅰ.①献… Ⅱ.①拉… ②贾… Ⅲ.①独幕剧—剧本
—作品集—印度—现代 Ⅳ.①I351.35

中国国家版本馆CIP数据核字（2023）第070088号

审 校	姜景奎	
责任编辑	鞠慧卿	
封面设计	许润泽　叶少勇	
责任印制	魏　婷	
出版发行	中国大百科全书出版社	
地 址	北京阜成门北大街17号	邮政编码　100037
电 话	010-88390636	
网 址	http://www.ecph.com.cn	
印 刷	中煤（北京）印务有限公司	
开 本	710毫米×1000毫米　1/16	
印 张	18.25	
字 数	225千字	
印 次	2023年5月第1版　2023年5月第1次印刷	
书 号	ISBN 978-7-5202-1333-2	
定 价	78.00元	

本书如有印装质量问题，可与出版社联系调换

中印经典和当代作品
互译出版项目

CHINA-INDIA TRANSLATION PROJECT

献 灯

拉默古马尔·沃尔马独幕剧选

Deepdan

Selected One-act Plays of Ramkumar Verma

【印】拉默古马尔·沃尔马◎著

贾 岩◎译

中国大百科全书出版社

中印经典和当代作品互译出版项目
中方专家组

主　　编　　薛克翘　刘　建　姜景奎

执行主编　　姜景奎

特约编审　　黎跃进　阿妮达·夏尔马（印度）

　　　　　　邓　兵　B.R.狄伯杰（印度）

　　　　　　石海军　苏林达尔·古马尔（印度）

总序：印度经典的汉译

一、概念界定

何谓经典？经，"织也"，本义为织物的纵线，与"纬"相对，后被引申为典范之作。典，在甲骨文中上面是"册"字，下面是"大"字，本义为重要的文献，例如传说中五帝留下的文献即为"五典"[①]。《尔雅·释言》中有"典，经也"一说，可见早在战国到西汉初，"经""典"二字已经成为近义词，"经典"也被用作一个双音节词。

先秦诸子的著作中有不少以"经"为名，例如《老子》中有《道经》和《德经》，故也名为《道德经》，《墨子》中亦有《墨经》。汉罢黜百家之后，"经"或者"经典"日益成为儒家权威著作的代称。例如《白虎通》有"五经何谓？谓《易》《尚书》《诗》《礼》《春秋》也"一说，《汉书·孙宝传》有"周公上圣，召公大贤。尚犹有不相说，著于经典，两不相损"一说。然而，由印度传来的佛教打破了儒家对这一术语的垄断。自汉译《四十二章经》以来，"经"便逐

[①] "典，五帝之书也。"——《说文》

渐成为梵语词 sutra 的标准对应汉译，"经典"也被用以翻译"佛法"（dharma）[1]。随着佛教在中国的传播和发展，类似以"经典"指称佛教权威著作的说法也多了起来。[2] 到了近代，随着西学的传入，"经典"不再局限于儒释道三教，而是用以泛指权威、影响力持久的著作。

来自印度的佛教虽然影响了汉语"经典"一词的语义沿革，但这又可以反过来帮助界定何为印度经典。汉译佛经具体作品的名称多以 sutra 对应"经"，但在一般表述中，"佛经"往往也囊括经、律（vinaya）、论（abhidharma）三藏。例如法显译《摩诃僧祇律》（*Mahasanghika-vinaya*）、玄奘译《瑜伽师地论》（*Yogacarabhumi-sastra*），均被收录在"大藏经"之中，其工作也统称为"译经"。来华译经的西域及印度学者多为佛教徒，故多以佛教典籍为"经典"。不过也有一些非佛教徒印度学者将非佛教著作翻译为汉语，亦多冠以"经"之名，其中不乏相对世俗、与具体宗教义理不太相关的作品，例如《婆罗门天文经》《婆罗门算经》《啰嚩拏说救疗小儿疾病经》（*Ravankumaratantra*）等。如此，仅就译名对应来说，古代汉语所说的"经典"可与 sutra、vinaya、abhidharma、sastra、tantra 等梵语词对应，这也基本囊括了印度古代大多数经典之作。

然而，古代中印文化交流也有一定的局限性，若以现在对经典的理解以及对印度了解的实际情况来看，吠陀、梵书、森林书、奥义书、往世书等古代宗教文献，两大史诗、古典梵语文学著作等文学作品，以及与语法、天文、法律、政治、艺术等相关的专门论著都是印度经典不可或缺的部分。从语言来看，除梵语外，巴利语、波罗克利特语、阿波布朗舍语等古代语言，伯勒杰语、阿沃提语等中世纪语言，印地语、孟加拉语、乌尔都语等现代语言，以及殖民时期被引入印度并在印度生根发芽的英语都在不同的历史时期承载了印度经典的传承。

---

① "又睹诸佛，圣主师子，演说经典，微妙第一。"——《妙法莲华经》卷一《序品》（T09, no. 262, c18-19）
② "佛涅槃后，世界空虚，惟是经典，与众生俱。"——白居易《苏州重玄寺法华院石壁经碑》

二、古代中国对印度经典的汉译

经典翻译，是将他者文明的经典之作译为自己的语言，以资了解、学习，乃至融合、吸纳。这一文化行为首先需要一个作为不同于自己的"他者"客体具有足以令主体倾慕的经典之作，然后需要主体"有意识"地开展翻译工作。印度文明在宗教、哲学、医学、天文等方面的经典之作具有较高的知识水平，在不同时代对中国社会各阶层产生了独特的吸引力。中印文明很早就有了互通记录，有着甚深渊源，在商品贸易、神话传说、天文历法等方面已有学者尝试考证。① 随着张骞出使西域，佛教传法僧远来东土，中印之间逐渐建立起"自觉"的往来，古代中国对印度经典的汉译也在汉代以佛经翻译的形式得以展开。

1. 佛教经典汉译

毫无争议，自已佚的《浮屠经》② 以来，佛教经典汉译在古代中国对印度经典的翻译中占有主流地位。译经人既有佛教僧人，也有在家居士，既有本土学者，也有西域、印度的传法僧人。仅以《大唐开元释教录》以及《贞元新定释教目录》的统计为例，从东汉永平十年至唐贞元十六年，这 734 年间，先后有 185 名重要的译师翻译了佛经 2 412 部 7 352 卷（见表 1），成为人类历史上少有的翻译壮举。

---

① 季羡林:《中印文化交流史》（北京：新华出版社，1993 年）及薛克翘:《中国印度文化交流史》（北京：昆仑出版社，2008 年）中部分内容均介绍了相关观点。
② 学术界关于第一部汉译佛经的认定，历来观点不一。不少学者认为，《四十二章经》是第一部汉译佛经；但有学者经过考证发现，西汉哀帝元寿元年（公元前 2 年）大月氏使臣伊存口授的《浮屠经》应该是第一部，可惜原本失佚，后世知之甚少。目前，学术界基本倾向于认为《浮屠经》为第一部汉译佛经，并已意识到《浮屠经》在中国佛教史及学术史上的重要地位。参见方广锠:《〈浮屠经〉考》,《法音》, 1998 年第 6 期。

表 1　东汉至唐代汉译佛经规模 [①]

朝代	年代	历时	重要译师人数	部数	卷数
东汉	永平十年至延康元年	154 年	12	292	395
魏	黄初元年至咸熙二年	46 年	5	12	18
吴	黄武元年至天纪四年	59 年	5	189	417
西晋	泰始元年至建兴四年	52 年	12	333	590
东晋	建武元年至元熙二年	104 年	16	168	468
前秦	皇始元年至太初九年	45 年	6	15	197
后秦	白雀元年至永和三年	34 年	5	94	624
西秦	建义元年至永弘四年	47 年	1	56	110
前凉	永宁元年至咸安六年	76 年	1	4	6
北凉	永安元年至承和七年	39 年	9	82	311
南朝宋	永初元年至升明三年	60 年	22	465	717
南齐	建元元年至中兴二年	24 年	7	12	33
南朝梁	天监元年至太平二年	56 年	8	46	201
北朝魏	皇始元年至东魏武定八年	155 年	12	83	274
北齐	天保元年至承光元年	28 年	2	8	52
北周	闵帝元年至大定元年	25 年	4	14	29
南朝陈	永定元年至祯明三年	33 年	3	40	133
隋	开皇元年至义宁二年	38 年	9	64	301
唐 [②]	武德元年至贞元十六年	183 年	46	435	2 476

　　自东汉以后约 6 个世纪中，大量佛教经典被译为汉语，其历程与佛教在中国的传播历程基本同步。在这一过程中，涌现出许多重要译师，仅译经 50 部或 100 卷以上的译师就有 16 人（见表 2），其中又以鸠摩罗什、真谛、玄奘、义净、不空做出的贡献最为卓越，故此他们被称为"汉传佛教五大译师"。他们的生平事迹和具体贡献在许多佛教典籍中均有叙述，此不赘述。

---

　　① 本表主要依据《大唐开元释教录》整理而成，其中唐代的数据引用的是《贞元新定释教目录》。
　　② 唐代数据至德宗贞元十六年（800）为止，并不完整。但考虑到贞元年后，大规模译经基本停止，故此数据亦有相当高的参考价值，至贞元十六年，唐代已经译经 435 部 2 476 卷，足以确立其在中国译经史上的地位。

表2 译经50部或100卷以上的译师

时代	朝代	人名	译经部数	译经卷数
三国西晋	吴	支谦	88	118
	西晋	竺法护	175	354
东晋十六国	东晋	竺昙无兰	61	63
		瞿昙僧伽提婆	5	118
		佛陀跋陀罗	13	125
	北凉	昙无谶	19	131
	后秦	鸠摩罗什	74	384
南北朝	宋	求那跋陀罗	52	134
	陈	真谛	38	118
	北魏	菩提留支	30	101
隋唐	隋	阇那崛多	39	192
	唐	玄奘	76	1 347
		实叉难陀	19	107
		义净	68	239
		菩提流志	53	110
		不空	111	143

自唐德宗之后，译经事业由于政局等多方面因素影响而受阻，此后又经历了唐武宗和后周世宗两次灭佛，佛教在中国的发展受到冲击。直到982年，随着天竺僧人天灾息和施护的到访，北宋朝廷才重开译经院，此时距唐德宗年间已有约200年，天灾息等僧人不得不借助朝廷的力量重新召集各地梵学僧，培养本土翻译人才。在此后的约半个世纪中，他们总计译出500余卷佛经。此后，汉地虽有零星译经，却再也不复早年盛况，古代中国对印度经典的汉译逐渐落下帷幕。

2. 非佛教经典汉译

佛教经典汉译占据了古代中国对古代印度经典汉译的主流，除此之外，其他一些印度经典也被译为汉语。这些文献大致可以分为两类。一类是在翻译佛教经典的过程中无意之中被译为汉语的，尤其是佛教文献中所穿插的印度民间故事等。[1]一类是在翻译佛教经典之外，有意翻译的非佛教经典，例如婆罗门教哲学、天文学、医学著作等。尽管数量无法与佛教经典相提并论，但这些非佛教经典的翻译在一定程度上体现了古代中华文明对古代印度文明的关注开始逐渐由佛教辐射到印度文明的其他领域。不过从译者的宗教信仰以及对经典的选择来看，这类汉译大部分是佛教经典翻译的附属产品。

3. 其他哲学经典汉译

佛教自产生以来，与印度其他思潮之间既有争论，也有共通之处。因而在佛教经典的汉译过程中，中国人也逐渐接触到古代印度的其他哲学。有关这些哲学派别的基本介绍散见于包括佛经、梵语工具书、僧人传记等作品中，例如《百论疏》对吠陀、吠陀支、数论、胜论、瑜伽论，甚至与论释天文、地理、算术、兵法、音乐法、医法的各种学派相关的记载、注释和批判也可以在这些作品中找到。[2]很有可能出于佛教对数论派和胜论派知识的尊重，以及辨析外道与佛法差别的需要等原因，真谛和玄奘才分别译出了数论派的《金七十论》和胜论派的《胜宗十句义论》。[3]这两部经典的汉译在一定程度上拓宽了中国知识界对印度哲学的视野，但其翻译在很大程度上受到了佛教对其他哲学派别好恶的影响，依然是在佛教经典汉译的主导思路下完成的。

4. 非哲学经典汉译

除宗教哲学经典外，古代印度的天文学、数学、医学在人类科

---

[1] 新文化运动以来，这一领域已有多部论著问世，此不赘述。
[2] 宫静：《谈汉文佛经中的印度哲学史料——兼谈印度哲学对中国思想的影响》，《南亚研究》，1985年第4期，第52~59页。
[3] 《金七十论》译自数论派的主要经典《数论颂》（*Samkhya-karika*），相传为三四世纪自在黑（Isvarakrsna）所作。《胜宗十句义论》的梵文原本已佚，从内容看属于胜论派较早的经典著作。参见黄心川：《印度数论哲学述评——汉译〈金七十论〉与梵文〈数论颂〉对比研究》，《南亚研究》，1983年第3期，第1~11页。

学史上也具有重要地位，其中一些著作也被译为汉语。古代印度天文学经典多以佛教经典的形式由传法僧译出。[①] 隋唐时期，天文学著作汉译逐渐出现了由非佛教徒印度天文学家主导的潮流。据《隋书》记载，印度天文著作有《婆罗门天文经》《婆罗门竭伽仙人天文说》《婆罗门天文》。[②] 瞿昙氏（Gautama）、迦叶氏（Kasyapa）和拘摩罗氏（Kumara）三个印度天文学家氏族曾先后任职于唐代天文机构太史阁，其中瞿昙氏的瞿昙悉达翻译了印度天文学经典 *Navagraha-siddhanta*，即《九执历》。[③] 此外，印度的医学、数学、艺术经典也因其实用价值通过不同渠道被介绍到中国，其中一些著作或部分或完整地被译为汉语。

5. 落幕与影响

中国古代的印度经典汉译在唐代达到巅峰，此后逐渐走向低谷，无论是数量还是质量都难以达到唐代的水平。造成这一现象的原因主要有两个方面：一方面，唐代中后期，阿拉伯帝国的崛起以及唐朝与吐蕃关系的恶化阻断了中印之间两条重要的陆路通道——西域道和吐蕃道，之后五代十国以及宋代时期，这两条通道均未能恢复，只有南海道保持畅通。[④] 另一方面，中国宗教哲学的发展和印度佛教的密教化这两种趋势决定了中国对印度佛教经典的需求逐渐下降。在近千年的历程中，佛教由一个依附于黄老信仰的外来宗教逐渐在汉地生根发芽，成为汉地宗教生活不可缺少的一部分，其作为"中国佛教"的独立性日益增强。甚至权威如玄奘，也不能将沿袭至那烂陀寺戒贤大师

---

① 例如安世高译《佛说摩邓女经》、支谦等译《摩登伽经》、竺法护译《舍头谏太子二十八宿经》等。

②《隋书·经籍志》，北京：中华书局，1982年，第1019页。

③ 参见 P.C.Bagchi, *India and China: A Thousand Years of Cultural Relations*. 1981, Calcutta, Saraswat Library, p.212. 此后，依然有传法僧翻译佛教天文学著作的记载，具体参见郭书兰：《印度与东西方古国在天文学上的相互影响》，《南亚研究》，1990年第1期，第32~39页。

④ 菩提迦耶出土的多件北宋时期前往印度朝圣的僧人所留下的碑铭证明，宋代依然有僧人前往印度朝圣，且人数不少。法国汉学家沙畹（E. Chavannes）、荷兰汉学家施古德（G. Schlegel）、印度学者师觉月（P. C. Bagchi）等国外学者在这方面均有讨论，具体参见周达甫：《改正法国汉家沙畹对印度出土汉文碑的误释》，《历史研究》，1957年第6期，第79~82页。

的"五种姓说"完全嵌入汉地佛教的信仰之中。汉地"伪经"的层出不穷也从某种角度反映了佛教的中国本土化进程。不空等人在中国传播密教虽然形成了风靡一时的"唐密",但未能持久。究其根本在于汉地佛教的发展受到本土儒家信仰的影响,很难与融合了婆罗门教信仰的佛教密宗契合。此外,本土儒家、道家也在吸纳佛教哲学的基础上有了新的变革。至宋代,三教合一的趋势逐渐显现,源自印度但已本土化的佛教与儒家、道家的融合进一步加深,致使对印度经典的诉求越来越少。由此,义理上的因素使得中国的知识分子不再追求印度佛教的哲学思想;再者,随着佛教在印度的衰落,以及中国佛教自身朝圣体系的建立和完善,前往印度朝圣也失去了意义。

古代中国对古代印度经典的汉译始于佛教,也终于佛教。尽管如此,以佛教经典为主的古代印度经典汉译已经在中国历史上烙下了深刻的印记,其影响是持久和多方面的。在这一过程中,译师们开创的汉译传统给后人翻译印度经典留下了巨大财富:

其一,汉译古代印度经典除早期借助西域地方语言外,主要翻译对象都是梵语经典,本土学者和外来学者编写了不少梵汉工具书。

其二,一套与古代印度宗教哲学术语对应的意译和音译相结合的汉译体系得以建立。由于佛教经典的流传,很多术语已经成为汉语的常用语,广为人知。

其三,除术语对应外,梵语作品译为汉语需要克服语法结构、文学体裁等方面的限制,其实践在一定程度上影响了汉语的一些表达法。[1] 如此等等都为后人继续翻译印度经典提供了便利之处。

更为重要的是,历史上重要的译师摸索出一套大规模翻译经典的方式方法,他们的努力对于后继的翻译工作来说具有很高的参考价值。经过早期的翻译实践,鸠摩罗什译经时便开始确立了译、论、证几道基本程序,并辅之以梵本、胡本对勘和汉字训诂,经总勘方

---

① 例如汉语中常见的"所 + 动词"构成的被动句就可能源自对佛经的翻译。参见朱庆之《汉译佛典中的'所 V'式被动句及其来源》(载《古汉语研究》,1995 年第 1 期,第 29~31、45 页)及其他相关著述。

定稿。在后秦朝廷的支持下，鸠摩罗什建立了大规模译场，改变了以往个人翻译的工作方式，配合翻译方法上的完善，大大提高了译经的效率和质量。唐代译场规模更大，翻译实践进一步细化，后世记载的翻译职司包括译主、证义、证文、度语、笔受、缀文、参译、刊定、润文、梵呗等 10 余种之多。

此外，先人还摸索出一套翻译人才的培养模式，隋代译师彦琮曾以"八备"总结了译师需具备的一系列条件，具体内容为：

> 一诚心受法，志在益人；二将践胜场，先牢戒足；三文诠三藏，义贯五乘；四傍涉文史，工缀典词，不过鲁拙；五襟抱平恕，器量虚融，不好专执，耽于道术，淡于名利，不欲高衒；六要识梵言；七不坠彼学；八博阅苍雅，粗谙篆隶，不昧此文。[1]

这八备之中，既有对译者宗教信仰、个人品行的要求，也有对梵语、汉语表达的语言技能以及对佛教义理的知识掌握等方面的要求，今天看来，依然有很大的借鉴意义。

三、近现代中国对印度经典的汉译

佛教在印度的衰落及消亡使中印失去了最为核心的交流主题。中国对印度经典的汉译停留在以梵语为主要媒介、以佛教经典为主要对象的时代，自 11 世纪末[2]至 20 世纪初，这一停滞状态持续了数个世纪之久。19 世纪中后期，印度士兵和商人随着欧洲殖民者的战舰再次来到中国，中印之间的交往以一种并不和谐的方式得以恢复。中印屡弱的国力和早已经深藏故纸堆的人文交往传统都不足以阻挡西方诸国强势的物质力量和文化力量，中印人文交往便在这新的格局中，借助西方列强构建起来的"全球化"体系开始复苏。

---

① 《释氏要览》卷 2，T54, no. 2127, b21-29。
② 宋神宗元丰五年（1082）废置译经院，佛教经典汉译由此不再。

由于缺乏对印度现代语言和文化的了解，早期对印度经典的译介在语言工具和主题设置两个层面均在一定程度上受制于西方的话语体系。20 世纪上半叶中国对泰戈尔作品的译介便是明证。1913 年，泰戈尔自己译为英语的诗集《吉檀迦利》以英语文学作品的身份获得诺贝尔文学奖，这在当时的世界文坛引起了轩然大波，对当时正在探索民族出路的中国知识分子来说同样具有很大的震撼力和吸引力。陈独秀在 1915 年 10 月 15 日出版的《青年杂志》上刊载了自己译自《吉檀迦利》的四首《赞歌》，为此后持续了近一个世纪并且至今依然生机勃勃的泰戈尔著作汉译工程拉开了序幕。据刘安武统计，至 1949 年中华人民共和国成立止，"我国翻译介绍了印度文学作品 40 种左右（不包括发表在报刊上的散篇）。这 40 种中占一半的是泰戈尔的作品"。[①] 泰戈尔在中国受到格外关注固然始于西方学术界对他的重视，但他的影响如此之大亦在于他的作品恰好满足了当时中国在文学思想领域的需求。首先，从语言文学来看，泰戈尔的主要创作语言是本土的孟加拉语，而非印度古典梵语。这引起了当时正致力于推广白话文的中国知识分子的广泛关注，并被视为白话文替代古文的成功榜样。[②] 此外，泰戈尔的文学创作，尤其他的散文诗为当时正在摸索之中的汉语诗歌提供了一个重要的参考对象。其次，从思想上来说，泰戈尔的思想与当时作为亚洲国家"先锋"的日本截然相反，为当时正在探索民族出路的中国知识分子提供了另一个标杆。于是，泰戈尔意外地成为中印之间自佛教之后的又一重大交流主题。尽管中国知识分子对其思想和实践的评价并不一致，许多学者依然扎实地以此为契机重启了中国翻译印度经典的进程。当时中国尚未建立起印度现代语言人才培养机制，因此早期对泰戈尔作

---

① 刘安武：《汉译印度文学》，《中国翻译》，1991 年第 6 期，第 44~46 页。
② 胡适向青年听众强调泰戈尔对孟加拉语文学的贡献时说："泰戈尔为印度最伟大之人物，自十二岁时，即以阪格耳（孟加拉）之方言为诗，求文学革命之成功，历五十年而不改吾志。今阪格耳之方言，已经泰氏之努力，而成为世界的文学，其革命的精神，实有足为吾青年取法者，故吾人对于其他方面纵不满足于泰戈尔，而于文学革命一段，亦当取法于泰戈尔。"（载《晨报》，1924 年 5 月 11 日）

品的汉译多转译自英语。凭借译者深厚的文学功底，不少经典译作得以诞生，尤其是冰心、郑振铎等人翻译的泰戈尔诗歌，时至今日依然在中国广为流传。

与泰戈尔一同被引介到中国的还有诸多印度民间故事文学作品。[①]如前文所述，古代翻译印度经典时就有不少印度民间故事被介绍到中国，但多以佛教经典为载体。[②]近现代以来，印度民间文学以非宗教作品的形式被重新介绍过来。这在很大程度上是因为"中国缺少创作儿童文学的传统"[③]，印度丰富的民间文学正好满足了中国读者的需求。与此同时，印度民间文学与中国文学之间的关系也日益进入中国学者的视野，"中印文学比较研究"这一新的研究领域开始初露端倪。其研究领域最广为人知的课题之一便是《西游记》中孙悟空形象与《罗摩衍那》中哈奴曼形象的渊源。当时许多新文化运动的大家都参与其中，鲁迅、叶德均认为孙悟空形象源于本土神话形象"无支祁"，胡适、陈寅恪、郑振铎则认为孙悟空形象源于哈奴曼。[④]

自西方语言转译印度经典的尝试为增进对印度的认知、重燃中国知识界和民众对印度文化的兴趣起到了积极作用，许多掌握西方语言的汉语作家投身其中，其翻译作品受到读者喜爱。然而，转译的不足也显而易见，因此，对印度经典的系统汉译需要建立一支如古代梵汉翻译团队一样的专业人才队伍。

1942 年，出于抗战需要，民国政府在云南呈贡建立了国立东方语文专科学校，设有印度语科，开始培养现代印度语言人才。1946年，季羡林自德国学成回国，在北京大学创设东语系；1948 年，金克木加盟东语系。1949 年，国立东方语文专科学校并入北京大学东

---

① 参见刘安武：《汉译印度文学》，《中国翻译》，1991 年第 6 期，第 44~46 页。

② 参见薛克翘：《中国印度文化交流史》，北京：昆仑出版社，2008 年，第 261~265 页。

③ 刘安武：《汉译印度文学》，《中国翻译》，1991 年第 6 期，第 44~46 页。

④ 参见鲁迅：《中国小说史略》，《鲁迅全集》第 9 卷，北京：人民文学出版社，1981年；鲁迅：《中国小说的历史的变迁》，《鲁迅全集》第 9 卷，北京：人民文学出版社，1981年；胡适：《〈西游记〉考证》，《胡适文存》第 2 集第 4 卷，上海：亚东图书馆，1924 年；陈寅恪：《〈西游记〉玄奘弟子故事之演变》，《金明馆丛稿二编》，上海：上海古籍出版社，1982 年；郑振铎《〈西游记〉的演化》，《郑振铎全集》第 4 卷，石家庄：花山文艺出版社，1998 年；叶德均：《无支祁传说考》，《戏曲小说丛考》，北京：中华书局，1999 年。

语系。东语系开设梵语 – 巴利语、印地语、乌尔都语三科印度语言专业，并很快培养出第二代印度语言专业队伍。随之，印度经典得以从原文翻译。第一代学者季羡林、金克木领衔的梵语团队翻译了印度大史诗《罗摩衍那》及以迦梨陀娑为代表的印度古典梵语文学作家的许多作品，如《沙恭达罗》《优哩婆湿》《云使》《伐致呵利三百咏》等，并启动了《摩诃婆罗多》等经典作品的翻译；旅居印度的徐梵澄翻译了《五十奥义书》[①]及奥罗宾多创作、注释的诸多哲学著作。季羡林、金克木的弟子黄宝生等延续师尊开创的传统，完成了《摩诃婆罗多》、奥义书[②]、《摩奴法论》、古典梵语文论、故事文学作品等一系列著作的翻译。与此同时，由第二代学者刘安武领衔的近现代印度语言团队译介了大量的印地语、乌尔都语、孟加拉语等语言的文学作品，其中尤以对印地语 / 乌尔都语作家普列姆昌德和孟加拉语作家泰戈尔的作品的汉译最为突出。[③]殷洪元对印度现代语言语法著作的翻译以及金鼎汉对中世纪印度教经典《罗摩功行之湖》的翻译也开拓了新的领域。巫白慧等学者陆续将包括"吠檀多"在内的诸多婆罗门教哲学经典译为汉语。[④]文献资料是学术研究的基础，这一系列经典汉译成果打破了古代中国对古代印度经典汉译中存在的"佛教主导"的局限，增加了现代视角，并以经典文献为契机，首次较为全面系统地介绍了印度文明，奠定了现代中国印度学研究的基础。由这两代学者编订的《印度古代文学史》《梵语文学史》和

[①] 参见徐梵澄译：《五十奥义书》，北京：中国社会科学出版社，1995 年。

[②] 参见黄宝生译：《奥义书》，北京：商务印书馆，2010 年。

[③] 刘安武自印地语译出的普列姆昌德作品（集）有《新婚》（贵阳：贵州人民出版社，1982 年）、《如意树》（上海：上海译文出版社，1983 年）、《普列姆昌德短篇小说选》（北京：人民文学出版社，1984 年）、《割草的女人：普列姆昌德短篇小说新集》（长沙：湖南人民出版社，1985 年）等，加之其他学者的译介，普列姆昌德的重要作品几乎全被译为汉语。此后，刘安武又主持编译出版了 24 卷本《泰戈尔全集》（石家庄：河北教育出版社，2000 年），泰戈尔的主要作品均被收录其中。

[④] 其中重要的译著成果包括巫白慧译《圣教论》（乔荼波陀著，北京：商务印书馆，1999 年）、姚卫群译《古印度六派哲学经典》（节译六派哲学经典，北京：商务印书馆，2003 年）、孙晶译《示教千则》（商羯罗著，北京：商务印书馆，2012 年）等。

《印度印地语文学史》等著作成为中国现代印度学研究的必读文献。[①]

由于印度文化的独特之处及其在历史上形成的巨大影响力，以现代学术研究的方式开展的印度经典汉译所产生的影响进一步辐射了包括语言、文学、哲学、历史、考古等多个学科领域，并形成了一些跨学科研究领域：

其一，中印文化比较研究。由胡适等老一辈学者开创的中印文学比较研究取得了新的进展，其中一部分研究形成了中印文化交流史这一新的学术研究领域；另一部分研究成为东方文学研究领域最重要的组成部分，东南亚、西亚等区域文学研究也受益于印度文学研究的开展和所取得的成就。此外，从具体作品到文艺理论的印度文学译介也从整体上进一步拓展了比较文学研究的视野。

其二，佛教研究。现代中国对印度经典汉译的范围不再局限于传统的汉语系佛教传统经典，在许多领域都取得了新的突破。在佛教文献来源方面，开拓了对巴利语系和藏语系佛教的研究。[②]由于梵语人才的培养，中国学者得以恢复梵汉对勘的学术传统。[③]对非佛教宗教思想典籍的译介也使得对佛教的认识跳出了佛教自身的范畴，对其与其他宗教思想之间的互动与联系有了更加全面的认识。

其三，语言学研究。对梵语及相关语言的研究推动了梵汉对音，以及对古汉语句法的研究。一些接受了梵语教育的汉语言学学者结合古代语料，尤其是汉译佛经，对古汉语的语音、句法等做出研究。

---

① 单就印度文学翻译而言，据不完全统计，1950-2005 年，中国翻译印度文学作品（以书计）约 400 余种，其中中印关系交好的 1950-1962 年约有 70 种，关系不好的 1962-1976 年仅有 4 种，关系改善后的 1976-2005 年则有 300 余种。不过，2005 年之后，除黄宝生、薛克翘等少数学者仍笔耕不辍外，其他前辈学人逐渐"离席"，这类汉译工作进入某种冬眠期。

② 相关成果包括郭良鋆译《佛本生故事选》（与黄宝生合译，北京：人民文学出版社，1985 年）、《经集：巴利语佛教经典》（北京：中国社会科学出版社，1998 年），以及段晴等译《汉译巴利三藏·经藏·长部》（上海：中西书局，2012 年）等。

③ 自 2010 年以来，黄宝生主持对勘出版了《入菩提行论》（北京：中国社会科学出版社，2011 年）、《入楞伽经》（北京：中国社会科学出版社，2011 年）、《维摩诘经》（北京：中国社会科学出版社，2011 年）等佛经的梵汉对勘本，叶少勇以梵藏汉三语对勘出版了《中论颂》（上海：中西书局，2011 年）。

四、现状和汉译例解

尽管取得了上述成就，但由于印度文明积累深厚、经典众多，目前亟待翻译的印度经典还有很多。其中，以梵语创作的经典包括四部吠陀本集、梵书、森林书、往世书、《诃利世系》《利论》《牧童歌》等；以南印度语言创作的经典包括桑伽姆文学、《脚镯记》《玛妮梅格莱》《大往世书》《甘班罗摩衍那》等；以波罗克利特语创作的经典包括《波摩传》等；以中世纪北印度地方语言创作的经典包括《地王颂》《赫米尔王颂》《阿底·格兰特》《苏尔诗海》《莲花公主》，以及格比尔、米拉巴伊等人的作品等；以现代印度语言创作的经典包括帕勒登杜、杰辛格尔·普拉萨德、般吉姆·钱德拉·查特吉、萨拉特·钱德拉·查特吉、拉默金德尔·修格尔、默哈德维·沃尔马、阿格叶耶等著名现当代文学家的作品以及迦姆达普拉沙德·古鲁、提兰德尔·沃尔马等人的语言学著作等。此外，20 世纪以来，一些印度思想家、政治家、文学家以英语创作的作品也可列入印度现代经典之列，目前中国仅对圣雄甘地、贾瓦哈拉尔·尼赫鲁、辨喜、纳拉扬、安纳德、拉贾·拉奥、奈都夫人等人的个别作品有所译介，大量作品仍然处于有待翻译的名单之中。

这些经典汉译的背后离不开相关学者的努力。进入 21 世纪以来，中国大致有两支队伍从事印度经典汉译工作。第一支是自 20 世纪四五十年代以来成型的印度语言专业队伍，其人员构成以高等院校和研究机构从业人员为主，兼有相关外事机构从业人员，他们均接受过系统、专业的印度语言训练。第二支是 20 世纪初译介包括泰戈尔作品在内的印度文学作品的作家和出版业者，80 年代改革开放以来，越来越多接受过英语教育的人或全职或兼职地参与到印度作品的汉译工作之中。相比第一支队伍，这支队伍的人员构成较为复杂，水平也参差不齐，但在市场经济的推动下，一些能够成为市场热点的著作往往很快就翻译过来，例如两位与印度相关的诺贝尔文学奖得主——泰戈尔和奈保尔的作品一版再版，四位印度裔布克奖得主——萨尔曼·拉什迪、阿兰达蒂·罗伊、基兰·德塞、阿拉文德·阿迪加的作品也先后译出；此外，由于瑜伽的普及，包括克里希那穆提在内的一些现代宗教家的论著也借由英语转译为汉语。一方面，随着市场化改革的需求，第二支队伍日益蓬勃发展，但其翻译质量往往难以保障。另一方面，由于现行科研体制对从事翻译和研究的人员不利，第一支队伍也面临着诸多问题。如何在接下来的实践中取长补短，或者说既要尊重市场机制的要求，又要以学术传统克服市场失灵的状况，这也是需要进一步思考的问题。

应该说，印度经典汉译主要依靠第一支队伍，原文经典翻译比通过其他语言转译更为重要。20世纪80年代以来，这支队伍勤勤恳恳，笔耕不辍，为印度经典汉译做出了巨大贡献，取得了丰硕成果。然而，就现状看，除黄宝生、薛克翘等极少数学人外，这支队伍的第一代和第二代学人已然"离席"，后辈学人虽然已经加入进来，但毕竟年轻，经验不足，加之现行科研体制自身问题的牵制，后续汉译工作亟需动力。好在已有些年轻人在这方面产生了兴趣，其汉译意识很强，对印度梵文原典和中世纪及现当代原典的汉译工作的理解也令人刮目。可以预见，印度经典汉译将会迎来又一个高潮，汉译印度经典的水平也将有新的提升。

从某种角度说，在前文罗列的种种有待翻译的印度经典中，印度中世纪经典尤为重要。中世纪时，随着传统婆罗门教开始融合包括佛教、耆那教等在内的异端信仰与民间的大众化宗教传统，加之伊斯兰教的进入，印度进入了一个新的"百家争鸣"时代。这一时期留下了许多经典之作，它们对后世印度的宗教、社会、文化均产生了重要影响。长期以来，中国对印度中世纪经典的译介几乎一片空白，仅有一部《罗摩功行之湖》和零星的介绍。近年来，笔者组织团队着手翻译印度中世纪经典《苏尔诗海》，并初步总结了以下心得：

第一，经典汉译并非简单的语言转换，除需要精通相关语言外，还需要译者具备与印度文化相关的背景知识，以便能够精准地理解原文含义。例如，在一首描写女子优雅体态的艳情诗中，作者直接以隐喻的修辞手法描述了包括莲花、大象、狮子、湖泊等在内的一系列自然景象和动植物，若不熟悉印度古代文学中一些固定的比喻意象，则很难把握这首诗的含义。①由于审美标准不同，被古代印度诗人视为美丽的"象腿"在当今语境中已经成为足以令女子不悦的比喻。此类审美视角需要辅之以例如《沙恭达罗》中豆扇陀国王对沙恭达罗丰乳肥臀之态的称赞才能理解。

第二，古代中国对古代印度经典汉译的传统在很大程度上为现代翻译经典提供了以资借鉴的便利，譬如许多专有词在汉语中已有完全对应的词可供选择，省去了译者的诸多麻烦。但是，这也要求译者了解相关传统，并能将其中的一些内容为己所用；同时，还应避免由于古代中国对古代印度经典翻译在视角、理解上的偏差所带来的问题。例如，triguna 这一数论哲学的基本概念已由真谛在《金七十论》中译为"三德"，后来的《薄伽梵歌》等哲学经典的汉译也已沿用，新译经典中便不宜音译为"三古纳"之类的新词。此外，由于受佛教信仰的影响，一些读者在看到"三德"时往往容易将之与佛教中所说的法身德、般若德、解脱德等其他概念联系起来，对此需要给出注释加以说明以免误解。

第三，现代中国对现代印度经典的汉译虽然已经取得了不俗的成绩，但由于时间、人员等条件的限制，在翻译体例、内容理解等方面依然存在不少可改进之处。

笔者以《苏尔诗海》中黑天的名号为例予以说明。黑天是印度教大神毗湿奴最重要的化身之一，梵语经典中通常称之为 Krsna，字面义为"黑"，汉语之所以译为"黑天"，很可能是因为汉译佛经将婆罗门教诸神（deva）译为"天"，固在 Krsna 的汉语译名"黑"之后加上了"天"，大约与 Brahma 被译为"梵天"、Indra 被译为"帝释天"，以及 Sri 被译为"吉祥天"等相当。后世对相关经典文献的介绍都沿用了这一名称。然而，若实际对照各类经典，可以发

---

① 参见姜景奎等：《〈苏尔诗海〉六首译赏》，载《北大南亚东南亚研究》（第一卷），北京：中国青年出版社，2013 年，第 261~262 页。

现毗湿奴名号繁多。① 中世纪印度语言继承并发扬了这一传统，在伯勒杰语《苏尔诗海》中，黑天的名号有数十种之多，其中仅字面义为"黑"的常见名号就有四个，分别是 Krsna、Syama、Kanha、Kanhaiya。这四个名号之中只有 Krsna 是标准的梵语词，且使用最少，只用于黑天摄政马图拉之后人们对他的尊称；其他三个均为伯勒杰语词，多用于父母家人、玩伴女友对童年和少年黑天的称呼。因此，汉译中如果仅使用天神意义的"黑天"一名就违背了《苏尔诗海》所描述的黑天的成长情境。为此，结合不同名号的使用情况以及北印度农村生活的实际情况，笔者重新翻译了其他三个名号，即将多用于牧女和同伴对少年黑天称呼的 Syama 译为"黑子"，多用于父母和其他长辈对童年黑天称呼的 Kanha 和 Kanhaiya 分别译为"黑黑"和"黑儿"。此外，还有一些名号或表明黑天世俗身份，或描述黑天体态，或宣扬黑天神迹，笔者也重新进行了翻译，例如：nanda-namdana "难陀子"、madhava "摩图裔" 等称呼说明了黑天的家族、家庭身份，kesau "美发者"、srimukha "妙口" 等以黑天身体的某一部分代指黑天，giridhara "托山者"、manamohana "迷心者" 等以黑天在其神迹故事中的表现代指黑天，等等。

结合以上几方面的思考，《苏尔诗海》汉译实际上兼具深入而系统的研究性质，包括四部分。第一，校对后的原文。到目前为止，印度出版了多个《苏尔诗海》版本，各版本虽大同小异，但仍有差异，笔者团队搜集到影响较大的几个主要版本，并进行核对比较，最后确定一种相对科学的原文进行翻译研究。第二，对译。从经典性和文献性出发，尽可能忠实于原文，在体例选择上尽量保持诗词的形态，在内容上尽量逐字对应，特殊情况则以注释说明。第三，释译。从文献性和思想性出发，尽可能客观地阐明原文所表现的文献内容和宗教思想。该部分为散文体，其中补充了原文省略的内容并清楚地展现出情节的发展、人物的心理变化以及作品的思想内涵。

① 参见葛维钧：《毗湿奴及其一千名号》（载《南亚研究》，2005 年第 1 期，第 48~53 页）及相关著述。

第四，注释。给出有关字词及行文的一些背景知识，例如神话传说故事、民间信仰、生活习俗、哲学思想等，以及翻译中需要说明的其他问题。

试以下述例解说明：

【原文】略①

【对译】

此众得乐自彼时

听闻诃利②你之信，当时即刻便昏厥。

自隐蔽处蛇③出现，欣喜尽情吸空气。

鹿④心本已忘奔跃，复又撒开四蹄跑。

群鸟大会高高坐，鹦鹉⑤言称林中王。

杜鹃⑥偕同自家族，咕咕欢呼唱庆歌。

自山洞中狮子⑦出，尾巴翘到头顶上。

自密林中象王⑧来，周身上下傲慢增。

如若想要施救治，莫亨⑨现今别耽搁。

苏尔言，

如若罗陀⑩再这般，一众敌人大欢喜。

【释译】

黑天离开牛村很久了，养父难陀、养母耶雪达以及全村的牧人牧女都非常思念他，希望他能回来看看。牧女们对黑天的思念尤为强烈，其中又以罗陀最甚。罗陀是黑天的恋人，两人青梅竹马，两

---

① 由于原文字体涉及较为复杂的排版问题，这里仅呈现该首诗的对译、释译和注释三部分，原文略。本诗为《苏尔诗海》（天城体推广协会版本）第4 760首，参见 Dhirendra Varma, *Sursagar Sara Satika*, Sahitya Bhavan Private Ltd., 1986, No. 181, p.334.

② 诃利，原文 Hari，"大神"之义，黑天的名号之一。

③ 此处以蛇代指罗陀的发辫，意在形容发辫柔软纤长、乌黑发亮。

④ 此处以鹿的眼睛代指罗陀的眼睛，意在形容眼睛大而有神、灵动美丽。

⑤ 此处以鹦鹉的鼻子代指罗陀的鼻子，意在形容鼻子又挺又尖、美妙可爱。

⑥ 此处以杜鹃的声音代指罗陀的声音，意在形容声音甜美悠扬、清脆嘹亮。

⑦ 此处以狮子的腰代指罗陀的腰，意在形容腰身纤细柔顺、婀娜灵活。

⑧ 此处以大象的腿代指罗陀的腿，意在形容腿脚步态从容、端庄稳重。

⑨ 莫亨（原文 mohana），黑天的名号之一。

⑩ 罗陀（原文 Radha），黑天最主要的恋人。

小无猜，曾经你欢我爱，形影不离。可是，黑天自离开后就再也没有回来过，甚至连信也没有寄过一封。伤离别，罗陀时刻处于煎熬中。为了教育信奉无形瑜伽之道的乌陀，也为了看望牧区故人，黑天派乌陀来到牛村，表面上让他传授无形瑜伽之道，实则置他于崇尚有形之道的牛村人中间，让他迷途知返。乌陀的到来，打乱了牛村人的生活。一者，牛村人沉浸在思念黑天的离情别绪之中，乌陀破坏了气氛，于表面的宁静之中注入了不宁静。二者，牛村人本以为乌陀会带来黑天给予牛村的好消息，但适得其反，乌陀申明自己是为传授无形的瑜伽之道而来，甚至说是黑天派他来传授的，牛村人对此不解、迷茫。他们崇尚有形，膜拜黑天，难道黑天完全抛弃了他们？他们陷入了更深一层的痛苦之中。三者，对牧区女来说，与黑天离别本就艰难，但心中一直抱有再次见面再次恋爱的期望，乌陀的到来打消了她们的念头，从精神上摧毁了她们。其中，罗陀尤甚，她所遭受的打击要比别人更甚。由此，出现了本诗开头提及的罗陀晕厥以及晕厥之后乌陀"看到"的情况，具体内容是乌陀向黑天口述的：

乌陀对黑天说道："黑天啊，你的恋人罗陀非常思念你，她忍受离别之苦，渴望与你相见。可是，你却让我去向她传授无形的瑜伽之道。唉，她一听到是你让我去的，当即就昏了过去，倒在地上，不省人事。唉，真是凄凉啊！这边罗陀昏迷不醒，那边动物界却出现了一派喜气景象：黑蛇从洞里出来了，它高兴地尽情享受空气；此前，罗陀的又黑又亮的长发辫曾使它羞于见人，认为自己形体丑陋，不得不躲藏起来。已经忘记奔跑的小鹿出来了，它撒开四蹄，愉悦地到处奔跳；此前，罗陀那明亮有神的大眼睛曾使它羞于见人，认为自己的眼睛丑陋，不敢出来乱逛。鹦鹉出来了，它参加群鸟大会，坐在高高的枝丫上，声称自己是林中之王；此前，罗陀又尖又挺的鼻子曾使它羞于见人，认为自己的鼻子丑陋，躲藏起来。杜鹃鸟出来了，它和同族一起，咕咕叫个不停，欢庆胜利；此前，罗陀那甜美悠扬的声音曾使它感到拘束，认为自己的声音难听，不敢开口。狮子从山洞中出来了,他得意扬扬,悠闲自在,尾巴翘到了头顶上;此前,罗陀纤细柔软的腰肢曾使它羞于见人,认为自己的腰肢粗笨僵硬,不敢示人,躲进山洞。大象从茂密的森林里出来了,它一步一昂头,傲慢自大,目中无人,盛气凛然;此前,罗陀稳重美丽的妙腿曾使它自惭形秽,认为自己的腿丑陋不堪,羞于展露,躲进森林。唉,黑天啊,你快救救罗陀吧,如果再不行动,稍后想要施救就来不及了……"

"此众得乐自彼时"是本诗的标题,意思是罗陀晕倒之时,即是众动物高兴之时。它们羞于与罗陀相比,虽然视罗陀为敌,却不敢直面罗陀,纷纷逃遁躲藏。听说罗陀遭到黑天抛弃,晕厥不醒,它们自然高兴,便迫不及待地恢复了原来的自由生活。"如若罗陀再这般,一众敌人大欢喜",是诗外音,是苏尔达斯的总结性话语。在这首诗里,苏尔达斯主要展现了罗陀的美,但整首诗中没有出现任何对罗陀的溢美之词,没有提到罗陀的名字,更没有提到她的发辫、眼睛、鼻子、声音、腰肢和腿等,甚至没有提到蛇、鹿、鹦鹉、杜鹃鸟、狮子和大象的相关部位,仅以这些动物对罗陀晕厥不醒后的反应进行阐释,这就给听者和读者留下了巨大的想象空间,似形似景,情景交融。这种手法似乎是印度特有的,其审美视角值得深入研究。

上述例解仅为笔者及笔者团队对于印度中世纪经典汉译的一己之见,希望能开拓印度经典汉译与研究的新视角、新路子,以期印度经典在中国能得到更为深入系统的翻译与研究。

五、中印经典及当代作品互译出版项目

2013年初,笔者与中国大百科全书出版社社长龚莉女士、副总编辑马汝军先生和社科分社社长滕振微先生合作,提出了"中印经典和当代作品互译出版项目"的动议。该动议得到相关单位的积极

回应。2013 年 5 月李克强总理访印期间，国家新闻出版广电总局和印度外交部签署合作文件，决定启动"中印经典和当代作品互译出版项目"，并写入两国发表的联合声明（第 17 条）。2014 年 9 月，习近平主席访问印度，该项目再次被写入两国发表的联合声明（第 11 条）。该项目成为中印两国的重大文化交流项目之一。双方商定，双方各翻译对方的 25 种图书，以 5 年为期。2016 年 5 月，国家新闻出版广电总局印发"关于实施《"十三五"国家重点图书、音像、电子出版物出版规划》的通知"，该项目被列入"'十三五'国家重点图书出版规划"。在此期间，笔者与薛克翘先生商量组织翻译团队事宜。我们掰着指头算，资深的老辈学人几乎都不能相扰，后辈学人又大多刚刚走上工作岗位，有的还在求学，翻译资质存疑。我俩怎一个愁字了得！然，事情得做，学人得培养。我们决定抓住机遇，大胆启用后辈学人，为国家培养出一支新的汉译团队。因此，除薛克翘、刘建、邓兵等少数几位前辈学人外，我们的翻译成员绝大多数在 40 岁左右，有的还不过 30 岁。两三年的实践证明，我们的决定完全正确。新生代学人知识全面，学习能力强，执行能力更强。从已完成待出版的成果看，薛克翘先生对审读过的一本书的评价最能说明问题："字里行间，均见功夫。"译文质量是本项目的重中之重。除薛克翘、刘建和笔者外，我们邀请了黎跃进教授、石海军研究员和邓兵教授作为特约编审，约请了尼赫鲁大学的狄伯杰（B. R. Deepak）教授以及德里大学的阿妮达·夏尔马（Anita Sharma）教授和苏林达尔·古马尔（Surinder Kumar）先生作为印方顾问，对译文质量进行全面把关。译者完成翻译后，译稿首先交予编审审校，如遇大问题时向印方顾问咨询，之后返予译者修改。如有必要，修改稿还需经过编审二次审校，译者再次修改。这以后，稿件才会交予出版社编辑进行审读，发现问题再行修改……我们认为，唯如此，译文质量才能得到保障，译者团队才能得到锻炼。

　　本项目是中印两国的重大文化交流项目之一。因此，印度方面也有相应团队，负责汉译印的工作，由上文提及的狄伯杰教授领衔，由印度国家图书托拉斯负责实施。需要指出的是，双方翻译的作品并非译者自选，而是由双方专家通过充分沟通磋商确定。汉译作品的选定过程是这样的，笔者先拟定了 50 多种印度图书，这些书抑或是中世纪以来有重要影响的经典巨著，比如《苏尔诗海》《格比尔双行诗集》和《献牛》等，抑或是印度独立以后获得过印度国家级奖项的作家之名作，如默哈德维·沃尔马、毗什摩·萨赫尼、古勒扎尔的代表作等。而后，笔者请相熟的印度学者从中圈定出 30 种。之后，国家新闻出版广电总局的相关领导、中国大百科全书出版社的龚莉社长和滕振微先生以及笔者本人专赴印度，与印方专家组进行面对面的交流探讨，最终确定了 25 种汉译印度图书名录。印度团队的印译中国图书名录的选定过程与此类似。具体的汉译书单如下表：

序号	书名	作者	备注
1	苏尔诗海 *Sursagar*	苏尔达斯 Surdas	诗歌
2	格比尔双行诗集 *Kabir Dohavali*	格比尔达斯 Kabirdas	诗歌
3	献牛 *Godan*	普列姆昌德 Premchand	长篇小说
4	帕勒登杜戏剧 *Bharatendu Natakavali*	帕勒登杜 Bharatendu	戏剧
5	普拉萨德作品集 *Prasad Rachna Sanchayan*	杰辛格尔·普拉萨德 Jaishankar Prasad	戏剧、诗歌、短篇小说
6	鹿眼女 *Mriganayani*	沃林达温拉尔·沃尔马 Vrindavanalal Verma	长篇小说
7	献灯 *Deepdan*	拉默古马尔·沃尔马 Ramkumar Verma	独幕剧
8	灯焰 *Dipshikha*	默哈德维·沃尔马 Mahadevi Verma	诗歌
9	谢克尔传 *Shekhar: Ek Jeevani*	阿格叶耶 Ajneya	长篇小说
10	黑暗 *Tamas*	毗什摩·萨赫尼 Bhisham Sahni	长篇小说
11	肮脏的边区 *Maila Anchal*	帕尼什瓦尔·那特·雷奴 Phanishwar Nath Renu	长篇小说
12	幽闭的黑屋 *Andhere Band Kamare*	莫亨·拉盖什 Mohan Rakesh	长篇小说

序号	书名	作者	备注
13	宫廷曲调 *Raag Darbari*	室利拉尔·修格勒 Shrilal Shukla	长篇小说
14	鸟 *Parinde*	尼尔莫勒·沃尔马 Nirmal Verma	短篇小说
15	班迪 *Aapka Banti*	曼奴·彭达利 Mannu Bhandari	长篇小说
16	一街五十七巷 *Ek Sadak Sattavan Galiyan*	格姆雷什瓦尔 Kamleshwar	长篇小说
17	被抵押的罗库 *Rehan par Ragghu*	加西纳特·辛格 Kashinath Singh	长篇小说
18	印度与中国 *India and China*	师觉月 P. C. Bagchi	学术著作
19	向导 *Guide*	纳拉扬 R. K. Narayan	长篇小说
20	烟 *Dhuan*	古勒扎尔 Gulzar	短篇小说、诗歌
21	那时候 *Sei Samaya*	苏尼尔·贡戈巴泰 Sunil Gangopadhyaya	长篇小说
22	一个婆罗门的葬礼 *Samskara*	阿南特穆尔蒂 U. R. Ananthamurthy	短篇小说
23	芥民 *Chemmeen*	比莱 T. S. Pillai	长篇小说
24	印地语文学史 *Hindi Sahitya ka Itihas*	罗摩金德尔·修格勒 Ramchandra Shukla	学术著作
25	棋王奇着 *The Chessmaster and His Moves*	拉贾·拉奥 Raja Rao	长篇小说

　　毫无疑问，这些作品均是印度中世纪以后的经典之作，基本上代表了印度现当代文学水准，尤其反映出印地语文学的概貌。我们以为，通过这些文字，中国读者可以大体了解印度现当代文学的基本情况。

　　就本项目而言，笔者在这里需要表达由衷谢意：

　　首先，感谢原国家新闻出版广电总局的相关领导，没有他们的认可，本项目不可能正式立项。其次，感谢中国大百科全书的前社长龚莉女士、前副总编辑马汝军先生和前社科分社社长滕振微先生，没有他们的奔走，本项目不可能成立。再次，感谢中国大百科全书出版社社长刘国辉先生及诸位编辑大德，没有他们的付出，本项目不可能实施。感谢另两位主编薛克翘先生和刘建先生，两位前辈不仅担当主编、审校工作，还是主要译者；他们是榜样，也是力量。十分感谢黎跃进和邓兵两位教授，两位是特邀编审，邓兵教授也是译者，他们认真负责的精神令人起敬。感谢印度尼赫鲁大学的狄伯杰教授以及德里大学的阿妮达·夏尔马教授和苏林达尔·古马尔先生，他们的付出为本项目的实施提供了某种保障。特别感谢石海军研究员，他是特邀编审之一，可惜天不假年，他于2017年5月13日凌晨突然辞世，享年仅55岁，天地恸哭，是中国印度文学研究的一大损失！最后，感谢翻译团队的诸位译者，他们是新时代的精英，是中国印度研究领域的后起之秀，他们的成就由读者面前的文字可见一斑。

祝福诸位，祝福所有为本项目的立项和实施有所付出的先生大德们！

自《浮屠经》以来，汉译印度经典已有两千多年的历史。这一人类历史上少有的浩大文化工程背后既有对科学技术的追求，也有对宗教信仰的热忱；既有统治者的意志，也有普通民众的需求。印度经典汉译一方面极大地丰富了中华文化，另一方面也保存和传播了印度文化；既形成了自己的学术传统，又推动了许多相关领域研究的发展。时至今日，在中印关系具有特殊意义的大背景下，继续推进对印度经典的汉译在两国关系层面有助于加深两国之间的认知和了解，构建更为均衡、更为深厚的国际关系，在学术研究层面也有助于推动相关领域研究的继续发展。

姜景奎

北京燕尚园

2017 年 12 月 31 日

2019 年 12 月 25 日修订

序

　　印度戏剧繁多，从时间维度论，有古代戏剧、近现代戏剧、当代戏剧等；从语种维度论，有梵语戏剧、印地语戏剧、孟加拉语戏剧等。梵语语言虽已"作古"，但梵语戏剧一直是印度戏剧的重要代表，被誉为世界三大戏剧体系之一，也是印度现当代戏剧乃至印度文学的重要遗产和借鉴。然而，毕竟语言已故，新作不出，梵语戏剧只能像世界文化遗产那样供人参观凭吊及赞叹唏嘘。中世纪以降，印度地方语言戏剧逐渐成为印度戏剧的生力军和主力军，其产量、其成就臻至完美，赢得了世人的接受和肯定。

　　印度地方语言戏剧主要承接两大影响源头。其一，梵语传承。由于历史文化原因，印度地方语言戏剧自然直接受惠于梵语戏剧乃至整体梵语文学，早期作品中的梵语戏剧模式和梵语文学母体色彩非常浓厚。其二，西方影响。1757年，英国发起普拉西战役，开始吞并、殖民印度，西方文学文化流入印度，开始产生影响。英语文学的影响不可小觑，罗宾德拉纳特·泰戈尔于1913年获得诺贝尔文学奖，可谓其间接后果之一。因此，英语戏剧，如莎士比亚戏剧等在印度风行一时，受到印度知识分子的追捧欢迎。这其中，孟加拉语文学最先受到影响，出现了班吉姆·钱德拉·查特吉、罗宾德拉纳特·泰戈尔这样的顶级文学家，其作品，包括戏剧，兼具梵语文学和英语文学特色，深受世人赞赏。随着英国殖民者由孟加拉地区逐渐深入印度腹地，英语文学的影响也流向更广大的印度次大陆地区，其他语言文学也随之受到影响。印地语文学位列其中，于19世纪初出现了兼具梵语文学传统和英语文学特征的作品。印地语文学之父帕勒登杜·赫利谢金德尔（1850~1885）就是深受两种文学传统影响的著名文学家，其剧本《按〈吠陀〉杀生不算杀生》被誉为印地语戏剧文学第一剧，同样兼具印度本土和西方特色。

说说印度的语言情况。不少国人认为，印度是一个英语国家，认为英语是印度的官方语言乃至国语，不然。《印度宪法》规定，印地语是印度的联邦级官方语言（official language）；《印度语言法》规定，英语是印度联邦级辅助官方语言（additional official language），另有多种邦级、地区级官方语言。根据印度2011年人口普查数据，印地语母语人口5亿多，加上第二和第三语言使用人数，其使用人口占印度总人口的57.1%，是印度使用最广泛的语言；英语母语人口约25万，加上第二和第三语言使用人数，其使用人口占印度总人口的10.6%。而由于印度的娱乐产品，特别是宝莱坞电影及其副产品印地语歌舞盛行，绝大多数印度的非印地语人都能听懂印地语，可以用印地语进行简单交流。从某种意义上说，印地语是全体印度人的语言。所以，虽然印度语言繁多，印地语的地位和影响却无与伦比，印地语文学无疑是继梵语文学之后印度文学的重要代表。由此，印地语戏剧文学成为印度戏剧文学的主流内容。

印地语戏剧文学兼具梵语戏剧文学和西方戏剧文学两种特色。就梵语戏剧文学传统而言，其历史可追溯至公元前后梵语戏剧理论著作《舞论》，由该著可以确证，其时梵语戏剧已然成熟，公元四五世纪迦梨陀娑的《沙恭达罗》和《优里婆湿》等作品使其水平达到顶峰。印地语戏剧家首先向自己的先辈取经，其作品中的梵语戏剧因素随处可见，梵语戏剧中典型的"开场献诗"和"终场结语"等往往是早期印地语戏剧作品中的必要组成部分，类似梵语戏剧风格的韵散杂糅类表述也都浸润于印地语戏剧作品之中。另一方面，印地语戏剧又吸收了西方戏剧的营养，其情节发展、对话方式等宛如西方戏剧，对话性和场景性也强于梵语戏剧。而且，随着时间的推移，印地语戏剧文学的现代性渐强，在扬弃传统戏剧资产和借鉴西方戏剧经验的同时，逐渐完成了自身的现代转型，形成了自己的特色。帕勒登杜·赫利谢金德尔、杰耶辛格尔·伯勒萨德（1889~1937）和拉默古马尔·沃尔马（1904~1991）是印地语戏剧文学的大家，可谓近代、现代和当代的代表。帕勒登杜戏剧的语言不尽成熟，满篇伯勒杰语和梵语词汇，时不时有伯勒杰语诗歌出现，读起来晦涩，演起来困难；伯勒萨德戏剧更显稳重，梵语词汇多，规范有序，仍不便于表演；沃尔马戏剧语言流畅，可读性强。当然，不论主题思想，相比于西方戏剧，印地语戏剧作品的表演性大多不强，如若搬上舞台，须经大改。这三位的作品如是，其他印地语作品也大多如是。从某种角度说，帕勒登杜、伯勒萨德和沃尔马的印地语戏剧作品宛如印地语戏剧文学的幼年、青年和壮年，颇具时代烙印，是印地语戏剧文学发展的真实写照。有意思的是，此次"中印经典和当代作品互译出版项目"把这三位大家的戏剧作品都选中了，帕勒登杜戏剧由姜景奎翻译，伯勒萨德戏剧由冉斌翻译，沃尔马戏剧由贾岩翻译。

摆在大家面前的这本《献灯》就是贾岩翻译的沃尔马独幕剧选。

沃尔马是何许人，有关其生平及创作等情况，贾岩在本书"译者前言"中有专述。如贾岩所说,"在印地语文坛,R.沃尔马集'阴影主义'诗人、戏剧家和文学评论家于一身。他曾风趣地将戏剧比作自己的'儿子',将诗歌和文学评论比作两个'女儿'。"不过,除作家身份外,沃尔马还有一个身份,即印地语教学者。他退休前长期供职于阿拉哈巴德大学印地语系,因此,他的文学创作拥有众多学者和大量学生读者。这类读者可谓他进行创作的督促者和品鉴者。文学源自生活,正如帕勒登杜的作品具有其办报人和社会活动家身份的色彩,伯勒萨德的作品具有他坐商身份的色彩,沃尔马的作品自然具有他教师和学者身份的色彩,显得有活力、有生气、有思想。就戏剧创作而言,沃尔马独幕剧和多幕剧并举,数量多、质量高,深得印地语文学界,乃至印度文学界好评。这方面贾岩在"译者前言"也有详述。

议论一下译者译文。译者贾岩,北大本硕,伦敦大学亚非学院博士,本科专业为印地语,硕士专业为印度语言文学,博士专业为文化、文学与后殖民研究,现为北京大学助理教授,从事印度语言及文学文化的教研工作。本硕期间,他品学兼优,研究潜质和实践能力俱佳,完成过校长基金项目,获一等奖;参与过重大文化交流项目《中印文化交流百科全书》,并担任该书印方所撰条目汉译责任修订人;博士生期间,他的研究能力进一步提升,出色完成了博士学位论文;入职北大之后,他成果颇丰,在国内外重要学术刊物上发表了多篇高水平的中英文学术论文,获得过"张佩瑶杯"译介学青年学者最佳英文论文竞赛第二名。另外,贾岩很早就关注并研究了沃尔马,他在我指导下完成的硕士学位论文研究的就是沃尔马的独幕剧,题为《R.沃尔马独幕剧研究》。该论文得到了答辩委员会成员的一致好评,并在教育部组织的全国研究生学位论文抽查中被评为"优秀"。所以,翻译沃尔马的戏剧作品,贾岩是国内的不二人选。

贾岩的印地语和汉语水平均佳，看他翻译的一首印地语诗歌：

风和门争执着什么，
墙偷听着。
阳光一声不吭地坐在椅子上
七彩线衣织着。

突然被一句话触怒
"啪——"
风把门摔成一记耳光！

窗户吼起来了，
报纸立起来了，
书瞠目结舌地张望着，
满水的罐子在地上碎了，
笔从桌子的手心掉了。

阳光起身，不作声，
从屋里走了出去。

傍晚回屋，只见，
一场骚动过后的寂静。
伸了个懒腰，躺倒在床，
她不停地回想着什么，渐渐地，
沉入了梦乡。

再睁眼，

又是一天早上。①

　　印地语的这首诗，读起来简单，但理解起来艰涩，透过贾岩的汉字，整首诗歌一下子活了起来，简单中透着复杂，平常中透着哲理。诗歌译文至此，可谓上乘。

　　沃尔马的文学创作由作诗开始，而且写的是阴影主义诗歌，他的戏剧自然带有阴影主义诗歌特色，文字优美，意味深长，其中经常伴有大段大段的独白甚至诗歌类抒情化片段，比如：

决眦望路穷昼日，

久立垄上步迟迟，

鸟儿且飞兮，黄昏至。

双目强撑泪满盈，

似若滂沱雨未停，

鸟儿且飞兮，黄昏至。

盼你念你疯又痴，

重重险阻在此时，

鸟儿且飞兮，黄昏至。

　　这是《献灯》中的一首歌谣，类似摇篮曲。虽然印地语唱起来委婉，读起来却不合辙、不押韵，略显土气；但经过贾岩之笔，情境立即跃然纸上，可读可吟，颇有汉语的辞曲风格。

　　依这两个例子观之，贾岩的翻译水平之高无须多言，大家在阅

---

　　①〔印〕贡瓦尔·纳拉因："贡瓦尔·纳拉因诗九首"，贾岩译，《北大南亚东南亚研究》（第三卷），中国大百科全书出版社，2020年。

读过程中可再行品鉴。

沃尔马是印度文学的重要作家之一，贾岩是中国研究印度文学的优秀学者，两者相得益彰，原文值得细读，译文值得欣赏。

是为序。

姜景奎

于清华园

2022年9月23日

译者前言[①]

  印度是一个戏剧传统浓厚的国度。从吠陀时代原始戏剧形式的发轫，到公元前后戏剧理论著作《舞论》的诞生，再到古典梵语戏剧的繁荣，印度戏剧早在笈多王朝和戒日王朝时期就已在理论和创作两个层面达到了相当高度。12世纪起，古典梵语戏剧趋于衰落，各地方语言戏剧相继兴起。其中，印地语戏剧发端于17世纪早期，在此后的400余年间一直是印地语文学的主要体裁之一，也是印度文学的重要组成部分。根据姜景奎提出的分期法，印地语戏剧文学可划分为"近代以前的印地语戏剧文学"（1600~1857）、"近代印地语戏剧文学"（1857~1905）、"现代印地语戏剧文学"（1905~1947）、"当代印地语戏剧文学"（1947年以后）四个阶段。[②]

  戏剧的分类方式纷繁多样。若以作品的物理长度为标准，可将戏剧划分为独幕剧和多幕剧。独幕剧之于多幕剧，大抵类似短

---

  ① 本文由笔者的硕士研究生学位论文《R.沃尔马独幕剧研究》（北京大学，2015年，姜景奎指导）修改而成，其中部分内容已经以《现当代印地语戏剧家R.沃尔马及其独幕剧创作》为名发表在解放军外国语学院亚洲研究中心编纂的《东方语言文化论丛》第34卷（军事谊文出版社，2015年）。

  ② 参见姜景奎：《印地语戏剧文学》，中国对外翻译出版公司，2002年，第4页。

篇小说之于长篇小说，特指全部戏剧内容在一幕内完成的戏剧形式，具有情节简洁紧凑、情绪饱满有力、主题以小见大等艺术特色，深受世界各国戏剧家的青睐。在印度，独幕剧文学传统可以追溯至古典梵语时期。"跋娑十三剧"中五部取材于史诗《摩诃婆罗多》的短剧已经具备了独幕剧雏形，其后问世的一系列独幕笑剧和独白剧亦可列入独幕剧范畴。[①] 近代印地语文学鼻祖帕勒登杜·赫利谢金德尔（भारतेन्दु हरिश्चंद्र，下文简称帕勒登杜）创作的第一个剧本《按〈吠陀〉杀生不算杀生》（वैदिक हिंसा हिंसा न भवति，1873）就是一部独幕笑剧，被公认为印度近代戏剧的滥觞。现代时期，包括杰耶辛格尔·伯勒萨德（जयशंकर प्रसाद）、乌本德勒那特·阿谢格（उपेन्द्रनाथ अश्क）、乌德耶辛格尔·珀德（उदयशंकर भट्ट）在内的诸多戏剧家均创作过不少独幕剧，在艺术性、历史文化性和社会现实性等方面较前人更为成熟，但将独幕剧作为一种独立的戏剧门类自觉地进行创作实践和理论研究的戏剧家屈指可数，拉默古马尔·沃尔马（रामकुमार वर्मा，下文简称R.沃尔马）无疑是其中的佼佼者。

在文学领域，R.沃尔马集"阴影主义"诗人、戏剧家和文学评论家于一身，一生共发表18部诗集、26部多幕剧、100余个独幕剧、5部评著、3本回忆录和13部编著，其中以独幕剧最能代表其文学成就。自1935年发表首部独幕剧集《地王之眼》（पृथ्वीराज की आँखें）起，R.沃尔马先后创作了25部独幕剧集。关于其独幕剧作品的具体数量，印度戏剧研究者的观点不尽相同，分歧产生的根源在于不同学者对独幕剧和多幕剧的界定存在出入。但无论遵从何种说法，R.沃尔马的独幕剧作品体量都十分可观。这些剧作题材广泛，有较强的艺术性，在反映历史文化和社会现实方面具备突出的表现力。有学者认为，R.沃尔马为印地语文学的独幕剧创作注入了一股鲜活力量，

---

① 参见黄宝生：《印度古典诗学》，北京大学出版社，1993年，第23、38、81、82页；孙祖平："独幕剧戏剧小品探源"，《戏剧艺术》1992年第2期，第46~54页。

开启了一个崭新时代，他也因此被冠以现代印地语"独幕剧之王"的美誉。1963年，R.沃尔马凭借在文学和教育领域的杰出贡献，荣获印度政府授予的第三级公民荣誉勋章（Padma Bhushan）。

一、人生轨迹

1904年9月15日，R.沃尔马出生于印度中央邦萨格尔市戈巴尔甘吉区的一个富庶家庭。父亲L. P.沃尔马（लक्ष्मी प्रसाद वर्मा）在英印政府任代理税务官，母亲R.黛维（राजरानी देवी）是当时有名的诗人兼音乐家。在母亲的影响下，R.沃尔马自幼浸染在浓郁的诗歌氛围中，童年时便得以接触苏尔达斯、杜勒西达斯、米拉巴依等中世纪印地语诗人的作品。由于父亲频繁调职，一家人屡次迁居，R.沃尔马早年曾在贾巴尔普尔、纳尔西姆哈普尔、那格浦尔等多地求学。在那格浦尔期间，R.沃尔马白天在学校接受马拉提语教育，回家后跟随母亲学习印地语知识，可见家人对其印地语教育的重视。

R.沃尔马的青年时代正值印度民族主义运动蓬勃高涨之时。1921年2月，时年17岁的他在民族主义者M. S.阿里（मौलाना शौकत अली）[①]的一次公开演讲中倍受鼓舞，不顾家人反对，毅然决定放弃学业，投身圣雄甘地领导的不合作运动。在此后的一年间，他整日走街串巷，售卖土布，公开宣传甘地思想。1922年2月，R.沃尔马在母亲的劝服下重返课堂，高中结业后顺利考入位于贾巴尔普尔市的罗伯森学院。

1925年7月，他以优异的成绩被阿拉哈巴德大学录取，后因在各类文学、文化活动中的出色表现被授予金质奖章。1927年，R.沃尔马获学士学位，两年后又以第一名的成绩取得印地语硕士学位。

---

① M. S.阿里，印度穆斯林民族主义者，基拉法特运动主要领导人，1921~1923年因支持甘地领导的不合作运动被捕入狱。

1929年8月，他放弃待遇优厚的代理税务官一职，成为阿拉哈巴德大学印地语系的一名讲师。同年，他与L.黛维（लक्ष्मी देवी）结为夫妻。这位每日诵读《罗摩功行之湖》和《薄伽梵歌》的虔诚女子为R.沃尔马日后的创作生涯给予了莫大支持。

担任教职后，R.沃尔马一方面热衷于文学创作，一方面潜心从事印地语教学和研究。1931年，他的第一部研究性著作《格比尔的神秘主义》（कबीर का रहस्यवाद）出版。这在印地语文学评论界引起巨大反响，至今仍是格比尔研究的必读书目之一。1938年，他的《印地语文学批评史》（हिंदी साहित्य का आलोचनात्मक इतिहास）出版，充分体现了R.沃尔马作为一名印地语学者的出众才华。那格浦尔大学高度认可该书的学术价值，于1940年向R.沃尔马授予了博士学位。此后，他曾分别于1957年、1963年和1967年赴俄罗斯莫斯科大学、尼泊尔特里普文大学及斯里兰卡的多所高校讲学。

1963年，R.沃尔马凭借在文学和教育领域的杰出贡献，荣获印度政府授予的第三级公民荣誉勋章。1965年，他从阿拉哈巴德大学印地语系退休。1968年，位于阿拉哈巴德的印地语文学协会授予其最高荣誉"文学辞主"（साहित्य वाचस्पति）称号。他晚年还担任过北方邦印地语图书协会主席、阿拉哈巴德印度斯坦学会主席等社会职务，1991年10月5日因病在阿拉哈巴德逝世。

二、创作历程

在印地语文坛，R.沃尔马集"阴影主义"诗人、戏剧家和文学评论家于一身。他曾风趣地将戏剧比作自己的"儿子"，将诗歌和文学评论比作两个"女儿"。

R.沃尔马的文学创作始于诗歌，十二三岁便尝试在儿童杂志发表习作。1921年12月，当时正为参与不合作运动而放弃学业的R.沃尔马创作了一首题为《为国效力》（देश सेवा）的短诗，1922年发表在坎普尔的地方报纸《炽热》（प्रताप）上。诗中写道："那些沾染在身上的印度的尘埃/纵我穷尽毕生又如何能够忘怀/无论身在家中抑或栖居林野/我的心都与这故土紧紧相连/为国效力是我的全部旨意/我永远属于印度，她是我的祖国"。[①]字里行间流露着爱国觉醒的强烈意识，与那个时代民族主义运动的脉搏紧紧相和，该诗也被作家视为自己的第一篇正式诗作。几乎在同一时期，R.沃尔马创作了一篇短篇小说，名为《悦人的结合》（सुखद सम्मिलन）。这是他的第一篇，也是最后一篇短篇小说，可见R.沃尔马对小说的兴趣极为有限。

1925年考入阿拉哈巴德大学后，R.沃尔马的诗歌创作日渐旺盛。这里自由开放的"诗会"（कवि सम्मेलन）传统为孕育诗人提供了绝佳土壤。除R.沃尔马外，当时活跃的学生诗人还包括苏米德拉南登·本德（सुमित्रानंदन पंत）、默哈德维·沃尔马（महादेवी वर्मा）等人，他们不仅被文学评论家誉为"阴影主义"文学的代表人物，同时也是"印地语公共领域"[②]的缔造者。1930年，任教不久的R.沃尔马发表了《诅咒》（अभिशाप）和《掌心》（अंजलि）两部诗集，随即迎来他诗人生涯最为辉煌的十年，其间发表的7部诗作均堪称上乘。20世纪40年代初，他将写作重心逐步移向戏剧领域，接连发表了《丝绸领带》（रेशमी टाई, 1941）、《迦鲁米德拉》（चारुमित्रा, 1942）等广受好评的独幕剧集，并很快确立了自己在戏剧界的地位。据统计，1940年至1959年间，R.沃尔马创作并发表的独幕剧集多达15部，其中包括《灯节》（कौमुदी महोत्सव，1949）、《献灯》（दीपदान，1953）等名篇。

---

① चन्द्रिका प्रसाद शर्मा (संपादक), रामकुमार वर्मा एकांकी रचनावली (खंड: एक), नई दिल्ली:किताब घर, 2007, पृ.18.

② "印地语公共领域"（Hindi Public Sphere）指20世纪二三十年代（即民族独立运动时期）印度知识分子以印地语为通用语言形成的一个有关文学、文化、宗教、政治等各类议题的公共言论空间，该空间很大程度上奠定了印地语在独立后印度的国家官方语地位。参见Francesca Orsini, *The Hindi Public Sphere 1920-1940: Language and Literature in the Age of Nationalism*, New Delhi: Oxford University Press, 2002, pp.36, 85.

相比之下，他同期发表的诗集仅有3部，影响力亦无法与独幕剧媲美。可以说，R.沃尔马在20世纪中叶完成了从诗人向独幕剧作家的转型，他的名字也多被文学评论家贴上"戏剧家"的标签，频频出现在各种印地语文学史著作中。

R.沃尔马从诗坛转向独幕剧领域并非偶然，其背后有着深刻的个人和历史原因。

首先，他对戏剧和表演的兴趣自幼有之。早在R.沃尔马童年时期，父亲便不时邀请剧团到家中表演罗摩本事剧和黑天本事剧，使他有机会在浓郁的戏剧氛围中成长。自小学起，他开始大量接触帕勒登杜、伯勒萨德、伯德利那特·珀德（बदरीनाथ भट्ट）、德维金德尔·拉尔·雷易（द्विजेन्द्र लाल राय）、拉泰夏姆·戈塔瓦吉格（राधेश्याम कथावाचक）等名家创作的剧本，并组织同伴将不少作品搬上校园舞台。他勇于尝试各种角色，还从事过舞台监督等幕后工作，因而对剧场环境、舞台结构和表演技巧有一定了解，这些都为他日后从事戏剧创作奠定了扎实的基础。

其次，戏剧是R.沃尔马诗歌创作的自然外延。1930年，《世友》（विश्वामित्र）杂志刊发了他的独幕剧处女作《云之死》（बादल की मृत्यु），不少评论家将该作视为现代印地语独幕剧的起点。这一年，R.沃尔马正处在诗歌创作的黄金期，但他渐渐感到内在情绪的抒发时常被诗歌文体束缚，只有借助戏剧互动化、可视化的表现方式才能得以抒发，于是便有了《云之死》的问世。由于篇幅过短、情节模糊、难以表演等诸多原因，这部作品的戏剧属性在评论界饱受质疑，甚至有少数学者称它根本算不上一部独幕剧。[①]的确，无论是吟咏自然的主题、神秘伤感的基调还是华丽唯美的语言，都让这部剧看起来更像一首以对话体呈现的阴影主义诗歌。但从R.沃尔马的创作动机

---

① 参见 सिद्धनाथ कुमार, *हिन्दी एकांकी*, नई दिल्ली:राधाकृष्ण, 2001,पृ.100.

来看，《云之死》无疑是他建立在诗歌基础之上、以戏剧为仿效对象的一次有意识的文学探索，而这次探索源于某种更高层次的情感诉求。囿于理论知识和写作技巧的匮乏，这部作品从戏剧角度衡量仍带有明显的局限性，但作为现代印地语独幕剧的开山之作，其历史意义不容忽视。

再次，"弃诗从剧"是 R.沃尔马与外部环境调和的结果。20世纪30年代，伴随着印度民族独立运动的高涨和马列主义的传播，风靡一时的阴影主义文学逐渐从印地语文学界淡出，取而代之的是关注现实、倡导革新的进步主义文学。当苏米德拉南登·本德、默哈德维·沃尔马等同时代诗人纷纷放下阴影主义的画笔，拾起进步主义的利器时，R.沃尔马没有一味跟从。在他看来，进步主义作家"以暴制暴"的创作动力会把文学带离永恒的美和真理，而他们在作品中将所有人物打上阶级烙印的做法更会把人性消磨得黯淡无光。[1]然而，此时的印度诗坛几乎已被进步主义思潮占领，社会也需要更加贴近现实生活的文学作品为民族独立运动加势。在此境况下，R.沃尔马迫切寻求一种文学体裁，能够将自己的个人志趣与广大的社会需求结合起来。恰好就在20世纪30年代，用英文撰写或翻译的大量欧洲优秀独幕剧本流入印度。作为19世纪末20世纪初欧洲小剧场运动的产物，这些剧作大力倡导用现实主义和自然主义取代古典主义、浪漫主义，提出并建立了一整套现代独幕剧美学原则。对于当时的印地语文艺界，这些精巧绝伦的西方独幕剧像一股清风为文学和舞台实践的创新提供了可能，进而孕育出一批足以影响后世印地语戏剧发展的关键人物，R.沃尔马便是其中之一。借助戏剧艺术表现形态的多元性和灵活性，他将西来的戏剧理论与本土梵剧传统有机糅合，又将诗人的浪漫气质和社会观察者的敏锐目光注入笔尖，逐渐

---

① 参见चन्द्रिका प्रसाद शर्मा (संपादक): रामकुमार वर्मा एकांकी रचनावली (खंड: एक),नई दिल्ली: किताब घर, 2007, पृ.447-449.

形成了颇具个人色彩的独幕剧风格。随着30年代末大学生剧团在阿拉哈巴德、贝拿勒斯等印地语区主要城市的盛行，[①]加之1947年印度独立后印地语电台对广播剧的庞大需求，[②]都为独幕剧的发展提供了有利的外部条件。R.沃尔马借此机会，在自己创造力最为旺盛的中年时期全身心投入到独幕剧的创作之中，取得了不凡的成就。

在1952撰写的一篇题为《关于独幕剧》(एकांकी नाटकों के संबंध में)的文章中（见本书附录），R.沃尔马谈及自己偏爱独幕剧而非多幕剧的原因时说："事实上，我对完整的情节并不感兴趣。我想做的不是捕捉太阳，而是注视阳光。"[③]然而，从20世纪50年代末开始，"阳光"似乎已不能满足R.沃尔马的创作欲，他开始向"太阳"进发，在随后的20余年里写就24部多幕剧，其中包括《艺术与匕首》(कला और कृपाण, 1958)、《纳那·弗伦维斯》(नाना फडनवीस, 1969)、《地王的天堂》(पृथ्वी का स्वर्ग, 1971)等在戏剧艺术上颇具水准的作品。只可惜，这些作品的光彩被此前独幕剧取得的辉煌所掩盖，以至于较少被后人提起。[④]

概言之，R.沃尔马的创作历程具有以下三重特点：第一，创作生命力持久。从17岁初登诗坛时发表的《为国效力》到1990年发表的诗作《诛杀波林》(बालिवध)，R.沃尔马的创作生涯跨越近70载，一直延续到生命尽头，且从未有过长时间的中断。第二，写作兴趣广泛。他所涉及过的文学体裁包括独幕剧、多幕剧、诗歌、文学评

---

① 参见Peter Gaeffke, *Hindi Literature in the Twentieth Century*, Wiesbaden: Harrassowitz, 1978, p.95.

② 1947年印度独立后，全印广播电台逐渐成为印地语独幕剧的主要阵地。R.沃尔马发表于1947年的独幕剧集《七束光》中的一些作品已经开始呈现出广播剧的特征，此后问世的《灯节》《献灯》等诸多名剧最初都是按照广播剧的模式创作而成，它们的舞台提示中往往含有丰富的音效元素。参见सिद्धनाथ कुमार, *हिन्दी एकांकी*, नई दिल्ली: राधाकृष्ण, 2001, पृ.110.

③ चन्द्रिका प्रसाद शर्मा (संपादक), *रामकुमार वर्मा एकांकी रचनावली (खंड: एक)*, नई दिल्ली: किताब घर, 2007, पृ.443.

④ 参见Peter Gaeffke, *Hindi Literature in the Twentieth Century*, Wiesbaden: Harrassowitz, 1978, p.100.

论、回忆录和短篇小说等，其中以独幕剧数量最多、造诣最高、影响最大。第三，创作倾向的阶段性明显。具体来说，R.沃尔马在20世纪30年代基本只写诗歌，到了四五十年代开始主攻独幕剧，而60~80年代则以多幕剧为重。这样的角色转换一方面体现出作家勇于突破、敢于创新的开拓者精神，同时也显示了他娴熟驾驭多种体裁和风格的文学素养。

三、剧作题材

就题材而言，R.沃尔马的独幕剧大体分为两类：历史题材独幕剧和其他题材独幕剧。在他创作的100余篇独幕剧中，一半以上属于历史题材类，占据体量上的绝对优势。文学评论界普遍认为，R.沃尔马的历史题材独幕剧不仅代表了他剧作技巧的最高水准，同时也是20世纪中期最受大学生剧团和印地语电台青睐的独幕剧作品类型之一。[①] 因此，历史题材独幕剧是研究R.沃尔马独幕剧的重中之重。不过，笔者认为，R.沃尔马的其他题材独幕剧也有一定价值。这类作品主要包括社会剧、神话剧、文学剧等，其中社会剧的影响力尤其不容忽视。

首先看R.沃尔马的历史题材独幕剧。印地语历史剧发端于帕勒登杜时代，后在伯勒萨德的努力下到达前所未有的高度。伯勒萨德的《拉杰谢利》（ राज्यश्री ，1915）、《健日王塞健陀笈多》（ स्कंदगुप्त ，1928）、《旃陀罗笈多》（ चंद्रगुप्त ，1931）等大型历史剧不仅造就了他在印地语戏剧领域的王者地位，还对包括R.沃尔马在内的后世戏剧家产生了深远影响。[②] R.沃尔马对历史剧的特殊偏好主要源自两个原因。一方面，他认为历史上的伟大人物在印度文明的发展进程中发

---

① 参见 बच्चन सिंह, *हिंदी नाटक*, इलाहबाद: लोकभारती प्रकाशन, 1975, पृ.247; Peter Gaeffke, *Hindi Literature in the Twentieth Century*, Wiesbaden: Harrassowitz, 1978, p.104。
② 参见姜景奎：《印地语戏剧文学》，中国对外翻译出版公司，2002年，第112页。

挥了不可替代的作用，他们的卓越功绩与高贵品格值得颂扬和铭记；另一方面，他相信通过探寻历史事实可以为现世生活提供道德基础，给那些面临类似境遇或迷失在选择中的人们指明出路。[1]正因如此，R.沃尔马的历史剧大多表现的是牺牲、慷慨、悲悯、宽容等印度美德，带有较强的理想主义倾向。[2]

按照表现对象所处的历史时代，R.沃尔马的历史独幕剧可大致分为四类：[3]

（1）公元前6世纪至前2世纪：这一时期主要包括十六国割据北印度、波斯和希腊人大举入侵以及孔雀王朝一统次大陆三个阶段。R.沃尔马以此为背景创作的独幕剧重在表现古代印度灿烂的物质和精神文明，内容涵盖当时的社会、文学、文化、教育、艺术、政治、军事等诸多领域。此类剧作包括《夜晚的秘密》（रात का रहस्य）、《在正法的祭台上》（मर्यादा की वेदी पर）、《迦鲁米德拉》《灯节》《仙赐》（वासवदत्ता）等。

（2）公元2世纪至12世纪：R.沃尔马对这段历史的关注主要投向笈多王朝、戒日王朝和拉吉普特诸王朝，以浓重的笔墨刻画了那些捍卫本国国土、文化和民族荣誉的印度教国王，代表作有《维格尔马蒂德耶》（विक्रमादित्य）、《刀锋》（कृपाण की धार）、《乌檀酒或毒药》（कादम्ब या विष）、《拉杰谢利》《幸运星》（भाग्य-नक्षत्र）、《地王之眼》等。

（3）公元13世纪至18世纪：穆斯林统治时期是印地语戏剧家最惯于展现的历史阶段之一，"他们多以强大的伊斯兰侵略者为反面，以弱小的印度土邦为正面，讴歌后者的强烈的爱国主义情感和高尚的

---

① 参见चन्द्रिका प्रसाद शर्मा (संपादक), रामकुमार वर्मा एकांकी रचनावली (खंड: एक), नई दिल्ली: किताब घर, 2007, पृ.444.
② 参见बच्चन सिंह, हिंदी नाटक, इलाहाबाद: लोकभारती प्रकाशन, 1975, पृ.247.
③ 此处参考了C.P.夏尔马的分期法，细节处略有调整。参见चन्द्रिका प्रसाद शर्मा (संपादक), रामकुमार वर्मा एकांकी रचनावली (खंड: एक), नई दिल्ली: किताब घर, 2007, पृ.64-65.

民族主义气节"①。R.沃尔马也以此为基调创作了不少独幕剧,但他并不囿于这种既有的思维定势,而是以更为开阔的视野将更多复杂多变的社会和个体因素融入历史背景,呈现出更具普世意义的人文主义情怀。这类作品主要包括《帖木儿的失败》(*तैमूर की हार*)、《杜尔迦瓦蒂》(*दुर्गावती*)、《神圣信仰》(*दिने इलाही*)、《灌顶礼》(*अभिषेक*)、《恒星》(*ध्रुव तारिका*)、《奥朗则布的最后一夜》(*औरंगजेब की आख़िरी रात*)、《西瓦老爷》(*सरजा शिवाजी*)、《献灯》等。

(4)公元18世纪至20世纪:R.沃尔马表现这一时期的独幕剧作品主要分为两类。一类以英国殖民统治期间的著名历史事件、人物为素材,如《帕尼帕特的失利》(*पानीपत की हार*)、《污迹》(*कलंक रेखा*)、《瓦基德·阿里·沙》(*वाजिद अली शाह*)等;另一类则侧重表现领导印度民族独立运动的伟大人物,如《父亲》(*बापू*)、《英雄贾瓦哈拉尔》(*वीर जवाहरलाल*)、《革命使者夏斯特里》(*क्रांतिदूत शास्त्री*)等。从文学评论界的反馈来看,此类作品得到的评价远不及前三类作品。

总体来看,R.沃尔马的历史独幕剧紧紧围绕印度古代著名的帝王将相或英雄人物展开。这些古人古事并非R.沃尔马随意挑选的结果,而是他在投入大量精力对史料进行挖掘、整理和分析后选出的最能表现印度文化且深具教育意义的书写对象。这一从伯勒萨德时代因袭下来的历史剧创作传统固然严谨科学,但对作家的耐心和定力却是不小的考验。R.沃尔马在《关于独幕剧》中曾坦言,他可以坐在书桌前一气呵成地写完一部社会独幕剧,写一部历史独幕剧却要花去数天工夫,这还不包括提笔前研究史料的时间。②

R.沃尔马历史剧创作的前期工序与伯勒萨德极为相似,但两人的书写策略却有所不同。伯勒萨德在创作时"比较忠于历史","不

---

① 姜景奎:《印地语戏剧文学》,中国对外翻译出版公司,2002年,第49页。
② 参见चन्द्रिका प्रसाद शर्मा (संपादक), *रामकुमार वर्मा एकांकी रचनावली (खंड: एक)*, नई दिल्ली: किताब घर, 2007, पृ.444.

愿多作发挥想象"①; R.沃尔马虽然也将尊重史实视为创作的重要法则, 但他会为自己留出更多的想象空间, 借用黑格尔的话说, 他既保证"大体上的正确", 又要保留"艺术家徘徊于虚构与真实之间的权利"②。在R.沃尔马撰写的很多历史剧中, 无论是人物、地点, 还是情节、场面, 都有作者虚构的痕迹。但他的虚构是有限度的, 是在不颠覆基本历史事实的前提下进行的有节制的艺术创造。例如,《献灯》中本维尔恶意制造的盛大灯节是虚, 而班娜为救乌代辛格不惜牺牲亲生骨肉的奉献之举是实;《奥朗则布的最后一夜》里末日帝王榻上自省的场面是虚, 而他囚禁父亲、残害兄长的恶行是实;《灯节》中瓦苏笈多和阿罗迦企图逆反的阴谋是虚, 而旃陀罗笈多在谋臣考底利耶的协助下开国立业的伟绩是实;《迦鲁米德拉》里迦鲁米德拉和为亡子自戕的母亲是虚, 而阿育王因羯陵伽之役放下屠刀、心生善念的转变是实……所有这些虚构成分只是在庞大的历史实体之外进行的加工、修饰, 并不会破坏作品本身的历史属性。

出于艺术的美学要求, 历史剧的创作者需要对历史事实进行突出、夸张、集中、删节、简略、掩盖、虚构等处理,③而当历史剧与独幕剧结合, 则要对史实进行更为精细的处理加工, 这是由独幕剧特有的戏剧结构和审美要求决定的。独幕剧是一种短小精悍的戏剧样式, 它需要在极为有限的时空范围内制造冲突、掀起高潮, 全剧最终在冲突的解决中戛然而止, 否则戏剧效果就会大打折扣。但是, 任何重大历史事件的发生、历史冲突的化解都不是在一时一地的空间内完成的。所以, 历史独幕剧不可能也不必要担负起还原历史全貌的使命。倘若用史实将剧作填得太满, 就会大大牺牲作品的艺术

① 姜景奎:《印地语戏剧文学》, 中国对外翻译出版公司, 2002年, 第113页。
② 黑格尔著:《美学》(第一卷), 朱光潜译, 商务出版社, 1979年, 第353~354页。
③ 参见余秋雨:《历史剧简论》,《文艺研究》1980年第6期, 第44页。

性，使读者和观众感到索然无味。那么，如何才能在保证主题突出、剧情完整的前提下，将历史的宏大叙事恰如其分地嵌入独幕剧的框架结构之中呢？这就要求剧作者在选材时必须截取历史的"横断面"，即那个最能反映作者创作意图的角度，然后将重点放在表现横向的矛盾冲突上，而矛盾的纵向发展过程只能作为横向矛盾的交代、铺垫或补充。[1]为保证剧作的历史价值和信服力，"横截面"矛盾冲突中的核心人物和冲突结果应当与史实吻合。但在塑造次要人物、安排次要情节时，则必须借助剧作家的想象和虚构能力，因为这样不仅能对纵向冲突中的关键信息加以交代，又能辅助和推动核心人物在有限的戏剧容量里以合情合理的方式到达必然的冲突结果，营造出一种有别于"历史真实"的"艺术真实"。

由于印度在著史方面的欠缺，虚构对于印度作家的历史独幕剧创作就显得尤为必要。如果将本就笼统、粗糙的历史记录放在独幕剧作家的"显微镜"下，很多主要人物、情节、场景、冲突之间都会缺少重要的细节联系，这就要求作者用想象的力量把碎片化的史实拼凑成一个具有吸引力的整体。至于如何驾驭历史独幕剧中的虚构，R.沃尔马认为，必须充分揣摩当时当地的历史人文背景，只要人物的存在不违反客观历史设定，人物在剧中的动作、情感、思想与其自身性格、身份及所处环境相符，自然不造作，这样的创造就是成功的。也正是基于这一创作理念，R.沃尔马在他的大部分历史独幕剧中很好地平衡了"历史真实"和"艺术真实"，使众多印度人耳熟能详的历史人物在别具一格的戏剧空间里焕发出新的光彩。

除历史独幕剧之外，R.沃尔马也写过许多反映当下生活现实的社会独幕剧。这些作品往往以小见大，从某个平凡人的生活琐事切

---

[1] 参见辛夷:《浅谈独幕剧的戏剧冲突》,《戏剧创作》1980年第4期，第70页。

入，通过人物关系的变化、矛盾冲突的推进，最终将某些特定的社会问题放大，传达出具有普世价值和时代意义的思想观念。作为一名在印度知名高校任职多年的学者，R.沃尔马有机会接触来自各个社会阶层、各种家庭背景的学生，进而透过他们了解印度社会的整体面貌。他还热衷于参加各类社会活动，喜欢借不同场合对周边环境、事件和人物做近距离的观察。[1]上述种种都为R.沃尔马的社会剧创作提供了丰富而持久的灵感，也使他得以在作品中触及家庭、恋爱、婚姻、友谊、女性、政治等社会生活的方方面面。与创作历史独幕剧不同，R.沃尔马撰写社会独幕剧的速度通常很快，因为他的写作素材直接来源于鲜活的现实世界，而非卷帙浩繁的历史典籍。他的社会独幕剧创作过程可大体归纳为三个步骤：第一步，某一社会问题出现在面前，刺入内心深处，继而触发创作灵感；第二步，以心理活动推动剧中人物发出动作，根据外部环境和人物性格决定其动作的方向和节奏；第三步，使剧情朝着或喜或悲的结局延伸，最终揭示一个真相。[2]这样的写作思路使R.沃尔马的社会独幕剧具备三重特征：所描述问题的严肃性、角色与环境的统一性、戏剧情节的教育性。

R.沃尔马和同时代的许多剧作家一样，十分乐于并擅长描绘印度的中产阶级群体，《〈摩诃婆罗多〉中的〈罗摩衍那〉》里的大诗人杰耶代沃、《奖赏》里的警官拉杰巴哈杜尔、《试验》里的两位大学教授盖达尔纳特和鲁德尔，以及《丝绸领带》里的保险代理纳温金德尔等人都属于这一群体。由于R.沃尔马本人也是印度中产阶级的一员，他对自身及周边人的生存状态了如指掌，因而能够精准地表现这一群体在社会夹层中面临的复杂的文化冲突、身份危机和道德

---

① 参见चन्द्रिका प्रसाद शर्मा (संपादक), *रामकुमार वर्मा एकांकी रचनावली (खंड: एक)*, नई दिल्ली: किताब घर, 2007, पृ.65.

② 参见चन्द्रिका प्रसाद शर्मा (संपादक), *रामकुमार वर्मा एकांकी रचनावली (खंड: एक)*, नई दिल्ली: किताब घर, 2007, पृ.444.

困境。除此之外，年轻人的生活和心理也是R.沃尔马重点刻画的对象之一，体现了他作为教育工作者对印度下一代的关心和希冀。《十分钟》(*दस मिनट*) 是这类题材里的代表作。剧中，伯勒代沃和马哈代沃是相识多年的挚友。一天深夜，伯勒代沃来到马哈代沃家门口，呼喊着朋友的名字。马哈代沃打开房门，震惊地发现伯勒代沃浑身是血，颤抖的手里握着一把尖刀。原来，他因无法容忍某人用邪淫的眼神盯着自己的妹妹，用刀刺死了对方。马哈代沃为保护朋友，毅然决定在警察到来前的十分钟内换上了伯勒代沃的血衣，制造出自己才是真凶的假象。该剧以十分戏剧化的情节设定表现了朋友间两肋插刀的侠义之情。此外，R.沃尔马以青年为主角的社会独幕剧还包括：描写印度高校里学生政治的《选举》(*इलेक्शन*)、展现年轻人被爱情困扰的《彩色的梦》(*रंगीन स्वप्न*)、讲述兄弟情义的《一千卢比》(*एक हजार रूपया*) 等。

R.沃尔马在其社会独幕剧中以较为直接、积极的方式描绘了他眼中的社会现实。对此，有学者评论道："R.沃尔马在承认现实问题的时候从不闪烁其词，但他也从不刻意展现社会丑恶阴暗的死角，因为他本质上是个充满善念、心怀美好的诗人。"[①]这种创作倾向一方面为R.沃尔马的社会独幕剧添上了与众不同的理想主义色彩，另一方面也使其作品缺乏对社会沉疴的批判性和对现实世界的改造力。必须承认，优渥的家庭条件、平顺的成长经历和单纯的工作环境一定程度上限制了R.沃尔马看待社会的视野，使他的作品在当时的时代背景下多少带有几分曲高和寡的"小资"意味，缺乏广泛的代表性和普遍的社会意义。这也进一步解释了为什么在社会独幕剧领域，R.沃尔马的造诣终未达到阿谢格的高度。

除历史和社会题材以外，R.沃尔马还创作了10余部神话独幕剧。

---

① चन्द्रिका प्रसाद शर्मा (संपादक), *रामकुमार वर्मा एकांकी रचनावली (खंड: एक)*, नई दिल्ली: किताब घर, 2007, पृ.65.

这些剧作大多从《罗摩衍那》《薄伽梵歌》《薄伽梵往世书》等经典中取材，意在通过描绘神祇、仙人们的伟大功行和高尚品格，展现印度光辉的古代文明，进而使现世中的印度子民了解自己的文化传统并以之为傲。这类作品主要包括以《罗摩衍那》为背景的《婆罗多的命运》（भरत का भाग्य）和《王后悉多》（राजरानी सीता）、赞颂克什米尔的《陆上天堂》（धरती का स्वर्ग）、描写双马童诞生的《山顶》（शैल शिखर）、探讨爱与欲望的《黑暗》（अंधकार）、表现虔诚思想的《黑蜂歌》（भ्रमरगीत）等。和R.沃尔马的其他剧本一样，这些神话独幕剧大多以真、善、美为主基调，较少表现斗争、战乱、毁灭、不幸等主题。所以，他的神话剧基本不从《摩诃婆罗多》的主干故事里取材，也就难以见到像乌德耶辛格尔·珀德的《安巴》（अम्बा）中那种带有强烈悲剧色彩的批判主义精神。[1]

在R.沃尔马的各类独幕剧中，特别值得一提的是他的文学独幕剧。这并非由于此类作品的艺术价值多么超群，而是因为这一题材在近现代印地语文坛的稀有性。当多数文学家聚精会神地窥探着文学以外的世界时，R.沃尔马却创造性地将视线回转，以内省的态度和细腻的笔法勾勒出一幅印度文学的缔造者群像。R.沃尔马的文学独幕剧大多聚焦于印度文学史上的标志性人物，如梵语诗人婆罗维，中世纪印地语诗人格比尔、苏尔达斯、杜勒西达斯，以及近代印地语文学的开创者帕勒登杜、伯勒萨德等。他们不仅是对R.沃尔马产生过深远影响的文学先辈，同时也是他作为印地语教授和文学评论家的日常研究对象。所以，此类文学独幕剧很大程度上就是R.沃尔马研究成果的戏剧化呈现。《大诗人格比尔》（महाकवि कबीर）、《大诗人苏尔》（महाकवि सूर）、《大诗人杜勒西达斯》（महाकवि तुलसीदास）、《伯勒萨德简介》（प्रसाद-परिचय）等剧本均属此类，它们以作家

---

① 参见姜景奎：《印地语戏剧文学》，中国对外翻译出版公司，2002年，第134~139页。

的生平、创作、思想为内容，未经太多艺术化加工，保留了较高的学术性，但文学价值较为有限。相比之下，《帕勒登杜集团》（भारतेन्दु मण्डल）和《复仇》（प्रतिशोध）①这两部作品的主旨更加鲜明、结构更加紧凑，体现出更为典型的独幕剧特征。除文学家外，R.沃尔马还就文学流派等更为抽象的主题发表过少量独幕剧。在《阴影主义时代》（छायावाद युग）和《诗歌的时代之路》（कविता का युग पथ）里，R.沃尔马借助一众当代诗人间的对话阐述了诗歌对于推动印地语文学发展的意义，表达了对诗意时代的盛情礼赞。有趣的是，R.沃尔马在这两部作品中还专门为自己设计了角色，此举可以视作其"戏剧家"身份对"诗人"身份的一次回望。

四、创作理念

毫无疑问，任何成熟的创作理念都必须建立在成熟的文学形态之上，正如任何造型优雅、结构繁复的摩天大楼都需要牢固地基的支撑。只有当作者著述立篇的意旨、遣词造句的技巧和安排材料的思路等各种要素与特定的文学形态相匹配，才有可能锻造出流芳后世的文学作品。所以，在解读R.沃尔马的独幕剧创作理念之前，有必要对独幕剧这一文学体裁在印地语文坛的确立加以回顾。

印地语中称独幕剧为एकांकी，由एक、अंक、की三部分构成，直译为"一幕的"。这一概念的出现很大程度上受到英文"one-act play"的影响，但这并不意味着印地语独幕剧是十足的舶来品。早在古典梵语时期，当时盛行的多种戏剧形式中就包括一类独幕短剧，如"跋娑十三剧"中的《仲儿》《黑天出使》《使者瓶首》《迦尔纳出征》和《断股》等。②历经穆斯林统治下的漫长蛰伏，印度本土戏剧传统

---

① 又名《大诗人婆罗维》（महाकवि भारवि）。
② 参见季羡林主编：《印度古代文学史》，北京大学出版社，1991年，第260~261页。

在19世纪孟加拉文艺复兴和孟买帕西剧场的带动下重获生机。这股势头后来逐渐传入印地语区，以帕勒登杜、伯勒萨德为代表的近代印地语戏剧家承袭并发扬了古典梵语的短剧传统，于19世纪末、20世纪初发表了不少脍炙人口的独幕剧作。然而，由于剧场和舞台在印地语区的长期缺失，加之舞台意识在作家创作过程中的匮乏，这一时期的戏剧作品大多只停留在静态文本的层面。有评论家称，"即便像伯勒萨德这样极富灵感的剧作家，其剧本也只不过是供学者们阅读的材料罢了"[1]。这样的困境在相当长的时间内阻碍了印地语戏剧的发展。

20世纪二三十年代，西方戏剧被大量引入印度。它们高超的表现手法、强烈的剧场意识和丰富的现代性极大地拓宽了当时印地语戏剧的艺术边界。正是在这一时期，以R.沃尔马为代表的新兴印地语戏剧家意识到，独幕剧早已在西方成为具有独立品格的文学体裁，它无论在外部形态还是内部特征上都与多幕剧有着巨大差别。于是，他们通过研读契诃夫、萧伯纳、易卜生、王尔德、沁孤、奥尼尔、梅特林克、斯特林堡等欧美戏剧大师的独幕剧作，[2] 揣摩其中独特的创作技巧和表现手法，进而缔造出印地语文学界最早一批以"独幕剧"名义出版的作品集，其中以R.沃尔马的《地王之眼》（1935）和普沃内什瓦尔·伯勒萨德（भुवनेश्वर प्रसाद）的《商队》（कारवाँ, 1935）最为成功。这些剧集连同《天鹅》（हंस）杂志1938年刊发的独幕剧

---

① Peter Gaeffke, *Hindi Literature in the Twentieth Century*, Wiesbaden: Harrassowitz, 1978, p.96.

② 参见 सिद्धनाथ कुमार, *हिन्दी एकांकी*, नई दिल्ली: राधाकृष्ण, 2001, पृ.93.

专号，在推动印地语独幕剧独立化的进程中扮演了关键角色。[①]

因此，R.沃尔马剧作理念中最为核心、同时也最具历史意义的内涵就是有意识地把独幕剧作为自成一体的文学体裁进行创作。他发表的每本独幕剧集不仅是心血之作的集中呈现，往往还汇聚了自己在研究和创作过程中对独幕剧文学特质、艺术特色和创作技法的思考与领悟。在《地王之眼》的序言中，R.沃尔马明确指出："较之其他剧种，独幕剧自有其独到之处……独幕剧不同于多幕剧，就好比短篇小说区别于长篇小说一样。"[②]《丝绸领带》（1941）发表时，他的剧作观念更加成熟，不仅对印度和西方各种主要文学流派颇有见解，还对独幕剧在结构设置、人物刻画、语言风格、舞台布景等方面的特点进行了细致阐释。这些理论层面的探讨加速了独幕剧从印地语戏剧主体剥离的进度，促使其在20世纪40年代初完全确立为一种独立的艺术存在。1952年，R.沃尔马与德利劳吉·纳拉衍·迪克西特（त्रिलोकी नारायण दीक्षित）合著的文学评论著作《独幕剧艺术》（एकांकी-कला）发表，进一步将印地语独幕剧的审美格局清晰化、系统化，为人们创作、欣赏和评价独幕剧作品提供了非常宝贵的参考指南。

R.沃尔马在戏剧创作中始终秉持的另一理念是用艺术的手法理性地表现生活。在他看来，戏剧和生活密不可分，真正成功的戏剧

---

① 1938年，《天鹅》杂志刊发了一期独幕剧专号，收录印地语独幕剧8篇。此刊一出便在印地语文学界触发了一场激烈论战，以旃德尔古博德·维迪亚兰格尔（चन्द्रगुप्त विद्यालंकार）、介南德尔·古马尔（जैनेन्द्र कुमार）为首的文学家纷纷发文或致信编辑部，质疑独幕剧的独立性和文学价值。对此，戏剧家阿谢格以及时任《天鹅》杂志主编、普列姆昌德之子室利博德·拉伊（श्रीपत राय）等人则以扎实的独幕剧理论进行了有力反驳。这场论战在现代印地语戏剧史上有着重要意义，它使很多原本对独幕剧持盲目偏见的学者、作家意识到其特殊性和独立性。最典型的例子莫过于维迪亚兰卡尔，他曾在论战中尖锐地质问"文坛究竟有没有独幕剧的一席之地"，还蔑称独幕剧为"愚蠢的集市对话"，论战后却积极投身到独幕剧的创作、研究和编选中。参见 सिद्धनाथ कुमार, *हिन्दी एकांकी*, नई दिल्ली: राधाकृष्ण, 2001, पृ.96-98; Peter Gaeffke, *Hindi Literature in the Twentieth Century*, Wiesbaden: Harrassowitz, 1978, pp.103-104; चंद्रगुप्त विद्यालंकार(संपादक), *हिंदी एकांकी*, नई दिल्ली:नेशनल बुक ट्रस्ट, 1973, "भूमिका".

② सिद्धनाथ कुमार, *हिन्दी एकांकी*, नई दिल्ली: राधाकृष्ण, 2001, पृ.90.

应该将生活中的事件问题化，在不断延展的剧情中以强有力的方式展现冲突，进而使生活中的人们受到启发。在各类文学体裁中，R.沃尔马认为最能有效反映生活的便是独幕剧，因为独幕剧可以像神猴哈努曼一样，以微小之躯巧妙进入如蛇母须罗婆（सुरसा）般庞大的生活体系之中，施展以小见大的本领。[①]至于如何在剧作中具体地表现生活，R.沃尔马认同以客观现实为创作基础的做法，但他不同意对生活进行简单乏味的临摹，也反对像某些现实主义和进步主义作家那样一味渲染生活中的阴暗和丑恶，因为两种方式都会使文学缺少应有的诗意、美感和吸引力。从R.沃尔马的独幕剧作品中不难发现，他特别关注人的本性与环境发生冲突时所产生的困惑、迷茫或惊异，强调对人物的心理活动加以关照，这是西方戏剧对他影响最大的一个方面。他认同象征主义代表剧作家梅特林克以较为细腻、温和的方式刻画人物内心的表现手法，反对奥尼尔等表现主义作家夸张、怪诞的创作风格。可见，R.沃尔马的剧作观中渗透着的更多是理性、调和、积极、向善的因素，这一方面使得他的独幕剧非常易于被大众接受和喜爱，另一方面也一定程度上制约了其作品的艺术表现力和社会冲击力。

尽管在创作技巧方面深得西方戏剧启发，但R.沃尔马始终认定自己的独幕剧本质上是印度的。作为阿拉哈巴德大学的一名印地语学者，他十分看重独幕剧的教育意义，一直把向学生宣扬印度文化的博大精深、传播印度的传统美德视为创作的重要动机。与帕勒登杜、伯勒萨德等印地语戏剧界前辈一样，R.沃尔马从两大史诗、"往

---

① 在《罗摩衍那·美妙篇》中，悉多被罗波那劫往楞伽岛，罗摩派神猴哈努曼前去侦察。渡海途中，哈努曼遭到蛇母须罗婆的阻拦，任何人都必须从她的口中进入，若能成功出来便可渡海。机智的哈努曼钻进须罗婆口中，身体不断变大，须罗婆的体形也随之增长。突然，哈努曼把身体变得像拇指那样小，趁须罗婆还未缩小之际，从她的口中（一说是耳洞）飞了出来。须罗婆被哈努曼的智慧折服，准许他继续前往楞伽。参见蚁垤：《罗摩衍那》（五），季羡林译，北京：人民文学出版社，1983年，第29~34页。

世书"及各类史籍中撷取素材，写出了一大批以著名古代人物或事迹为题材的历史独幕剧，其中饱含着对印度悠久文明的深情和敬意，也对当下的印度社会有现实性的启迪意义。不仅如此，R.沃尔马还从婆罗多的《舞论》、胜财的《十色》(दशरूपकम्)等印度古典诗学著作中吸收了许多与剧作法、舞台艺术相关的宝贵经验，尤其是《舞论》中的"味"(रस)、"惊奇"(कौतुहल)等观念在他的独幕剧中都有充分体现。所以，如果说R.沃尔马的剧作实践中部分地使用了西方式的"器"，其内在遵循和试图表达的则是印度式的"道"。采西洋之器，扬本土之道，这是他剧作理念的第三层重要内涵。

作为现代印地语独幕剧的奠基人，R.沃尔马较之前人的一大突破在于他向作品中注入了很强的舞台意识和可表演性。自帕勒登杜去世以后，舞台意识在印地语戏剧界沉寂了数十年之久，其间的剧作家大多进行着始于文本、终于文本的写作，致使这一时期的戏剧影响较为有限。在R.沃尔马看来，戏剧超越其他各种文学形式的重要特质便是它的可见性，而可见性必须借助舞台才能得以实现。他认为，剧本和舞台的关系好比灵魂和躯体，没有舞台，剧本就失去了赖以栖居的载体，任何无法在舞台上生动展现的戏剧都不可能是成功的戏剧。他坚决反对纯粹的读本式戏剧，认为这类戏剧之所以与舞台长期脱离，主要归咎于四个原因。其一，在情节安排上不设限制，使剧本变成了对话体长篇小说，失去了戏剧艺术应有的紧凑和张力；其二，对剧中角色数量不加控制，在人物形象的塑造上过于浓重或过于单薄，致使演出时角色比例失当；其三，对话中夹杂过多韵文，或表达方式太过单一，不依人物的身份和性格变通，以致削弱了戏剧语言的舞台表现力；其四，过于重视对人物心理活动的描摹和对精神世界的分析，造成情节发展阻滞，还无形中加大了舞台诠释的难度。前三种缺陷屡见于近代印地语剧本，而第四个问题则往往出现在20世纪深受西方思潮影响的戏剧家身上。R.沃尔马提出，若要避免作品沦为静态文本，首先应从印度的古老智慧中汲取养料。他本人对《舞论》中剧本、演员、观众三者间的关系以及各种戏剧实践的形态和效用进行过深入钻研，高度认同婆罗多以舞台表演为中心、注重观众审美体验的戏剧观。他还充分借鉴西方现代戏剧在戏文、导演、表演、舞美等方面的先进经验，对《舞论》的理论和实践进行改良，进而形成自己以舞台意识为先导的剧作理念。R.沃尔马的这一理念不仅直接表现为他独幕剧中丰富、精准的舞台提示以及《试验》等剧本中由他亲手绘制的舞台设计图，更广泛渗透到情节安排、结构设置、人物刻画、语言使用等戏剧创作的各技术层面。也正由于R.沃尔马有意识地赋予其剧本以表演的可能性，才使得他的独幕剧一度成为当时印度大学生剧团最青睐的宠儿。

五、创作技巧

文学写作是一项高度技巧化、精密化的创造性实践。对于任何一个成熟的文学家来说，写作过程中使用何种技法完全取决于其内心秉持何种创作理念。R.沃尔马也不例外，他的独幕剧写作技巧与其四重创作理念可谓一脉相承。首先，他视独幕剧为独立的艺术形态，这意味着其承认独幕剧有着区别于多幕剧等其他文学体裁的结构特点和美学内涵。其次，他倡导用艺术的方式展现生活，这决定了其所塑造的人物、铺设的情节、制造的冲突在令人耳目一新的同时，又必须是合乎常情、顺其自然的。再次，他主张融本土与西方剧作法于一体，因而在其创作技法中，既能看到印度古典诗学的影子，又能觅得西方戏剧理论的痕迹。最后，他强调以舞台意识引领戏剧创作，这使得其作品中往往夹杂着极丰富的演出提示信息和舞台表演元素。以下从结构安排、人物塑造、语言使用、舞台提示四个方面来进一步认识R.沃尔马独幕剧创作的艺术技巧。

（一）结构安排

R.沃尔马的独幕剧创作严格遵守"三一律"。"三一律"是重要的西方戏剧结构理论，又称"三整一律"。它规定"剧本创作必须遵守时间、地点和行动的一致"①，法国古典主义戏剧理论家布瓦洛将其阐释为"要用一地、一天内完成的一个故事从开头直到末尾维持着舞台充实"②。作为古典主义戏剧的一条固定法则，"三一律"可使剧本结构更趋集中、严谨。20世纪初，随着大量欧美剧本进入印度，"三一律"也得到了一些印地语戏剧家的关注。当不少人倡导以改良的态度看待和使用"三一律"的时候，③ R.沃尔马则坚定地认为：

> 独幕剧是一种必然遵从"三一律"法则的戏剧形式。一个完整的行动需要在唯一的地点和唯一的时间内完成。如果地点和时间发生变化，那独幕剧和其他戏剧体裁还有什么区别？独幕剧作家的才能恰恰体现在，能否通过展现一个行动进程中的不同事件在某一固定地点的相互作用，借助不断累积的惊奇，进而将剧情推向高潮并揭示某一真相。④

R.沃尔马对"三一律"的坚定执行并非墨守成规或任意盲从，而是因为他高度认同该理论之于独幕剧的契合性。他认为，独幕剧简短凝练的艺术特点使"三一律"的运用成为可能，而"三一律"反过来又能帮助独幕剧作家在有限的时空资源下，很好地完成特定

① 参见《中国大百科全书》（第2版），第19卷，北京：中国大百科全书出版社，2009年，第119~120页.

② 布瓦洛:《诗的艺术》，任典译，北京：人民文学出版社，2009年，第32~33页。

③ 戏剧家赛特·戈宾德达斯（सेठ गोविंददास）提倡时间和行为保持一致、地点可视情况而变的"二整一律"，而文学批评家纳甘德尔（नागेन्द्र）则认为地点和时间都灵活处理。参见 रामकुमार वर्मा और त्रिलोकी नारायण दीक्षित, एकांकी-कला, इलाहाबाद: रामनारायण लाल, 1952, पृ. 35-36.

④ रामकुमार वर्मा और त्रिलोकी नारायण दीक्षित, एकांकी-कला, इलाहाबाद: रामनारायण लाल, 1952, पृ.36.

情感和观念的表达。所以，R.沃尔马的几乎全部独幕剧作品都只有一幕一场，即整个行动过程中没有时间中断和场地切换。[①]这样的戏剧结构赋予其作品很强的紧凑感和流畅感，读起来一气呵成。

然而，对于一部成功的独幕剧来说，紧凑和流畅远远不够，还必须具有不凡的表现力和吸引力。这就需要对作品进行更加巧妙的结构安排和情节设计。从上则引言可以看出，R.沃尔马对"三一律"的阐释不仅限于时间、地点、行动的一致性，而是在限定时间和地点的基本框架内，指出了"一个完整的行动"（即主要情节）从开始到结束必具备的各种附加要素，包括"行动进程中的不同事件"（即多个次要情节）、"相互作用"（即矛盾冲突），以及"惊奇""高潮"和"真相"。这样的结构模式既可保证独幕剧整体风格的简洁、连贯，又能从细节上不断超越读者和观众的想象力，给他们以丰富的审美体验。以《迦鲁米德拉》为例，该剧的时间设定在某天傍晚持续不断的一小时内，地点是蒂夏拉克莎王后的房间，行动始终沿着阿育王放弃暴力这条主线推进，完全符合"三一律"法则的基本要求。剧情以蒂夏拉克莎王后与迦鲁米德拉的对话开场，在主仆一问一答的过程中表现出两人对羯陵伽之战的反感，同时交代了迦鲁米德拉生于羯陵伽的身世，为之后阿育王失信于她埋下了伏笔。紧接着，R.沃尔马以迦鲁米德拉起舞、阿育王归营、阿育王欲责罚迦鲁米德拉、迦鲁米德拉离场、失子母亲现身并自杀、阿育王自省等一系列动作将剧情层层推进。突然从门外传来的嘈杂声营造出强烈的惊奇效果。随后，剧情在昏厥的迦鲁米德拉被抬入房间时到达高潮，又在优波鞠多解释事件原委、阿育王宣布皈依非暴力思想后归于完结。整个情节严格按照结构设计的轨迹移动，层层递进，伴随着一波又一波冲突的集聚，最终呈现出一个令人意想不到的结局。

---

① 《拉杰谢利》和《仙赐》是R.沃尔马少有的一幕多场的独幕剧。参见सिद्धनाथ कुमार，हिन्दी एकांकी, नई दिल्ली: राधाकृष्ण, 2001, पृ.110.

如果说"三一律"是R.沃尔马独幕剧的整体结构，那么其结构内部开场、进程、结尾等各个部分又分别有着怎样的特点呢？

开场的重要性不言而喻，对于独幕剧更是如此。和大剧不同，独幕剧因受容量限制，无法在剧情开始之前特意预留一定篇幅，对剧中人物、事件、环境作专门性的交代。它要求在戏的开头必须暗含关乎人物身份、性格、关系的重要信息，以便为随后发展矛盾、激化冲突、制造高潮等诸环节留出充足的余地。[①] R.沃尔马认为，一个成功的独幕剧开场大体需要具备以下特质：（1）内容短小精悍；（2）不能像梵语戏剧那样有献诗和赞辞；（3）对话和场面引人入胜；（4）与随后开展的情节紧密对接。[②] 概括起来，即以极具吸引力的方式使作品快速入戏。例如在《灯节》的开篇，R.沃尔马并不急于请出主人公旃陀罗笈多，而是从两位大臣在朝堂恭候大王的视角切入，借二人之口交代了新王入城的背景，侧面烘托出旃陀罗笈多的英武形象。更为巧妙的是，两位大臣一正一邪，针锋相对的言谈间预示了新旧势力的暗中对抗，为之后的情节发展埋下了悬念，同时营造出箭在弦上的紧迫之感。整个开场不足10组对话，随着旃陀罗笈多步入朝堂，主干情节顺势展开。《丝绸领带》的开场同样别具一格，没有一句对话完全是男主人公纳温的独角戏。作者意在以一个趣味横生的场面破题，其思路与苏格兰作家J. M. 巴蕾的独幕剧名篇《十二磅的神情》颇有几分神似。R.沃尔马借助一系列精准的细节动作、寥寥数句的自言自语和恰到好处的声效植入，将一个中产阶级自恋、自负的性格特征栩栩如生地展现在读者和观众面前，并在第一时间将其与"丝绸领带"这一具有象征意义的符号绑定，标志着戏剧冲突的正式开启。

---

① 丁楠：《论独幕剧的特点和技巧——〈外国独幕剧选〉编后》，《戏剧艺术》，1981年第4期，第59页。

② रामकुमार वर्मा और त्रिलोकी नारायण दीक्षित, एकांकी-कला, इलाहाबाद: रामनारायण लाल, 1952, पृ.84-86.

戏剧冲突是戏剧的基本特征，它贯穿于整出戏首尾之间的全部进程，组成一部戏剧的躯干。在R.沃尔马看来，"戏剧的灵魂在冲突中得到滋养，戏剧家在对冲突的揣摩上花费多大力气，他的作品就会表现得多么有趣"，而制造冲突的技巧在于，"破坏个体的惯性思维和社会的既定传统，进而在戏剧家的指引下，将这一破碎的思维或传统带上一条全新道路"①。这一技巧在R.沃尔马的很多独幕剧中都得到了体现。例如，在《迦鲁米德拉》中，阿育王的惯性思维（暴戾好战）先被无辜母亲的自杀所瓦解，之后又被迦鲁米德拉的牺牲重建；在《奖赏》中，拉杰巴哈杜尔的惯性思维（对爱和正义的曲解）先被妻子娜莉妮企图杀掉自己的举动所瓦解，之后又被伯勒卡什的爱国精神和两人单纯炽热的恋情重建；在《复仇》中，婆罗维的惯性思维（恃才傲物）先被父亲的当众羞辱所瓦解，后又在父母的爱和苦心中得以重建。正是在这一系列破旧立新的动作中，冲突得以制造，情节得以发展，主题得以突显。

在情节安排方面，R.沃尔马自称从婆罗多的《舞论》中获取了大量灵感，特别是对"惊奇"的作用格外重视。②他认为，要使一部独幕剧富有吸引力，就必须在大幕拉开的当下注入"惊奇"；情节在累积的情感和动作中以上扬的姿态向前推进，最终仍要伴随着"惊奇"到达顶点。③根据婆罗多的理论，戏剧情节可分为开头、展现、胎藏、停顿和结束五个"关节"，这五个关节又分为六十四种

---

① चन्द्रिका प्रसाद शर्मा (संपादक), *रामकुमार वर्मा एकांकी रचनावली (खंड: एक)*, नई दिल्ली: किताब घर, 2007, पृ.446.

② चन्द्रिका प्रसाद शर्मा (संपादक), *रामकुमार वर्मा एकांकी रचनावली (खंड: एक)*, नई दिल्ली: किताब घर, 2007, पृ.61.

③ चन्द्रिका प्रसाद शर्मा (संपादक), *रामकुमार वर्मा एकांकी रचनावली (खंड: एक)*, नई दिल्ली: किताब घर, 2007, पृ.452-453.

"分支"，这些分支的六种作用中就包含"令人惊奇的表达"①，而这种"令人惊奇的表达"又可进一步与八种味中的"奇异味"及与之对应的"常情惊"联系起来。②在R.沃尔马的独幕剧中，"惊奇"元素伴随着戏剧冲突广泛存在。一方面，它表现为剧中人物吃惊、讶异的情态（即常情）；另一方面，当读者和观众借助视觉和听觉接收到剧中人物的这种常情，便会将其内化为一种出乎意料或不可思议的审美快感（即味），进而被剧情牢牢地吸引。所以，对于R.沃尔马的独幕剧而言，"惊奇"是使观剧者在戏剧进程中保持浓厚兴趣的关键因素。

独幕剧的结尾也很重要。一部剧作无论开场多么精彩、戏剧冲突多么激烈，倘若终了只是心不在焉地草草收官，其艺术效果也会大打折扣。R.沃尔马很重视对剧尾的雕琢，他认为好的结尾首先要有感染力，其次要使读者和观众明确理解作者的创作意图。③从这两个角度衡量，《地王之眼》的结尾无疑是成功的，其高妙之处在于，戏剧冲突的尖锐性较之前情不仅没有削减，反而有所提升。面对高利的残忍惩罚，地王非但没有胆怯，反而泰然自若地主动提出增加惩罚力度。这一看似违背常理、出其不意的动作，恰恰突显了地王勇者无畏的英雄气概，同时反衬出高利阴险毒辣的丑恶嘴脸。可以说，《地王之眼》的结尾既对人物形象的塑造起到了强化作用，又进一步表明了作者赞美勇气、歌颂正义的创作目的。

从结构角度看，R.沃尔马的独幕剧结尾可大致分为"闭合式结

---

① 除婆罗多的《舞论》外，胜财在《十色》中也对戏剧情节的关节和分支进行了论述。根据两人的理论，惊奇成分主要存在于开头关节的"思索"分支和结束关节的"意外"分支。婆罗多对"思索"的定义是"因好奇而深思"，胜财进一步阐述为"感到惊奇"，而两人对"意外"的定义均为"令人惊奇"。参见黄宝生：《印度古典诗学》，北京大学出版社，1993年，第89~106页。

② 需要指出的是，古典梵语诗学中"奇异味"（अद्भुत）和"常情惊"（विस्मय）对应的原词均不是कौतुहल，但三者的情感内涵无疑具有某种相似性。

③ 参见रामकुमार वर्मा और त्रिलोकी नारायण दीक्षित, एकांकी-कला, इलाहाबाद: रामनारायण लाल,1952, पृ.87.

尾"和"开放式结尾"两种。所谓"闭合式结尾",即全剧最终有一个确凿的结果,通常表现为剧中主要人物在经历冲突后达成了某种一致。这类结尾在基调上既可高昂似《杜尔迦瓦蒂》,甜蜜似《试验》(परीक्षा),又可悲惨似《献灯》,壮烈似《地王之眼》。而"开放式结尾"往往在冲突化解之后再掀波澜,全剧在一个不确定的情节点上兀然终止,主要人物的思想和行为未能达成一致,此类代表作有《复仇》《灯节》等。相比于"闭合式结尾","开放式结尾"像是一声空谷中的回响,往往给人以意犹未尽的情感体验。这种结尾可以使戏剧生命在读者和观众的想象中得以延续,因而具有更强的感染力。

(二)人物塑造

评价一部戏成功与否,除了看它的情节是否足够吸引人,还要注意其人物形象的刻画是否足够鲜活饱满。由于独幕剧的容量限制,戏剧家无法设计专门的段落详细交代剧中人物的身世、职业、性格、思想等信息。所以,对关键人物的塑造,特别是对其性格、思想的塑造,往往是在戏剧冲突中完成的。戏剧冲突越尖锐,人物的深层特质越容易得到激发,其形象也就越立体、越充实。

R.沃尔马将戏剧冲突分为两类:(1)现实生活中两种相反情境的矛盾,即外部冲突;(2)人物内心两种相反感情的矛盾,即内部冲突。[①]他认为,内部冲突比外部冲突更有助于人物形象的塑造,因为心理是性格的基础,而性格是人物形象的关键。[②] R.沃尔马对人物

---

① 参见रामकुमार वर्मा और त्रिलोकी नारायण दीक्षित, *एकांकी-कला*, इलाहाबाद: रामनारायण लाल,1952, पृ.59.

② 参见चन्द्रिका प्रसाद शर्मा (संपादक): *रामकुमार वर्मा एकांकी रचनावली (खंड: एक)*, किताब घर, नई दिल्ली, 2007, पृ.435.

心理的分析和刻画很大程度上受到了西方表现主义戏剧家的影响，[①]
这种创作技巧现在看来已不新鲜，但在20世纪三四十年代的印地语
戏剧界却是比较超前的。有评论家认为，在当时众多的印地语独幕
剧家中，R.沃尔马在剧作中着重表现内心冲突的意识是首屈一指的。
凭借这种意识，他在作品中成功地塑造了许多身份、性格迥然不同
的角色，其中，《献灯》中的奶妈班娜堪称R.沃尔马独幕剧作品中人
物塑造的典范。

　　和章西女王一样，班娜也是在印度享有盛誉的杰出女性。在政
治宣传中，她是忠义两全、勇于奉献、以国为重的女英雄，更是印
度民族主义的代言人。但是，文学作品的一大硬伤便是把人物有选
择性地带入一个过度完美的极端，以至于将其符号化、样板化甚至
神化，而这样的人物往往虚假、空洞，缺乏美感。R.沃尔马注意到，
班娜的身份具有双重性，她既是王族后裔的监护人，又是世间千万
普通母亲中的一份子。太平盛世里，这两重身份彼此无争，融于一
身；而当篡权夺位的危机步步紧逼，双重身份的统一性开始在外部
环境的挤压下破裂，主人公必须在二者之中选择其一。《献灯》的独
特之处在于，它关注的不是班娜抉择的必然结果和促成这一结果的
伟大精神，而是她的抉择过程以及其间表现出的无助与渺小。正是
这无助与渺小，强化了班娜身为平凡母亲的现实面，拉近了她与读
者、观众的心理距离；又在没有削减其英雄气概的前提下，在她的
角色中注入了闪耀着人性光辉的悲剧色彩。

　　R.沃尔马对班娜母亲形象的塑造大部分是靠心理刻画实现的，
他在情节中后段紧张的戏剧冲突、频繁的人物串场和密集交错的对
话中，特意为班娜设计了两个独享舞台的场景，[②]使她有机会将隐忍

---

① 参见 चन्द्रिका प्रसाद शर्मा (संपादक): *रामकुमार वर्मा एकांकी रचनावली (खंड: एक)*, किताब घर, नई
दिल्ली, 2007, पृ.451.

② 虽然第二个场景中还有班娜的儿子金檀，但他当时已经熟睡，不参与任何戏剧动
作，所以相当于不在场。

在心底的情感纠葛以独白的形式宣泄出来。在第一个场景中，班娜把自己舍金檀救王子的打算告予女仆萨莫丽，萨莫丽大惊失色，她不敢相信班娜竟做了这样的决定，仓惶逃离了现场。面对此景，班娜向女神婆瓦尼呼告。在她心里，一边是保全王族的使命，是拉吉普特女人的正法；另一边则是难以自抑的母爱狂澜，是难舍难分的骨肉情深。她明知不能因私情罔顾王族安危，却终究无法降服自己强大的天性。于是，班娜只能寄希望于一个万能的神力来切断她的母爱源泉，把她变成心如铁石的基道尔女人。这段呼告生动地展现了主人公内心复杂的情感斗争和斗争无果的绝望，淋漓尽致地诠释出柔弱个体在被命运撼动时的卑微。它使读者和观众同时看到人物性格中的坚硬和柔软，这符合常情，易于唤起心理共鸣。在另一个场景中，班娜将金檀哄睡在乌代辛格王子的床榻上，等候着本维尔的到来。此时的班娜虽已做出了牺牲爱子的抉择，但 R. 沃尔马并不急于呈现她和本维尔的正面交锋，而是精心安排了一段感情丰沛的自白。班娜的言语间充斥着强烈的自责，这种自责源于她对自身母亲身份的认同和无法履行相应职责的歉疚。为了强化情感表达的程度，作者让班娜不停回忆此前与金檀对话的种种片段，话语中第二人称"你"的指代对象连续切换，使她的思绪在今与往、此与彼、理想与现实之间来回穿梭，建立联系，构成对比，进而层层递进地掀起情感冲突的高潮。最后，班娜坚定地切断回忆，其心理时态从过去到达未来。她以献灯的方式将金檀放逐在鲜血的河流中，预示着戏剧冲突在历史的延续中得到化解，象征着生命的不朽和母爱的永恒。原本分崩离析的双重身份，也在历经反复激荡的情感纠葛后，最终在主人公的精神世界里孕育出新的统一。这种跨越时空的心理刻画使得人物形象的塑造趋于立体、饱满，增加了作品的艺术性和感染力。

从《献灯》可以看出，R. 沃尔马注重人物心理与其身份、天性的一致性，又善于在此基础上表现人物心理在特定冲突环境中发生的动荡和激变。①因此，他独幕剧中的主要人物大都具有较强的典型性，能够代表某种人物类型，但同时又具有各自的独特性，令人印象深刻。

（三）语言使用

戏剧是语言的艺术。语言在剧本中所占的地位与情节、结构、人物同等重要。② R.沃尔马十分强调戏剧语言的艺术性，他曾表示，"一部戏剧若是没有优美雅致的语言和加以修饰的对话，那便是徒劳无益的创作"③。由于涉及题材的广泛性和塑造人物的丰富性,R.沃尔马在作品中表现出的语言形态也较为多元。但总体而言，简练、多语性和诗化是其独幕剧语言中三个比较突出的特点。

R.沃尔马认为，独幕剧的对话语言首先要简练，这是其体裁特殊性决定的。一出独幕剧的长度通常很短，如果角色的语言过于冗长、拖沓，就会浪费宝贵的时间资源，既无法使观众和读者提起兴致，又不能有效地传达剧作者的创作意图。④ "简练"的意思并非严格限制角色在单次发言中的语量，而是指无论角色说出多少内容，都应尽量使用语义明确的短句，尽量少做对推动情节或塑造人物无明显作用的表述。正如R.沃尔马自己所说，简洁而富有穿透力的语言可以"用尽可能少的语汇诠释尽可能多的内涵"，进而"将角色深

---

① 参见चन्द्रिका प्रसाद शर्मा (संपादक), *रामकुमार वर्मा एकांकी रचनावली (खंड: एक)*, नई दिल्ली: किताब घर, 2007, पृ.435-436.

② 参见丁楠:《论独幕剧的特点和技巧——〈外国独幕剧选〉编后》,《戏剧艺术》, 1981年第4期，第62页。

③ चन्द्रिका प्रसाद शर्मा (संपादक), *रामकुमार वर्मा एकांकी रचनावली (खंड: एक)*, नई दिल्ली: किताब घर, 2007, पृ.450.

④ 参见चन्द्रिका प्रसाद शर्मा (संपादक), *रामकुमार वर्मा एकांकी रचनावली (खंड: एक)*,नई दिल्ली: किताब घर, 2007, पृ.23.

深地印在人们心上"①。

多语性是R.沃尔马独幕剧语言的第二个特色。他曾就此问题进行过系统阐释：

> 不同人物的性格塑造需讲求自然，而单一的对话风格恰与之相左。生活中我们所见的每个人都在以自己的方式讲话。若想让角色在舞台上呈现得自然，就要根据他们的本能和性格决定对话风格。由此一来，戏剧中的多样性才能得以提升，"味"才能得以丰富，"惊奇"的程度才能得以增强。②

可见，R.沃尔马对戏剧中对话用语的根本要求是"自然"。所以在他的独幕剧中，每个角色的谈吐方式都是与其家庭出身、社会地位、教育程度、个人性格相匹配的，即便同一角色的语言风格，也会随着外部环境和内在心理的突变而发生变化。戏剧语言的多语性由此产生。

多语性主要包含多语种和多语气两个方面，而这两方面又是借助多变的语汇具体实现的。从语种来看，尽管R.沃尔马的独幕剧均以印地语天城体写就，但其背后的词源构成却是十分丰富的。在《婆罗多的命运》《王后悉多》等以印度教神话传说为题材的作品中，古雅的梵语原型词（तत्सम）贯穿全文，以突显人物之高贵、氛围之神圣。历史独幕剧中，《灯节》《维格尔马蒂德耶大王》《沙摩陀罗笈多》等表现印度国王的作品也大量使用梵语词源的印地语词，而《瓦基德·阿里·沙》《帖木儿的失败》《奥朗则布的最后一夜》等

---

① चन्द्रिका प्रसाद शर्मा (संपादक), *रामकुमार वर्मा एकांकी रचनावली (खंड: एक)*, नई दिल्ली: किताब घर, 2007, पृ.436.

② चन्द्रिका प्रसाद शर्मा (संपादक), *रामकुमार वर्मा एकांकी रचनावली (खंड: एक)*, नई दिल्ली: किताब घर, 2007, पृ.437.

以穆斯林君王为主人公的作品则包含许多阿拉伯、波斯词源的印地语词。再看R.沃尔马的社会独幕剧，除了占主导地位的标准印地语外，在《丝绸领带》《试验》《〈摩诃婆罗多〉中的〈罗摩衍那〉》等表现印度中产阶级的剧作中，往往夹杂着大量英语单词。此外，无论历史剧还是社会剧，当剧中出现仆人、随从等社会地位较低的次要人物时，R.沃尔马通常会安排他们说某种方言或带口音的标准印地语。如《献灯》中女仆齐德勒讲的就是拉贾斯坦地区的某种方言，而《〈摩诃婆罗多〉中的〈罗摩衍那〉》里男仆伯德利的言谈中则带着浓郁的比哈尔口音，他还因为把剧院老板"考什"（घोष）的名字说成了"狗屎"（गोस）而遭到主人杰耶代沃的调侃。

多语性的第二个表现是多语气，主要指同一人物在外界刺激或内心波动时展现出的各种迥然不同的语言表情。这一点在《丝绸领带》中纳温的身上体现得惟妙惟肖。他用满怀爱意的口吻赞美妻子，也以粗俗不堪的言语呵斥下人；志愿者苏塔勒达向他推销土布衣服，他先回以冷嘲热讽，而当苏塔勒达夸他演讲一流时，他的口气立马客气起来；为自己的偷盗行为辩护时，他自信满满，振振有词，而当他意识到自己行为不端的事实后，又沮丧地对妻子抱怨"这世界糟透了"。人物内心的喜怒哀乐全部借助语气的多样性释放出来，这些情感因素又进一步推动情节以合情合理的方式向前发展。

R.沃尔马曾说，戏剧即"可见的诗"[①]。诗化是他在戏剧语言中惯用的第三种手法，也是构成其独幕剧整体风格的重要因素。值得一提的是，R.沃尔马曾系统论述过独幕剧艺术的方方面面，唯独对这一手法的运用鲜有提及。这或许可以从一个侧面说明，他的很多剧作理念和技巧都是通过有意识的培养产生的，而剧本中的诗歌色彩却是其诗人身份的无意识的彰显；换言之，诗化语言是R.沃尔马的

---

① चन्द्रिका प्रसाद शर्मा (संपादक), *रामकुमार वर्मा एकांकी रचनावली (खंड: एक)*, नई दिल्ली: किताब घर, 2007, पृ.434.

一种文学本能。

　　由于诗歌本身古风古韵、华丽庄严的风格与反应社会问题的现实题材不相适应，所以R.沃尔马的诗化语言主要见之于他的历史独幕剧。有文学史家认为，他继承了伯勒萨德以诗意文风和歌谣表达历史人物情感的传统，[1]但R.沃尔马本人对伯勒萨德的戏剧语言实际上是持批判态度的。他表示，伯勒萨德的名剧《阿阇世王》和《健日王塞健陀笈多》中个别对话夹带着韵文，使人物语言显得极不自然。[2]基于这种认识，R.沃尔马在诗化语言的运用上形成了一套与前人不同的技法。一方面，他的剧作中也有整段的诗歌或歌谣，但绝不会出现在对话中；另一方面，他笔下的人物对话时常带有浓厚的诗意，但绝不会对情节发展和人物刻画造成阻碍。以《献灯》为例，剧中以韵文形式整段出现的共有两首歌谣。第一首出现在开场，是后台传来的歌舞声，用来模拟灯节的热闹场面；第二首安插在班娜哄金檀入眠的过程中，内容如下：

决眦望路穷昼日，

久立垄上步迟迟，

鸟儿且飞兮，黄昏至。

双目强撑泪满盈，

似若滂沱雨未停，

鸟儿且飞兮，黄昏至。

盼你念你疯又痴，

---

① 参见Peter Gaeffke, *Hindi Literature in the Twentieth Century*, Wiesbaden: Harrassowitz, 1978, p.100.

② 参见चन्द्रिका प्रसाद शर्मा (संपादक), *रामकुमार वर्मा एकांकी रचनावली (खंड: एक)*, नई दिल्ली: किताब घर, 2007, प्.436-437. 此外，印地语文学评论家德维威蒂也有类似评价："伯勒萨德有时醉心于制造诗的意境，以致破坏了故事情节的自然发展。"转引自姜景奎：《印地语戏剧文学》，中国对外翻译出版公司，2002年，第126页。

重重险阻在此时，

鸟儿且飞兮，黄昏至。

这段韵文的植入十分成功。一方面，它具有强化抒情效果的作用。黄昏到了，鸟儿即将飞走，恋鸟之人依依不舍，却无法改变心爱之物终将消逝的命运，只好无可奈何地送它远行。这样的诀别场面呼应了此时班娜的悲惨处境，恰如其分地表现出她无力护子的痛苦、无助和悔恨，并能以常情生发悲悯味，增强读者和观众的审美体验。另一方面，它具有推动情节发展的功能。金檀因害怕而无法入睡，班娜便在他的请求下唱出这支歌谣。紧接着，金檀入眠，进入某种"无意识"或"不在场"的状态，使之后班娜和本维尔的冲突成为可能。与此同时，歌谣引发班娜的内心共鸣，使她无法自持，继而引出她在金檀床前的大段独白。

戏剧语言在对话层面上的诗化并非把台词写成韵文，而是要营造出诗的味道和意境。R.沃尔马对此类效果的营造主要是通过比喻、拟人、排比、对仗等修辞手法实现的，其作用在于拓宽对话的语义边界，使语言富有哲理性和想象力，同时也有助于增强表情达意的力度，突显人物的性格和智慧，但对于推动情节并无太大意义。所以在R.沃尔马的独幕剧中，用诗意语言讲话的通常不是台词较多的主角，而是个别起点睛效果的次要人物。这样就避免了主人公在遣词造句、营造意境上花费过多时间，从而保证了故事情节的快速进展。

（四）舞台提示

舞台意识是R.沃尔马剧作理念的重要部分。他在多个剧集的序言中不厌其烦地阐述舞台和剧本的关系，并在理论著作《独幕剧艺术》中用最大的篇幅解释印地语独幕剧中舞台提示的起源、分类和使用，还从《舞论》中借鉴舞蹈、音乐等表现形式，以强化作品在舞台上的艺术感染力。由此不难发现，他所理解的戏剧本质上是一种视觉艺术，任何文本层面的文学性创造都应以舞台为最终归宿，接受观众的检验。

上文谈到R.沃尔马对读本式戏剧的批判，列举了他眼中扼杀剧本舞台性的四类问题：问题一，情节安排不设限，缺乏紧凑感和张力；问题二，角色数量不加控制，人物塑造比例失当；问题三，对话中夹杂太多韵文，表达方式过于单一；问题四，过于重视对心理刻画，导致情节阻滞。反观R.沃尔马的独幕剧创作，他用"三一律"法则保证了独幕剧整体结构的集中、紧凑，又借助戏剧冲突和"惊奇"效应强化艺术表现力，很好地解决了问题一；他在大部分独幕剧中将人物数量控制在5人左右，[①]角色主次分明、功能各异，从而避免了问题二；他对诗化语言态度谨慎，大力提倡对话的多语性，解决了问题三；他只在需要渲染戏剧冲突的关键节点让人物主动袒露心扉，而更多时候则是把人物的心理活动以对话、行动的方式展现出来，进而克服了问题四。可见，R.沃尔马在结构安排、人物塑造和语言运用等各方面的创作技巧实际上都在有意识地为舞台服务。但是，这些技巧并不能满足舞台上的全部需求，诸如场幕、布景、表演、舞美等问题则需借助特殊的语言予以单独说明，这就涉及戏剧创作的另一重要因素——舞台提示。在印地语戏剧史上，伯勒萨德及其之前的剧作家多受梵语戏剧影响，所以对舞台提示的重视程度整体不高。相应地，他们的作品大多只停留在文本层面，剧场性较弱。自20世纪30年代起，R.沃尔马等新一代印地语戏剧家在英语文学的影响下，开始意识到舞台提示对于展现戏剧艺术完整性的重

---

① R.沃尔马的历史独幕剧和社会独幕剧通常符合这一规律，但他的神话剧和文学剧往往角色较多，可至10人左右。而在他颇具实验性的自然剧《欢迎你，时令之王！》（स्वागत है, ऋतुराज !）中，人物数量更是多达18人，但这是极为罕见的特例。

要价值，并在这方面进行了大量尝试。①

在R.沃尔马的独幕剧中，舞台提示主要以两种形式呈现。第一种是与对话完全脱离的舞台提示，通常位于剧首，主要对舞台的布景、陈设、灯光、音效以及开场人物的外貌、神态、动作进行描述。例如，在《丝绸领带》开场的舞台提示中，介绍了故事发生的时间、地点等基本信息，还着重对舞台道具的样式和位置做了细致描述。这样的布景看似随意，无一不是日常生活中常见的家具、摆件，很容易在舞台上还原；但它又并不随意，因为每件道具都以直接或间接的方式与剧情发生着联系，透露出某种信息：镜子、桌椅、衣柜、日历是剧中人物使用的对象，花瓶和地毯用来体现主人公优渥的家庭环境，而两幅照片中的卡尔·马克思和葛丽泰·嘉宝都曾出现在主人公的对话里，更何况严肃哲学家和美丽女演员的搭配本身就营造出一种极具反差效果的戏谑感。第二种是与对话相伴出现的舞台提示，一般穿插在一句对白的开头和结尾，位置比较灵活，主要对戏剧冲突中人物的语气、表情、体态、站位等进行说明。这两种舞台提示虽在具体形式和功能上有所区别，但它们的共同点在于，都对文本层面之外的舞台实践有明确的指向性和引导性。舞台提示提供的信息越多，本文与演出的关系越紧密，越具有剧场性。② R.沃尔马自幼热衷戏剧表演，对舞台的可能性和局限性均有了解，所以他能准确、有效地借助舞台提示建立起案头和剧场之间的联系。这样一来，便为导演和演员的排演工作提供了权威的参考指南。正因此，R.沃尔马几乎所有的独幕剧都有被成功地搬上过舞台。③

---

① 参见रामकुमार वर्मा और त्रिलोकी नारायण दीक्षित, एकांकी-कला, इलाहाबाद: रामनारायण लाल,1952, पृ.25-27.

② 参见周宁：《剧本与剧场：戏剧及其研究的观念与方法》，《文艺研究》，1993年第3期，第101~102页。

③ 参见चन्द्रिका प्रसाद शर्मा (संपादक), रामकुमार वर्मा एकांकी रचनावली (खंड: एक), नई दिल्ली:किताब घर, 2007, पृ.70.

六、关于译文

本书从R.沃尔马的百余个独幕剧中精选了8篇代表作，包含4篇历史独幕剧（《地王之眼》《迦鲁米德拉》《灯节》《献灯》）和4篇社会独幕剧（《心理创伤》《丝绸领带》《试验》《〈摩诃婆罗多〉中的〈罗摩衍那〉》）。[①]希望读者能透过这8篇主题和风格各异的剧本管中窥豹，在近距离感受R.沃尔马戏剧创作特点的同时，予以其客观、公允的评价。附录中的《关于独幕剧》是R.沃尔马写于1952年的一篇随笔。文章述评兼备，既有对往昔经历的回溯，也有对戏剧议题的探讨，对于读者深入了解R.沃尔马剧作观的形成和发展有所裨益。

为方便读者更好地进入R.沃尔马的戏剧世界，下文将简要介绍本书所选剧目的剧情梗概，并提供必要的背景介绍。

《地王之眼》发表于1935年，是R.沃尔马早期独幕剧的代表作，取材于著名的中世纪长篇叙事诗《地王颂》（*पृथ्वीराज रासो*）。地王是12世纪统治印度西北部的封建王公，他为庇护无辜受害的贵族，激怒了信仰伊斯兰教的封建首领夏哈布丁。夏哈布丁屡屡进犯，每次都被地王擒获后再释放回国。一次，夏哈布丁施展骗术捉住了地王，不仅把他囚禁在地牢，还派人残忍地挖去了他的双眼。金德是地王的宫廷诗人兼挚友，他闻讯后连忙奔赴夏哈布丁的朝廷，称赞地王仅凭声音就能射中目标的超群箭术。夏哈布丁听后十分好奇，结果中了金德的计谋。他命人在大殿挂上七面铜锣，随机敲击其中一面。地王寻音弯弓，果然一箭命中，夏哈布丁不禁发出惊叹。就在此时，地王得到金德的暗示，依着夏哈布丁声音的方向放箭将他射死。最

---

① 本书所收篇目选译自金德利卡·伯勒萨德·夏尔马（*चन्द्रिका प्रसाद शर्मा*）主编、新德里书舍出版社（*किताब घर*）出版的四卷本《拉默古马尔·沃尔马独幕剧集》（*रामकुमार वर्मा एकांकी रचनावली*, 2007）。

后，金德和地王为免遭异族屠戮，彼此结束了对方的生命。[①]《地王之眼》选取了《地王颂》情节突转的关键点，意在表现地王刚烈勇武、宁死不屈的精神，同时刻画了金德忠心耿耿的谋臣形象。在民族独立运动高涨的时代，《地王之眼》和其他所有以民族英雄为主题的文学作品一样，具有特定历史背景下的现实意义。它号召印度人民从祖先的伟大事迹中继承勇气、尊严、忠诚和智慧，以不畏强权的决心捍卫人民自由与民族独立。

《迦鲁米德拉》是一部以阿育王为核心人物，以羯陵伽战役为历史背景的独幕剧。剧中，迦鲁米德拉是阿育王和王后蒂夏拉克莎的贴身侍女，自幼入宫，在皇室精心服侍多年。但她出生在羯陵伽，面对主人阿育王在自己故乡土地上的肆意屠戮，她虽心有不忍，却未对自己的主人有半点不忠。一日，阿育王率军出征，一时兴起的蒂夏拉克莎请迦鲁米德拉为她跳舞，不料被刚刚归营的阿育王发现。阿育王认为迦鲁米德拉战时起舞的行为十分不当，甚至对她起了疑心，说她是在帮助敌军削弱己方气势。被冤枉的迦鲁米德拉含恨离场。这时，一位年轻母亲抱着自己死去的儿子出现在营房，她的孩子在战争中惨死在阿育王士兵的刀下。绝望的母亲选择了自杀，这让阿育王幡然醒悟，他由此想到那些战场上死伤将士的母亲，深深意识到战争的残酷无情。剧作最后，奄奄一息的迦鲁米德拉被佛教高僧优波鞠多带到阿育王面前，原来她在营外无意间发现几个伪装成阿育王部下的羯陵伽士兵正企图发动偷袭，她为保护主人与对方展开殊死搏斗，不幸重伤身亡。阿育王被迦鲁米德拉的忠诚之举深深打动，宣布从此远离战争和暴政。

需要指出的是，这部剧写于1941年，正值第二次世界大战席卷全球的动荡年代，剧中对羯陵伽之役的描写一定程度上是对现实中

---

① 参见刘安武：《印度印地语文学史》，人民文学出版社，1987年，第29页。

战乱世界的影射，表达了作者积极的反战思想。和其他众多以阿育王为主题的戏剧作品一样，该剧聚焦于阿育王的人生哲学从暴力向非暴力转变的戏剧性节点。一个生性残虐的嗜血暴君，如何蜕变成以慈悲为怀的伟大君主？这是R.沃尔马最为好奇的疑问，而《迦鲁米德拉》则是他对这一问题的文学性解答。他通过虚构出迦鲁米德拉这一角色，以其善良、忠义、无私和悲悯作为感化阿育王的筹码。相较于阿育王因优波鞠多的说教而改邪归正的历史传说，R.沃尔马显然更相信，再高深莫测的宣说也不及人世间最真挚、纯粹的行动。伯勒萨德也曾以阿育王的事迹为蓝本创作过一部多幕剧《阿育王》(अशोक, 1912)，剧情基本依照史实展开。相比之下，《迦鲁米德拉》对历史人物和历史事件做了较多艺术化的处理。例如，王后蒂夏拉克莎在《阿育王》里是个诱惑继子、心肠歹毒的反面形象，到了R.沃尔马笔下却变成了反对杀戮、向往和平的良妇。显然，这样的角色设定能够更好地推动本剧情节的延展。有评论家认为，R.沃尔马在这部剧中将史实和虚构故事糅为一体，在不过分歪曲历史真相的基础上制造出强有力的戏剧效果。[①]

《灯节》发表于1949年，是一部以孔雀王朝开国皇帝月护王（又称旃陀罗笈多）和他的谋臣阇那迦（又称考底利耶）为主人公的历史剧。该剧篇幅较长，因而被一些文学评论家划为大剧。但经仔细考察可以发现，剧中并未出现幕与幕的切换，故称独幕剧毫不为过。公元前322年，时年18岁的月护王在阇那迦的协助下大败难陀王朝，占领其首府花城（即华氏城）。为安抚当地百姓，月护王打算在全城举办一场盛大的灯节，但他事先并未征求阇那迦的意见。这一提议得到了新任税官瓦苏笈多的积极响应，他对月护王百般奉承，逐渐赢得了新君的信任。瓦苏笈多以为灯节助兴为由，向月护王举荐舞

---

① K.M.George (ed.), *Modern Indian Literature, an Anthology: Plays and Prose*, New Delhi: Sahitya Akademi, 1994, p.210.

女阿罗迦。月护王不顾他人劝阻，坚持邀阿罗迦当庭献舞。就在此时，阇那迦及时赶到，揭穿了瓦苏笈多等人的阴谋。原来，瓦苏笈多受难陀王朝余党指使，企图利用阿罗迦献舞之际毒害新王。得知真相的月护王懊悔不已，主动向阇那迦承认了自己贸然犯下的过失，并取消了灯节的庆典活动。

《灯节》不仅被R.沃尔马视为自己最出色的创作之一，还在舞台上取得了巨大的成功。[①]事实上，印度戏剧史上出现过多个与月护王有关的剧本，它们多将其刻画成一个出身卑贱、懦弱成性、蛮横无理的君主。R.沃尔马却不以为然，他通过研究和考证得出结论：月护出身王族，且绝非软弱无能。[②]从某种程度上说，《灯节》是R.沃尔马献给月护王的正名之作。剧中的月护王一改其他同类作品中的负面形象，他反对一国之君没有节制地沉湎于享乐，敢于主动承认自己的过错，能在个人意志和国家利益发生冲突时以大局为重，是一位集开明、包容、果敢、威严于一身的贤明君主。从文学角度来看，R.沃尔马对月护王形象的再造打破了文学界对特定历史人物的刻板印象，具有一定的创新意义。从现实层面考量，由于该剧创作于20世纪40年代末，剧中月护王创立孔雀王朝的历史背景很容易与印度脱离殖民统治、建立全新政权的现实处境联系起来。所以，《灯节》很可能是R.沃尔马向现世抛出的一个隐喻：试图篡权谋反的奸臣和舞女象征着印度建国后可能面临的种种危机，明辨是非、知错能改的月护王则为当代印度的政治领袖树立了典范，而这部作品本身或许就是剧中阇那迦的化身，扮演着揭示真理、警喻世人的角色。

《献灯》也是R.沃尔马众多历史独幕剧里的名篇，发表于1953年，最能体现作者臻于成熟的创作技艺。主人公班娜是印度家喻户晓的历史人物，她的事迹在印度传统文化语境中被认为是自我牺牲

① 参见विद्या दुबे, डॉ॰ रामकुमार वर्मा की सृजन यात्रा, नई दिल्ली: तक्षशिला प्रकाशन, 2003, पृ.81.
② 参见姜景奎:《印地语戏剧文学》，中国对外翻译出版公司，2002年，第186~187页。

精神的最佳写照。故事发生在16世纪的西北印度。维格尔马蒂德耶和乌代辛格是基道尔国王桑迦最年幼的两个儿子。桑迦和他的几个大儿子死后，维格尔马蒂德耶继承王位，他的表兄本维尔担当摄政。生性残暴的本维尔觊觎王位，他人为制造了一场盛大的灯节，趁人们沉浸在节庆的喜悦中，伺机进入宫殿，杀死了维格尔马蒂德耶，并打算除掉仅剩的王位继承者——乌代辛格王子。作为王子的奶妈和监护人，班娜绝不允许他受任何伤害，更无法容忍基道尔的王位落入篡权窃国的恶人之手。她巧施计谋，赶在本维尔到来之前，将熟睡的王子放入女仆的背筐，秘密转移到了宫外。为不让本维尔心生怀疑而进一步追杀王子，班娜想到了自己和乌代辛格年龄相仿的儿子金檀。虽然心中有诸多痛苦和不舍，她还是决定用牺牲亲骨肉来保全王族血脉。最终，班娜把金檀哄睡在乌代辛格的床榻上，金檀则被当成乌代辛格，惨死在本维尔剑下。对于这之后乌代辛格随班娜客居他乡，最终除掉本维尔登上王位的历史传说，R.沃尔马没有交代。

同样以灯节为背景，《献灯》和《灯节》两部独幕剧最大的不同在于，《灯节》中的主人公（月护王和阁那迦）处于敌对关系中的强势一方，他们用王权和智谋挫败了邪恶力量的反扑，最终以恶人之死解除了一场暗藏在盛世里的隐患；而《献灯》的主人公（班娜）则是冲突关系中的弱者，面对不可战胜的敌手，她不惮选择以自我牺牲的极端方式，在绝境中埋下一丝星火。剧中，R.沃尔马娴熟地利用心理描写将班娜百感交集的情绪表现得淋漓尽致，进一步反衬出她的无私奉献和深明大义。此外，《献灯》的故事情节与中国的元杂剧《赵氏孤儿》颇有异曲同工之处，班娜和程婴在不同时空维度上的相同选择，鲜明地体现出两国文学传统中类似的悲剧精神，也代表了东方文化所推崇的至善人性和至高美德。

婚姻和爱情是R.沃尔马社会独幕剧中最常见的主题，在本书收录的四篇社会独幕剧中都或多或少地有所展现。R.沃尔马擅长捕捉夫妻间的微妙感情，惯于将婚姻关系置于复杂多变的社会环境，探讨其在各种外力作用下激发出的矛盾和冲突，以及释放出的张力和韧性。在此过程中，他格外注重表现女性在家庭生活或恋爱关系中扮演的重要角色，这在当时的社会背景下具有一定的现实意义。

《〈摩诃婆罗多〉中的〈罗摩衍那〉》（महाभारत में रामायण）是这类独幕剧中的典型。杰耶代沃是印度有名的大诗人。一天，他和妻子兰吉娜去电影院观看《罗马假日》，偶遇了维杰普尔城的公主苏洛奇娜。苏洛奇娜久仰杰耶代沃的诗才，观影结束后，她邀请杰耶代沃夫妇到包厢小叙。其间，苏洛奇娜与杰耶代沃相谈甚欢，不仅亲手为他递上咖啡，指尖还不小心碰到了杰耶代沃的手。这些细节全被兰吉娜看在眼里，使她妒火中烧。回家后，兰吉娜对丈夫大发雷霆，还罚他在客厅过夜。兰吉娜睡后，剧院老板考什急匆匆地赶到杰耶代沃家，说苏洛奇娜公主叫他立刻带着诗集过去一趟。杰耶代沃游移不定，他既怕被妻子发现自己半夜三更不在家中，又怕在公主面前失了礼节。他急中生智，让考什代替他睡在客厅的沙发上，自己动身前往公主官邸。不料，这一伎俩被兰吉娜揭穿，她妒心再起。就在此时，未等到杰耶代沃的苏洛奇娜亲自到他家拜访，兰吉娜这才知晓了事情真相。原来联合国教科文组织正打算将世界各国语言的优秀诗歌汇编成集，恰好急需一批现代印地语诗歌。她第一时间想到了杰耶代沃，又因为急着赶飞往美国的班机，只好请他连夜把诗集送去。真相大白后，原本以为会像《摩诃婆罗多》中俱卢之战般爆发的夫妻冲突，结果却以《罗摩衍那》的方式欢喜收场。

这部作品形象生动地表现了妻子对丈夫因爱生妒的情景，也如实反映了当时印度知识女性尴尬的社会处境。正如有学者评论的那样，"无论一个女人受过多么优良的教育，只要她长期处于家庭的密闭环境中，就会难以避免地对围绕在丈夫身边的一切其他女人产生厌恶之情"①。对于如何解决这一颇具普遍性的社会问题,R.沃尔马在剧中给出的答案是通过丈夫的道德约束和妻子的理解包容加以解决,但这似乎并未触及问题的核心,即如何通过赋予女性更多的社会属性以培养她们在家庭中的自信。

《试验》中的主人公是一对年龄差距悬殊的夫妇:50岁的英语系教授盖达尔纳特和20岁的女大学生拉德娜。与盖达尔在同一所大学工作的科学家鲁德尔不相信这样的婚姻会有货真价实的爱情,最多不过是相敬如宾罢了。为了支持自己的观点,他对盖达尔纳特和拉德娜进行了心理试验,结果两人双双通过试验,证明了对彼此的真心。在当时的时代背景下,该剧传达出一种非传统的婚恋观,即老夫少妻的家庭组合并非只能以失败告终,唯有发自内心的真爱可以跨越时间阻隔和社会藩篱,经得起世间的严苛考验。

与《试验》类似,《心理创伤》探讨的也是夫妻之间的不对等,但不是年龄的差距,而是社会阶层和经济地位的差异。名校硕士毕业的伯勒墨德在报社做记者,他出身平凡,收入微薄,生活朴素,对待他人却乐善好施。伯勒墨德的妻子乌莎出身高贵,有旺盛的物质追求,对丈夫"庸庸碌碌"的状态颇为不满。乌莎打算在她的倾慕者、富家子弟阿肖克的陪伴下回娘家,伯勒墨德无奈应允。随着剧情推进,乌莎先是从拉杰诗瓦莉的口中得知了丈夫助人为乐、古道热肠的事迹,后又在阿肖克世故傲慢的言行映衬下,进一步体悟到丈夫人性中的光辉之处,以及自身心理上的残缺所在。

发表于1941年的《丝绸领带》被公认为R.沃尔马最优秀的社会独幕剧。该剧同样立足家庭,但它反映的社会问题远远超出了婚姻关系的单项维度。主人公纳温金德尔在保险公司有份体面的工作,同时也是社会主义的坚定拥护者。他在莫登的店里相中了几款丝绸

---

① विद्या दुबे, डॉ॰ रामकुमार वर्मा की सृजन यात्रा, नई दिल्ली:तक्षशिला प्रकाशन, 2003, पृ.119.

领带，最后只花一条的价钱带走了两条。纳温金德尔此举遭到妻子丽拉的强烈反对，她认为这种行为与偷盗无异，还回顾了丈夫年轻时在书摊上顺手牵羊的劣迹。纳温金德尔对此却不以为然，他把自己的举动视为对资本主义的有力抵抗和对资本家的最佳惩罚。当天正值土布周，志愿者苏塔勒达来到纳温金德尔家推销土布。纳温金德尔表面上摆出一副不屑一顾的姿态，却趁苏塔勒达临时外出的时候，偷偷地从她的包裹中取出一匹土布藏进衣柜，之后便若无其事地出了家门。丽拉无意间发现了这匹土布，她意识到这一定又是丈夫干的好事。面对再次上门寻找失物的苏塔勒达，丽拉谎称是自己出于喜爱之心拿走了布匹。她满怀歉意地把钱付给苏塔勒达，机智地化解了丈夫制造的尴尬局面。就在此时，纳温金德尔回到家中，从苏塔勒达口中得知了妻子为自己解围的一举一动，不禁自惭形秽，自责不已。最后，他把丝绸领带从脖子上脱了下来，差仆人还给了店主莫登。该剧讽刺了那些以纳温金德尔为代表的"伪革命者"，他们表面上打着改变世界的旗号，私下却做着违背社会公德的勾当。这也一定程度上影射了当时印地语文坛高举阶级斗争、一味揭露社会阴暗面的进步主义之风。与此同时，R.沃尔马通过塑造丽拉这样一个淳朴、诚信又富有智慧的女性形象，表达了对真、善、美的颂扬。剧中，表面光鲜的"丝绸领带"象征着隐匿在人性深处的虚荣、贪婪、欺骗和伪善。纳温金德尔在丽拉的劝说下摘掉领带、摆脱沉重的道德负担，标志着矛盾冲突的化解，表达了作者的美好愿望。

正如著名印地语评论家南德杜拉莱·瓦杰帕伊（नन्ददुलारे बाजपेई）指出的那样，"R.沃尔马是位富有理想主义情怀的思想家……他把文学视作提升普通人文明程度的一项重要手段"[①]。换言之，他看重的是文学的正向引导意义，他相信在作品中营造一个高于现实社会的理

---

① चन्द्रिका प्रसाद शर्मा (संपादक), *रामकुमार वर्मा एकांकी रचनावली (खंड: एक)*, नई दिल्ली:किताब घर, 2007, पृ.70.

想世界，可以激发人们对真、善、美的憧憬和仿效，进而实现文学的教化价值。这也是他对历史独幕剧情有独钟的一个重要原因。理想主义思想决定了R.沃尔马对印地语戏剧的贡献不是颠覆的、反叛的，而是建设的、温和的。他很少主张用一种流派取代另一种流派，用一套理论推翻另一套理论，而是在各种流派和理论间自由游走，撷英采华。所以，我们很难以某种特定的"主义"去界定R.沃尔马的独幕剧，在这些作品中看到的更多是一种调和的痕迹和平衡的意识。他的创作理念和技巧既源于梵语诗学，又深受西方影响；他的历史剧既强调历史事实，又追求艺术真实；他既鼓励用韵文增强语言感染力，又主张兼顾对话自然和情节完整；他高度认同心理刻画对人物塑造的突出价值，又反对因此侵犯作品的舞台性。这种"瞻前顾后"的剧作理念削弱了R.沃尔马作品中的个性化色彩，特别是当他把理想主义情怀带入社会独幕剧时，往往会淡化矛盾冲突的尖锐性，突出问题解决的必然性，使其作品在反映现实的真实性和人性的复杂性方面，偶有力不从心之感。在此不多论作品短长，相信每一个耐心读过剧本的读者都会有属于自己的判断。

说来惭愧，这本译著的完成耗时多年，一方面受累于自身"拖延症"之重，另一方面也受制于R.沃尔马剧本（特别是历史剧）的翻译难度之大。在此感谢德里大学印地语系教授Anil Rai、伦敦大学亚非学院印地语教师Aishwarj Kumar和我的印度朋友Khatib Ahmad Khan博士（李哲凯/Raja），是他们在我求学、工作的不同阶段给予我文本释读方面的帮助。

最为厚重的感谢送给我的师父姜景奎教授。没有他的指引，我不会在硕士阶段涉足印地语戏剧，也不会在日后走上学术研究的道路。他的《印地语戏剧文学》至今仍是国内印地语戏剧研究领域唯一的专论，希望这部译著能够为其增添一个生动的注脚，同时也为未来的研究者们递出一份诚恳的邀约。本书献给师父。

目　录 |

地王之眼

（人物介绍）

地王·乔汗[1]：德里、阿杰梅尔国王

金德：大诗人、地王的朋友

夏哈布丁·高利：高尔帝国[2]苏丹

阿赫德尔：士兵

年代：德拉因战役之后

（傍晚时分。地王被囚禁在高尔的城堡里。他是个四十五岁的成熟男人，虽身陷囹圄，身上却依旧散发着英勇的气息。他胡子翘起，面有威仪，手被锁链缚着。此刻，他正双手置膝低头坐着，锁链的一端垂至脚边，手只要轻轻晃动，链子就会随之响起。他头发蓬乱，

---

① 乔汗（Chauhan），四个火族拉吉普特之一，公元7至12世纪印度西北部统治者，地王是最后一位乔汗。如无特别说明，本书译文中的所有注释均为译者注。

② 高尔（Gaur）帝国，德里苏丹前身，统治范围包括今阿富汗、巴基斯坦、印度北部等地区。

胡子浓密，衣衫肮脏不堪，不少地方都有被火烧过的痕迹。腿上裹着一条褴褛的细腿裤，上面残留着斑斑血渍，脚上穿着一双满是灰尘的旧鞋。他的眼闭着。风从面前的窗户透进来，他的头发随之摆动。不久前刚下过一阵小雨，风中夹杂着些许凉意。坐在他右边的是大诗人金德。金德年龄和地王相仿，衣着整洁。虽然努力想装出一副泰然自若的样子，可金德的脸上还是刻着痛苦的神色。他用满是怜悯的目光注视着地王，两人就这样静静地坐了一会儿。而后，地王因剧痛颤抖着低下头，他用愁苦的声音开口说话，说话的同时锁链跟着晃动，铮铮作响）

地王：别问，什么都别问。关于那个残忍的瞬间，那个地王不再是地王的瞬间，什么都别再问了。金德，我好不容易才把这苦难给忘了！曾经狩猎时老虎的利爪，都从未让我觉得如此刺辣难耐，唉！（垂下头沉思）

金德：（同情地）大王，您那曾经流淌着英勇汗水的身躯，如今竟如此虚弱颓丧！高尔人怎的如此冷酷无情？竟敢对一个伟大的国王如此粗野！

地王：粗野？金德啊！当时你若在场，定会吓得瑟瑟发抖，你的笔杆将变得迟钝，连人性也会战栗起来。奇怪的是，大地母亲竟眼睁睁地看着这所有暴行发生！她若能无动于衷地目睹地王遭遇的一切，又怎配称作母亲呢？诗人，去昭告天下吧，她根本不是什么大地之母，她是个十足的女魔头！（异常激动地颤抖着）

金德：大王！

地王：（依旧激动地）还有这风！现在倒来轻抚身体，给人慰藉，当时呢？混账……（显露嫌恶之色）

金德：真是混账！

地王：（尖厉地）金德，无须再多说什么！真是奇怪，经历了这么多，我居然还活着。回想起那个可怖的夜晚，不能跟爱妻森约吉达同处一室，那夜黑得格外阴森。黑暗钻进我的眼睛，仿佛在紧紧地盯着我。这时，出现了四把火炬，火焰来回晃动，就像暗夜妖魔吐出的舌头。（若有所思地）五个人来到面前，四个举着火把，还有一个是他们的长官。长官手里握着一把刀，他说，"犯人，我要把你的眼睛挖出来！"（平静地）

金德：这个混蛋！（眉头紧皱）

地王：（用同样平静的声音）我说，"难道囚禁之后就意味着这样的迫害？真主的子民啊，你们真该学学什么是人道！要我的命可以，但请保留一个国王的尊严。"金德，你知道他说什么吗？他只说了一句"闭嘴！"（深吸一口气）

金德：（颤抖着）他说什么！闭嘴？

地王：对，这就是他的原话。对于一个动动眉毛就能摆布德里和阿杰梅尔的乔汗来说，这样的话忍了也罢！这话要是在德里被我听到，我不把他……把他……唉！这下倒好，如今连话也说不清了。

金德：（痛苦地）伟大的地王·乔汗竟落得如此下场！

地王：（兀自若有所思地）后来……后来他们合力抓住我，把我的手脚绑了起来，我彻底陷入了孤立无援的境地。金德，那一刻，生平第一次——绝对是第一次——我的眼里满是泪水！

金德：（怜悯地）大王，您的嗓子干了，喝些水吧。

地王：（没有理会金德的话，在自己的思绪中越陷越深，仿佛那一幕正在他的眼前摇曳）两把滚烫的锥子来到面前。我能感到它们的热度一点一点地朝我逼近。那时，我想起……我想起森约吉达，有一次，她的脸一点一点地向我靠近，然后吻了这双眼睛。当时，她迷人的双唇正是像这样缓缓地贴近……

金德：（不安地）别再说下去了，我已不忍卒听……

地王：一瞬间，他们把滚烫的锥子扎进我的眼窝，灼烧我的瞳孔……

金德：（焦躁地）这野蛮的暴行我再也听不下去了！

地王：（安详地）好吧，那就不听。但你要知道，如今，那双镌刻着森约吉达曼妙倩影的眼睛已不复存在了，那双贪醉于迷人甘露的眼睛已经荡然无存。

金德：（坚定地）可那双仅凭犀利目光就能让无数国王黯然失色的眼睛呢？那双充盈着血色、傲视沙场的眼睛呢？

地王：那双眼睛？呜！那双眼睛已经在杰耶金德背叛的火焰里化成了灰烬。① 诗人，你还记得颂诗第二十七章莱瓦河畔的情节吗？你那充满诗情的幻想而今已在我身上彻底应验。② 摆在你眼前的这副躯壳里，那个曾经的地王·乔汗已经不在了。

金德：大王！……

地王：（气愤地）一遍遍唤我大王做什么？我不过是个阶下囚罢了。

（锁链作响）

金德：但对我来说不是这样。您的躯体虽遭囚禁，可灵魂呢？我确信，您的灵魂是不会被囚禁的。您还是那个地王·乔汗！过去您在印度，如今您在这里③。雄狮即便被关进笼子，也依旧是雄狮。

（神情高傲）

地王：若真想让我保持雄狮的风姿，那么金德，你的剑在哪儿？请把我的胸膛劈开。当地王的尊严被牢牢地围困的时候，生命于他已不再重要。这条命，无时无刻不渴望着你的剑锋。（锁链声）去取你的剑来！

金德：剑？穆罕默德·高利有令，任何人进入牢房前都要交出

---

① 相传，正是由于杰耶金德（Jaichand）转而与高利联手，才导致了地王的失败。在后世的印度民间故事中，"杰耶金德"逐渐成了"叛徒"的同义词。

② 此处的颂诗即金德根据地王事迹撰写的《地王颂》（Prithviraj Raso）。

③ 根据《地王颂》，地王被高利囚禁在加兹尼（Ghazni），位于今阿富汗境内。

佩剑。

地王：（咬牙切齿）交出佩剑？那你的手呢？怎么没把它们也砍下来，一起交给高利？没用的家伙！该死！（停了一下）金德，你连命都没带就来了。要知道，对于一个勇士，"剑"就是他生命的名号！

金德：我知道，可毕竟苏丹有令。

地王：苏丹有令？于是你就服服帖帖地沦为这命令的仆人了？

金德：（稍做克制）不过，这把匕首（拿出藏着的匕首）我一直视若灵魂藏在胸口。我可以用它完成自己的使命。（挺直身子站了起来）

地王：（十分欣喜）我的好金德，我的大诗人，我最亲爱的挚友！来！我生命的火葬场正燃着骇人大火，快来将它平息吧！来，让我亲吻你的额头。唉，可我什么都看不见，你的额头在哪儿？

金德：大王！莫要不安。我实在不忍再看您在痛苦中挣扎，我这就……

地王：（打断金德）对，毫不迟疑地杀了我，不要犹豫！我的金德，我的大诗人，我的挚友……

金德：大王，我绝不会迟疑。这把刀一旦插入胸口，所有痛苦都会瞬间解脱。请让我吻一下这把匕首（亲吻匕首），请允许我最后一次触碰您的双足（触摸双足），向您致敬！我要杀的不是您，而是我自己，我实在不忍目睹您的绝境！

（举起匕首）

地王：（慌张地）不，不要！

（锁链声响起）

我的金德，不要这样……

（金德正要自行了断，穆罕默德·高利突然从后面走出，一把将他的匕首夺下。高利年届三十五岁，体格健壮，嘴唇上的胡须高翘，

身着军装，腰间佩剑）

高利：（笑了笑）嚯，这位先生，难道生命就这么一无是处吗？这个世界一向如此运转，也会永远如此运转下去，你有什么好灰心的？何况，这位先生也太天真了！你难道不知道，高尔苏丹对他宫墙之内的一切都了如指掌吗？

（金德用沮丧的目光看着高利）

高利：（兴奋地）不过，你可真是忠心耿耿！这位不忍看主人落魄的先生，为你的忠诚讨一份奖赏吧！

（金德沉默不语）

高利：什么都不要？尽管提，刚才不还振振有词地要亲吻一个瞎子的脚吗？难道你就不想亲亲他的眼睛？喔，多漂亮的眼睛啊。（投以讥讽的眼神）

金德：那双雄狮的眼睛在他心里。

高利：心里？很好！如果这头狮子正用它心里的眼睛看着你，那他又是在用哪双眼睛看着我呢？

地王：（神色淡然地）高利，你不值一视。倘若我有朝一日重见天日，也断然不会看你一眼，幸亏你夺去了它们的光明。（停顿了一下）我有什么必要看你？你忘了，有一次你的帽子被我的箭射飞，当时我可把你看得仔仔细细。当你从我面前夺路而逃的时候，我早把你的嘴脸瞧得清清楚楚。难道你都忘了吗？让我痛心的是，当时受将领劝阻没去追你，可惜了我的箭，没能把你射穿！……（失望地）

高利：（漫不经心地）我虽怕你的利箭，却能把普普通通的锥子戳进你的双眼。

金德：苏丹可知，地王可以听音射箭。

高利：（惊讶地）听音射箭？可他现在是个瞎子。

金德：如果仅凭声音射箭，眼睛也就可有可无了。

高利：（充满惊诧地）当真？

金德：千真万确。明天就请您欣赏这位盲眼英雄的独门技艺吧！这就是我要的奖赏。

高利：（向地王望去）好极了，囚犯！（对金德说）金德，为了你，我明天就领教领教这位瞎子的箭术。时间不早了，你可以跟我走了。关于自尽，我倒是有个故事要讲给你听。探视时间已到，多留一分钟也不行。

金德：（对地王说）我走了。向您致敬，地王大王！（行礼）

高利：（嘲讽地）地王大王！（突出"大"的发音，随即大笑）哈哈哈！（大声唤道）阿赫德尔！

（士兵阿赫德尔迅速进入，身着制服，看上去三十岁左右，上前敬礼）

高利：地王大王（突出"大"的发音）的眼睛今晚十一点想来点儿柠檬汁和辣椒水。记住了吗？几点？

阿赫德尔：十一点。

高利：需要什么？

阿赫德尔：柠檬汁和辣椒水。

地王：（语气坚决地）别忘了再往柠檬汁里加点儿盐，记住了？

高利：（笑着对士兵说）好，就成全他的心愿。（对地王说）囚犯！明早见。今晚就伴着眼中的盐和辣椒水，美美地睡上一觉吧！（起身）

地王：（讥讽地笑道）很好，苏丹！向您致敬！

（高利傲慢地带着金德走了，地王神色安然地坐在原地）[①]

（落幕）

---

① 根据《地王颂》的情节，在次日表演中，地王借助高利的声音准确判断他的位置，并一箭将他射死。这一情节虽是作者金德的杜撰（根据史料，高利在地王死后继续统治了高尔帝国十余年），但在后世的印度教徒中广为传颂，某种程度上已成为印度教徒群体认知中的"史实"。

迦鲁米德拉 ①

（人物介绍）

阿育王：摩揭陀国国王 ②

蒂夏拉克西达：阿育王之妻

优波鞠多：佛教高僧

迦鲁米德拉：蒂夏拉克西达的女仆

索因巴尔帕：蒂夏拉克西达的女仆

拉朱格：门卫

布什耶：营帐守卫

另有女子、哨兵等

地点：羯陵伽营帐

时间：公元前261年

---

① 该剧创作于1941年，当年11月16日在印度阿拉哈巴德大学女子宿舍首演，表演者均为女性。

② 摩揭陀国（Magadha），古代中印度王国。约公元前324年，月护王（又称旃陀罗笈多）成为摩揭陀国国王，开启孔雀王朝时代。阿育王是孔雀王朝的第三任君主。

（时值阿育王主政第十三年。羯陵伽首领拒绝称臣，并在域外开拓领地。阿育王忍无可忍，决意举兵讨伐。此前，阿育王已如愿将优禅尼[1]、呾叉始罗[2]归至治下，在两地备受拥戴，不料却在一心独立的羯陵伽遭遇阻力。身为月护王后裔的阿育王怎会对此视而不见？此时，他已统治了北起兴都库什山、南至贝纳尔河[3]、西连阿拉伯海、东抵孟加拉湾的广袤疆域，唯独羯陵伽似一条狂蛇，趾高气扬地对阿育王眈眈相向。阿育王决意捣烂这狂蛇的脑袋，于两年前举兵征讨。

阿育王大军所向披靡。步兵、骑兵、战车、战象，长驱直抵羯陵伽边境，并不断向前挺进。阿育王亲自挂帅指挥作战，军队行至哪里，他的营帐就扎在哪里。除了战事，没有任何话题能勾得起他的兴致。他性格坚韧，思维机敏，身材魁梧，四肢强健。硕大的盾牌束在背后，宝剑早已和他的手臂融为一体。在他英俊的面庞上，有力的线条勾勒出高傲英勇的神气。他佩戴着头盔和耳环，眉心相连，双唇紧锁，躯干被衣衫紧紧包裹，一举一动都透着警觉与果敢。如此个性使然，阿育王常使对手颜面扫地，更是养成了以敌军尸体的阵列来计算胜绩的习惯。不近慈悲一毫，不悖残暴一分——这是对他最贴切的形容。

眼下，阿育王把营帐安在戈达瓦里河畔[4]。远处是河水流淌和石块撞击的声音。营帐四周藤蔓织网，竹林密布，一派安宁静美的气

---

① 优禅尼，即乌贾因（Ujjain），位于今印度中央邦西南部，印度教圣城。阿育王曾任此地总督。

② 呾叉始罗，即塔克西拉（Taxila），位于今巴基斯坦首都伊斯兰堡西北约50千米处。阿育王曾任此地总督。

③ 贝纳尔河（Pennar River），南印度河流，发源于今印度卡纳塔克邦，东行约600千米汇入孟加拉湾。

④ 戈达瓦里河是印度中南部最大的河流，发源于西高止山，向东南方向流经德干高原，最后注入孟加拉湾，全长1465千米。

息，偶尔被士兵的叫阵和尖利的鸟鸣打破，不过多时，便又归于平静。好比在路上踽踽独行的妇人，偶尔绊上一跤，两声尖叫，倏又平复下来，重新上路。营帐上，兵器或被码成三角形，或被排成一列长阵。其他地方也随处可见悬挂着的武器。

正值傍晚六时。阿育王尚未从战场归来。他的夫人蒂夏拉克西达端坐帐中。蒂夏拉克西达之所以亲赴战场，或许是因为阿育王想向她展示自己的征战之术，抑或因为她难以忍受与大王分别的愁苦，希望将他安然无恙地留在目光所及之处。此刻，蒂夏拉克西达正在自己房中作画。她的房间分外华贵。柱子上贴着金藤，金藤上嵌着宝石雕刻的花朵，在光线下熠熠生辉。用蓝宝石和珍珠串成的门帘，好像泛着泡沫的海浪。后面是一座拱门，两侧各有一头跪象。四周布满灯台，上面燃着灯焰，芬芳的烟气从花状器皿中流溢出来。房间中部有一个高高的华丽坐榻，靠角落的地方有四把椅子，蒂夏拉克西达坐在其中一把上。她面前的画案上有一幅未完成的画，大自然的美妙正在蒂夏拉克西达的画笔下臻于完满。

屋内一派寂静。蒂夏拉克西达正沉浸于作画。她停在一处，反复从不同角度端看画作。此时，进来一位女仆，双手合十行礼）

蒂夏拉克西达：迦鲁，你瞧，这幅画画得多妙！

迦鲁米德拉：漂亮极了，王后！

蒂夏拉克西达：迦鲁，我想把这里的自然景致描摹下来。在这儿住久了，我还真对这些树木、花草生了好感。在我眼中，藤蔓开花的时候，就好像在迎接她的良辰吉日；当戈达瓦里河如此奔流，仿佛是谁的触碰激发了它的兴奋之情。你也一定喜欢这里，对吧？

迦鲁米德拉：是的，王后，我很喜欢这儿。

蒂夏拉克西达：那就让这战争快点儿了结吧，我好在这儿为你操办婚礼。到时候，就在这树下搭起彩棚，就用这花在你的发缝里涂抹朱砂。

迦鲁米德拉：王后，您的画画得甚好！

蒂夏拉克西达：你以为这样就能躲过成亲的话题了吗？这画里的场景未来兴许就是你婚礼的场景。把你许给古马拉马德耶·苏加姆如何？多么英勇的小伙子！切德姆维什也不错。

迦鲁米德拉：请恕我直言，王后。只有高贵的公主才配得上古马拉马德耶·苏加姆，迦鲁不行。

蒂夏拉克西达：看来，迦鲁米德拉的如意郎君非要我亲笔画出不可。

迦鲁米德拉：这种事怎么能劳王后动笔呢。您画艺高超，哪里是我们这种人能配得上的？

蒂夏拉克西达：你的话很中听，可我心里却不以为然。其实，生活中的每个场景都是我画艺的一部分。你看这幅景致，如此平凡，我却格外喜欢。

迦鲁米德拉：这不是近旁的树林吗？

蒂夏拉克西达：没错，迦鲁。昨天我和大王一起行至此处，不知怎的，他自始至终都在谈论战事。自打他攻入你的家乡羯陵伽，便把治国之事统统丢给朝臣打理。到今天，已经整整两年了，他对羯陵伽的怒火一刻也未消减。

迦鲁米德拉：这是我家乡的不幸。

蒂夏拉克西达：迦鲁，我发自内心地希望这场战争能早些结束。老实说，我厌恶战争。我们幸福宁静的生活本应绽放出微笑的花，而今却扎进了呜咽和呻吟的刺。

迦鲁米德拉：王后，这呜咽和呻吟正是刀剑奏出的音响。

蒂夏拉克西达：是啊。迦鲁，你可曾上过战场？

迦鲁米德拉：未曾。

蒂夏拉克西达：你可知我口中的战争究竟意味着什么？要知道，

生活也是战争，男人和女人的战争。你还坚称自己未上过战场吗？

迦鲁米德拉：回禀王后，从未上过。

蒂夏拉克西达：大婚之前，你可得有这方面的演练才行！

迦鲁米德拉：是，王后。

蒂夏拉克西达：迦鲁，你知道吗？我也想和大王争上一争，好让他停止这令人生厌的屠戮。多少勇士的鲜血正日夜流个不停。他们本该是国家昌荣的希望，而今却在这里白白地送死。他们本有点石成金的本领，却在战场上化成了土石！

迦鲁米德拉：王后所言极是。

蒂夏拉克西达：羯陵伽人倒也深谙兵法，否则如何能在摩揭陀的攻势下撑了整整两年？

迦鲁米德拉：王后，看眼下这阵势，战争恐怕还要持续多年。

蒂夏拉克西达：（激动地）迦鲁，你说什么！竟敢蔑视大王的实力？

迦鲁米德拉：王后恕罪，奴婢丝毫没有蔑视大王的意思。只不过，我们羯陵伽人个个骁勇，像敬重母亲一样敬重自己的土地。哪怕只剩一位勇士，也要让羯陵伽胜利的呼号响彻摩揭陀的天际！

蒂夏拉克西达：你这么说是要忤逆吗，迦鲁！

迦鲁米德拉：王后，奴婢不敢忤逆，不过是在诉说故国荣光罢了。

蒂夏拉克西达：正因如此，你才有背叛大王的可能啊！

迦鲁米德拉：王后，早在大王登基前，我就成了他的侍女，后在您的荫蔽下，一天天长大成人。当初我从羯陵伽千里迢迢来摩揭陀服侍大王的时候，还无战事。而今故国大难当头，难道我连谈论的权利都没有吗？

蒂夏拉克西达：迦鲁，你完全有权利这么做，但我不许你对大王有丝毫无礼。

迦鲁米德拉：王后，这世上没有人敢对大王无礼，我也发誓一辈子做他的侍女。

蒂夏拉克西达：可自从羯陵伽战役打响以来，我虽为王后，也难免惧你几分。

迦鲁米德拉：王后，您这是在逼奴婢自行了断。

蒂夏拉克西达：（微笑）迦鲁，我不过是在跟你说笑罢了！你怎可能有半点儿异心呢？对吧！我渴了，去帮我取些水来。

迦鲁米德拉：是。（到房间一角斟满水，端上前来）

蒂夏拉克西达：（饮了两口）迦鲁，你手中这只水碗盛着的，便是我信任里夹带的不安。你大可在碗里投毒，但我确信你不会。你虽生于羯陵伽，但小小年纪便许下为摩揭陀效力的神圣誓言，所以我一向视你为自己的臣民。没错，夫君的残暴正向羯陵伽狂飙突进，但迦鲁你要知道，这绝不是我想看到的结局。我已记不清在这营帐里度过了多少日夜，感觉幸福似乎正一天天地化作梦幻泡影。若能忍得住与丈夫天各一方的离别之苦，我是断然不会从华氏城①迁到这羯陵伽的营帐里来的。每当夜幕降临、两军休战的时候，哪怕见上大王一面，都能让我从老妪变回新妇。今天，我一定要劝他停止羯陵伽之战。让勇士们呼吸上自由的空气，何尝不是仁慈对残暴的一种胜利？而这样的胜利，于我足矣。

迦鲁米德拉：王后不愧是女神降世。

蒂夏拉克西达：迦鲁，你说，我还有什么办法？大王在塔克西拉的时候日益强大起来。据说，他那令人崇敬的祖父月护王——没错，就是曾击溃塞琉古一世大军、改变亚历山大帝国版图的开国君王——也师出塔克西拉。②大王的理想就是成为祖父最贤能的孙儿。

---

① 华氏城（Patriputra），摩揭陀国都城，位于今印度比哈尔邦首都巴特那附近。
② 月护王在塔克西拉遇到了婆罗门导师考底利耶（Kautilya），并在他的协助下建立了孔雀王朝。考底利耶是印度历史上著名的政治家，著有《利论》（又称《政事论》）。

迦鲁米德拉：您说得没错，王后。

蒂夏拉克西达：迦鲁，今天我就想问大王一件事。你那令人崇敬的祖父在战胜塞琉古一世之后，一并虏获了他貌美女儿的芳心，①那你若打了胜仗，是不是也打算像祖父那样……

迦鲁米德拉：王后，恕我多嘴。羯陵伽是勇士的国度，不是女子的国度！

蒂夏拉克西达：难道羯陵伽就没有女子吗？迦鲁，你称颂起故国真是永不倦怠！为什么就不称颂一下大王呢？他在与羯陵伽作战的关键时刻，竟把你这位来自敌国的侍女留在身边。

迦鲁米德拉：回王后，阿育王贵为帝王之尊，我在或不在，对他而言有何分别？

蒂夏拉克西达：你可知，谋臣考底利耶是如何评价敌人的？他说，敌人从来都没有大小之分。

迦鲁米德拉：那就请王后下令，革去奴婢的卑职吧。

蒂夏拉克西达：（笑着）好啦，这么说可就见外了！怎么聊着聊着竟谈到请命革职上了？即便你不是大王的侍女，不还是我的女伴嘛。快来，再仔细瞧瞧我的画！

迦鲁米德拉：（细心打量）王后，您这幅画上尽是折断的树木，还都染上了红色。

蒂夏拉克西达：那你说说，这背后的寓意是什么？

迦鲁米德拉：迦鲁对绘画一无所知。

蒂夏拉克西达：哪有你想得那么玄妙，不过是些常人都能理解的意思罢了。我想把这幅画呈给大王，对他说，看哪，羯陵伽的勇士正因你的缘故浸泡在血泊之中，你的剑一日不从这些可怜的树身

---

① 相传，为期三年的塞琉古—孔雀战争（公元前305年~前303年）结束时，双方缔结和约，塞琉古一世承认月护王对旁遮普的统治，并将一个女儿嫁给月护王。作为交换，月护王赠予塞琉古一世500头大象，用于他对埃及的扩张。

上拔出，它们枝条里的血液就会一日不停地往外流。

迦鲁米德拉：恕奴婢参不透王后话里的深意。

蒂夏拉克西达：罢了。大王现在还没回营？

迦鲁米德拉：是的。

蒂夏拉克西达：你瞧这迷人的戈达瓦里河岸，水里的波浪彼此交织，就像一条美丽的花环，花环套不住岸边人的心，便径自断开，散落飘零。再看那些翱翔的鸟儿，好似一串爱情的丝线，时而当空飞舞，时而又消失在天边。迦鲁，这里景致俱齐，独差你的曼妙舞姿，可否跳上一支？

迦鲁米德拉：愿遂王后心意。

蒂夏拉克西达：那就速去把脚镯戴上，怎能少了足下伴奏的妙音！

（迦鲁离场。蒂夏朝自然景致的方向望了片刻，继而踱到画作前，一边拾起画笔开始着色，一边悠悠地哼起小曲——）

女伴识得花蕾来！

巧借美妙音，芳丛变瑶台。

清风徐吹拂，欢喜满心怀。

秀美丛林里，露兜悄苏醒。

何人传音讯，引得花盛开？

女伴识得花蕾来！

（迦鲁戴上脚镯返场，来到蒂夏面前站好）

迦鲁米德拉：可以开始了吗？

蒂夏拉克西达：当然！不光是我，连那枚想随舞绽放的花骨朵都等不及了！

（行过礼，迦鲁开始起舞。舞蹈持续了一段时间。蒂夏全神贯注地欣赏着，不时发出赞叹。突然，外面传来"阿育王万岁"的呼声。舞蹈戛然而止，蒂夏和迦鲁面面相觑。"阿育王万岁""吾王万岁"的声音此起彼伏。一位报信女匆匆进入）

报信女：王后，大王即将回营。（说罢退场）

迦鲁米德拉：王后，这可怎么办？

蒂夏拉克西达：（用安慰的语气）别担心，脱下你的脚镯就好。

迦鲁米德拉：（点头）遵命。

（迦鲁坐下开始脱脚镯。一只脚上的镯子顺利取下，另一只脚上的却缠在一起，无论如何都脱不下来。就在此时，阿育王踏着"万岁"的声浪步入营房。蒂夏和迦鲁行礼问安。阿育王抬手施无畏印，请他们平身）

阿育王：王后，胜了！今天这一仗，咱们又打赢了！瞧你的祝祷多么灵验。胜利！胜利！胜利！（高举手臂）

蒂夏拉克西达：大王万岁！

迦鲁米德拉：吾王万岁！

阿育王：王后，敌军数量惊人，咱们的战象和马匹起初像中了邪一样停滞不前，是你的祝祷为我和摩揭陀勇士们注入了力量，才终把敌人如残枝败叶般击得粉碎！没有王后你的虔诚祝祷，就没有我的威武神力。迦鲁米德拉，快为王后洒下花雨。

（迦鲁米德拉举步向前，脚镯随即发出声响）

阿育王：（紧盯着迦鲁米德拉的双脚）这是什么？跳舞用的玩意儿！好啊，竟然在战场上搭起舞台来了！（惊诧地）迦鲁！

迦鲁米德拉：大王恕罪！

阿育王：能在我战场上起舞的，只有女神派拉维[①]，轮不到你迦鲁米德拉！

———————

① 派拉维（Bhairavi），印度教神灵系统里具有暴烈属性的一位女神，其配偶是湿婆的凶恶化身——陪胪（Bhairava）。

迦鲁米德拉：大王……

阿育王：更何况，为派拉维之舞配乐的，该是铿锵有力的利剑，而不是你叮叮当当的脚镯！

迦鲁米德拉：大王……

阿育王：迦鲁米德拉，你竟用柔媚之术灭我军威，居心何在！说，你是想讨个赏赐吗？宝石珠串，还是珍珠项链？

迦鲁米德拉：奴婢恳请大王责罚！

阿育王：好一个善用媚术的迦鲁米德拉，你会为自己的所作所为付出代价！难道你真以为这样的雕虫小技就能阻挡我作战的决心吗？妇人之见！果然，羯陵伽生的家伙，到头来还是要与羯陵伽为伍。迦鲁米德拉，你这个叛徒！（喊道）拉朱格！

阿育王：万万没有料到，我的贴身侍女迦鲁米德拉，今天竟摇身一变，成了舞女！难不成，这舞蹈背后还藏着什么不可告人的通敌诡计？

迦鲁米德拉：大王……

（拉朱格入场）

阿育王：拉朱格，迦鲁米德拉想在烧红的炭火上跳舞！去，备火！

拉朱格：遵旨。（行礼后退场）

阿育王：把另一只脚上的镯子也戴齐吧，迦鲁米德拉，单脚发出的声音不够圆满。

（迦鲁为给另一只脚戴镯子，卑微地躬下身子）

蒂夏拉克西达：大王！

阿育王：怎么了，王后？

蒂夏拉克西达：大王，您错怪迦鲁了！

阿育王：错怪？王后何出此言？羯陵伽的身，羯陵伽的魂，还能指望她在摩揭陀干出什么好事？迦鲁清楚，我正用狂怒焚烧着她的故土，于是就想用莺歌燕舞来平息我暴烈的火山。直接影响我不成，便索性打起了你的主意，以为通过你便可把温柔的秉性传给我。依我看，她已经让你的骨子里充满了卑微的怜悯！

蒂夏拉克西达：大王，怜悯是女人的本性和天职。我的怜悯之心岂能被迦鲁左右？迦鲁无罪，是我下令让她跳舞的。为了消磨您不在身边的光阴，这大概是我唯一的法子了。

阿育王：你下的命令？

蒂夏拉克西达：是的，大王。阴森可怖的战火里，女人孤寂的心还能靠什么得到慰藉？无非唱歌、跳舞、作画罢了。

阿育王：这么说，跳舞并不是迦鲁自己的主意？

蒂夏拉克西达：没错，大王，请宽恕她吧。

阿育王：我阿育从不放过任何一个有罪之人，但这次我决定法外开恩。（朝迦鲁看去）迦鲁，我原谅你。但愿你的舞蹈能变成派拉维之舞，助我摩揭陀大胜。否则就把你的舞姿留好，等着给你羯陵伽的勇士们送葬！（喊道）拉朱格！

（拉朱格进场）

阿育王：炭火备好没有？

拉朱格：回禀大王，已经备好！

阿育王：拿去，让今天缩在阵尾的那帮懦夫好好地清醒清醒。

拉朱格：遵旨！（准备动身）

阿育王：慢着！听好了，倘若有人说什么排兵布阵需要有人殿后之类的鬼话，千万别信。对士兵而言，在前线以外的任何地方停留片刻，都是可耻肮脏的行为！

拉朱格：遵旨！（退场）

阿育王：你也退下吧，迦鲁。这对踏音妙足也该歇歇了。

（迦鲁低着头退下）

阿育王：王后，今日与羯陵伽开战的时候，我就料到，华氏城的雄威将引发一场洪水，这洪水会把羯陵伽淹没在一片血海之中。我仅靠变换视线的方向，就能指挥咀叉始罗、犍陀罗和优禅尼的伟大将士们挥剑作战。一个个方阵组成浩瀚大军，就像翻涌推进的波浪，壮大之后朝敌人狠狠地拍去，使他们手里的剑动弹不得。那一刻，我意识到，我在前线叫阵的呐喊也是一把利剑，在它面前挥舞的一切兵器，都会瞬间失去准心和威力！

蒂夏拉克西达：大王，这和屠杀有什么分别……

阿育王：我们向敌军发动了三叉戟式进攻。他们一定以为，那是千万颗彗星以某种奇异的阵势汇聚在一起，携死亡之火汹汹而来。不知道有多少敌人被象足踩得粉碎，又有多少人被卷入马蹄，鲜血浸透了衣衫。我只知道，他们的血会淌成河流，一路狂奔，汇入汹涌的默哈讷迪[①]！

蒂夏拉克西达：大王，这战争实在可怕……

阿育王：霎时，只见一个敌兵挥剑向我头顶劈来！我灵巧地像蛇一样避开，让他的剑在空中徒劳地挥了一番。眼看进攻未果，这贼人转身要逃。他方一调转身子，我的剑就刺进了他的肋间。这家伙先前的叫阵瞬间变成了哀嚎，不久便像折断的树干轰然倒地，没入血泊！

蒂夏拉克西达：大王，这些交战的场面，臣妾听着觉得毛骨悚然……

阿育王：有那么一刻，眼看战马快要支撑不住，我用双腿夹紧马背，准备做最后的搏斗。这时，敌军头领维尔婆德尔杀了过来，就在他的剑即将刺入我脖颈的关键时刻，我弓腰避开，顺势从侧面给了他肩膀一记猛击。只见那剑连同他的整条手臂飞了出去，直插在一头战象的背上。那战象暴怒不止，奔突着将敌军将士踩得稀烂。

---

① 默哈讷迪（Mahanadi），印度中东部河流，发源于中央邦，向东注入孟加拉湾，全长901千米。

一眨眼的工夫，对方已是溃不成军，节节败退。王后，今日大捷着实让我军大放异彩！

蒂夏拉克西达：大王，这战争令人发指，臣妾一天也无法再忍！

阿育王：王后太过心慈。这场战争本与你无关，所以当初我才劝你留在华氏城。只因你苦苦哀求，我才不得已把你带在身边。

蒂夏拉克西达：大王，可否容臣妾再提一个请求？

阿育王：什么请求？

蒂夏拉克西达：停止这场战争！

阿育王：开什么玩笑，王后？战争一旦终止，华氏城的繁荣之路亦将中断。哪个王朝的疆域不是靠金戈铁马打出来的？不浸染着血色？（视线转向一旁，落在画案上）不过别说，你这幅画可着实好看！

蒂夏拉克西达：大王喜欢就好。

阿育王：很是漂亮。这不是我钻研战术的那片林子吗？

蒂夏拉克西达：是的，大王，当时我恰好也在。

阿育王：可那些好端端的树木，怎么在你画里都断了枝干？

蒂夏拉克西达：大王，战争如此惨烈，您的剑在重创敌人的同时，殊不知也伤了这些树木。可怜的生灵啊，死去时竟也流出血来。

阿育王：画血哪还需要什么红颜料？去取些真的来便是，战场上最不缺的就是血！你难以想象，我为多少鲜血解除了肉身的桎梏，使它们得以在大地上恣意流淌！

蒂夏拉克西达：大王，战争的残酷令臣妾胆战。为了国家昌盛，您就忍心像祭火一样献出无数战士的鲜血吗？

阿育王：王后，金子只有在淬火才会变得圣洁。而今，我的宝剑无比有力，更该勤用才是。

蒂夏拉克西达：那是大王你的想法，可我却为这暴行痛苦不

堪……（垂下头）

阿育王：（安慰道）你痛苦？不，你没什么好痛苦的。只因你是慈悲女神，任何人的痛苦都能激起你的痛苦。我所做的，就是尽力保护你的善意不被利用。瞧瞧今天，你慈悲的盾不就硬生生地挡了我惩罚的利刃吗……

蒂夏拉克西达：大王，迦鲁无罪！

阿育王：那取决于你从战场的标准还是舞台的标准评判。

蒂夏拉克西达：她可是在您身边长大的贴身侍女啊，大王。

阿育王：愈是信任就愈容易被暗算。王后，我现在不能容许任何与敌方有关的人留在营帐里。

蒂夏拉克西达：可迦鲁和敌方有什么关系呢？早在羯陵伽战役开始之前，她便已经在大王身边侍奉左右了。

阿育王：但你须知道，仁慈和政治向来不能混为一谈。实不相瞒，今天从战场返回营帐的途中，我便已经开始考虑迦鲁的事情了。

蒂夏拉克西达：什么？从战场返回的途中？

阿育王：没错，回营路上几个羯陵伽的百姓向我行礼，我在他们身上看到了迦鲁的影子。所以，即便没有方才那支舞，我也一样会对她有所处置。

蒂夏拉克西达：可她的确是无辜的！

阿育王：王后，权谋可不能像你这样，掺上一点儿怜悯之情就软弱下来。今天我已为你破了例。看在你几句求情的份上，我到底还是让权谋变成了女人的心！

蒂夏拉克西达：承蒙大王恩典。战事操劳，您还是先行歇息吧。

阿育王：歇息？祖父月护王在位二十四年，可曾听说他歇息片刻？从呾叉始罗到摩揭陀的大地上，哪颗砂粒听闻他的脚步，不发出敬畏的颤抖？他将无数弱小王国编织到一起，终为自己大一统的盛世戴上了胜利的花环。身为月护王后裔，我不敢有丝毫懈怠。哪怕多歇息一个时辰，都会置国境于险地。

蒂夏拉克西达：大王所言甚是。可臣妾觉得，羯陵伽之战让大王过于亢奋了。

阿育王：羯陵伽不肯归顺华氏城，一心想自立门户也就罢了，竟然还在苏门答腊和爪哇设立藩国。撑几只破船东奔西闯，还真把自己当大王了！蒂夏，他们百般阻拦我的统御之路，我便要像对待优波鞠多的说教那样，把他们铲个精光。

蒂夏拉克西达：大王，您怎么能把羯陵伽和优波鞠多尊者相提并论呢？

阿育王：怎么不能？优波鞠多是佛教领袖，羯陵伽是叛乱头目，我就是要把这两股势力统统灭掉。

蒂夏拉克西达：大王，留一点宽容、仁慈和怜悯吧！优波鞠多尊者昨天刚刚来过。他目睹了羯陵伽的恐怖杀戮后如是说，人类本是存纳智慧的无边宝藏，却为了区区一角疆域，不惜把人性掷入泥沼。羯陵伽是傲慢结出的恶果，过去是，未来注定也是。

阿育王：他这么说，分明是在指摘我！

蒂夏拉克西达：可是大王，这话里道出的难道不是事实吗？傲慢骄横难道不该灭除吗？

阿育王：傲慢骄横和治国正法有本质不同。治国正法是我华氏城的权利，傲慢骄横则是他羯陵伽的本性。谁人不知，羯陵伽的傲慢因军队而起。凭着六万步兵、七百战象和一千骑手，就敢自诩因陀罗后裔？蒂夏，我就是要用自己的大军，亲手把他傲慢的幼苗连根拔起！

蒂夏拉克西达：但您可曾想过，大王，多少人要为此付出血的代价？

阿育王：血流得愈多愈好，我正想用它来洗刷雅利安之地，让她的每寸土地都变得更加圣洁！

（后台突然传来令人不安的骚动。一位妇人哭喊着"杀了阿育王……阿育王不得好死！"紧接着是守卫的声音——"布什耶，连她一起干掉！"）

蒂夏拉克西达：（捂紧双耳，哭喊道）不，大王！（躲入阿育王怀中）不！

阿育王：（用手轻拍蒂夏后背）别怕……别怕……我这就去探个究竟。（扶蒂夏坐下，随即从营帐窗口望去）布什耶，把那女人给我带进来。

（蒂夏用双手掩住双眼。阿育王把她的手从眼睛移开，攥在自己手心里）

阿育王：王后，我倒要看看，来者究竟何人。

蒂夏拉克西达：大王，臣妾听不得您有半点儿凶兆。（凝视天空）祈求神灵保佑大王，保佑……

阿育王：不过是个怀抱孩子的妇人家。

蒂夏拉克西达：那就让我问问她什么来历，口中为何喊出那么不吉利的话来！

阿育王：也好，你且问吧，我去换件衣裳。（离场）

（侍卫带上一女子，蒂夏示意侍卫退下。女子二十五岁上下，衣发凌乱，怀间抱着一个孩子，神情与疯人无异）

蒂夏拉克西达：告诉我，你是何人？

女子：（圆睁的双眼顷刻泪如雨下）王后！阿育王他不得好死，不得好死啊……你把我也杀了吧，把我也杀了……

蒂夏拉克西达：住口！竟敢出此狂言诅咒大王！说，你到底想要什么？

女子：我想要什么？我想要你们把我的孩儿乱剑砍死。瞧，他还留着一口气呢！（注视着怀里的男孩）儿啊，趁这帮家伙没乱剑夺走你最后一线生机，再跟娘说句话吧……说话啊，我的儿！（双

手摇晃男孩的躯体）

（阿育王进场。他静静地站在蒂夏身后，蒂夏没有注意到他）

女子：（看着儿子）你的血那么甜，连国王都想尝上一口。何不把你柔嫩的心也掏出来，连最后一滴血也让他们取走！

蒂夏拉克西达：你的孩子死了？怎么死的？

女子：是阿育王那个恶魔夺走了我孩子的性命！他小小年纪，哪来的自立王国的野心？可阿育王终究还是没有放过他……

阿育王：（上前）胡乱说些什么？你且将幼子的死因如实道来，我自会替你主持公道。

女子：我才不稀罕什么公道！华氏城的字典里从来就没有"公道"二字！孩子他爹被你的士兵围攻而死，就在我准备救下儿子逃跑时，那帮恶棍的长矛狠狠地刺进了他花儿一般的胸膛。我的孩子从未觊觎过你的王权，可他还是被……

阿育王：够了，我会严惩这群暴徒的。长矛所向该是士兵，不是孩子。

蒂夏拉克西达：大王，您要还这可怜的母亲一个公道啊！

阿育王：一定。

女子：我现在还要公道做什么？就以我儿郎的血作吉祥志，为大王的登基大典助兴吧……（高呼）阿育王万岁……转轮圣王①万岁……

阿育王：我这就给你个交代。（唤道）布什耶！

（侍卫进场）

阿育王：带这位女子去宿营地指认凶手，我随后就来。快去！

（侍卫准备动身）

阿育王：等等！把他们绑起来，押到我面前，记住了？

---

① 转轮圣王（Chakravarti），阿育王的别号。

侍卫：遵命！（对女子说）走！（强行带女子离场）

女子：（一边退场，一边在后台哭喊）我的孩子……我的儿啊……

（喊声渐弱，空气凝滞了片刻。阿育王思索着什么，蒂夏开口——）

蒂夏拉克西达：大王，臣妾觉得有些恍惚。

阿育王：快去歇息一下。

蒂夏拉克西达：大王，这血淋淋的战争该结束了！

阿育王：为了今天这区区小事，就要我斩断帝国绵延的枝蔓？王后，在你的画里，帝国藤蔓可任由画笔摆布，轻轻一挥，说断就断。可今日之事与作画不同。要知道，战争中任何事情都是有可能发生的。

蒂夏拉克西达：大王，那我该怎么办？

阿育王：你先去歇息。我现在得去趟营地。士兵休息得如何，伤员照看得是否妥当，我得亲自看看。（唤道）拉朱格！

（拉朱格进场）

阿育王：让大臣们备马，陪我夜巡。

拉朱格：是，大王！（退下）

阿育王：王后，宾头娑罗大王①在位时，并未致力于绵延疆域，他大概是想把这艰巨的任务留给我。我必须要让月护王开疆拓土的传统在我的治理下延续下去！

蒂夏拉克西达：延续到何时才是尽头？

阿育王：直到我华氏城的臣民在羯陵伽安居乐业的那天。

（拉朱格进场）

拉朱格：启禀大王，大臣和马匹都已就位。

---

① 宾头娑罗（Bindusara），孔雀王朝第二任君主，阿育王之父。

阿育王：好，你先去，我随后就来。（对蒂夏说）王后，我去夜巡，顺便还那女子一个公道。调教士兵，奖惩缺一不可。王后不妨继续祝祷，佑我摩揭陀千秋万代。

蒂夏拉克西达：大王，摩揭陀定会千秋万代，即便这代价是我无尽的苦楚。

（阿育王离场）

蒂夏拉克西达：大王的秉性如雨般难测，来也匆匆，去也匆匆。教我如何是好！（目光落在画上）画……画……还画些什么！（一怒之下把画作撕得粉碎，掷在地上，喊道）索因巴尔帕！

（索因巴尔帕上场，行礼）

索因巴尔帕：王后，这是怎么了？这画是谁撕的……真可惜，多美的画啊！

蒂夏拉克西达：是我……亲手撕了它。

索因巴尔帕：我有办法把它复原。

蒂夏拉克西达：不必了。拾起来，扔到外面去。

（索因巴尔帕把残片一一收起）

蒂夏拉克西达：大王走了？

索因巴尔帕：是的，王后。大王在五位大臣的陪同下刚刚离开。

蒂夏拉克西达：你方才在做什么？

索因巴尔帕：王后适才唱的歌美极了，奴婢想把乐谱记下来。

蒂夏拉克西达：一并给我毁了！这些东西引不起大王的半分好感。

索因巴尔帕：可是王后，多美的歌啊……

蒂夏拉克西达：这个话题今后不许再议。下去吧。

（索因巴尔帕准备动身）

蒂夏拉克西达：对了，迦鲁在哪儿？

索因巴尔帕：禀王后，刚才还在这儿，现在大概回房了。

蒂夏拉克西达：可曾哭过？

索因巴尔帕：回王后，迦鲁十分沮丧，只觉她眼泪已经流干，可心还在哭泣。

蒂夏拉克西达：你可跟她说过话？

索因巴尔帕：除了问起您的乐谱，她什么也没说。

蒂夏拉克西达：可怜的迦鲁！大王今天待她实在太不留情面。

索因巴尔帕：王后，迦鲁从未犯过什么过错啊。

蒂夏拉克西达：大王说她出身羯陵伽，或属敌方阵营。

索因巴尔帕：自入宫以来，迦鲁服侍大王的虔敬之意，华氏城里任何一个婢女都比不上，说她是大王内室的贴身侍女也毫不为过，这些王后都是知道的。

蒂夏拉克西达：没错，我都清楚。

索因巴尔帕：大王的心意便是她一举一动的全部意义，她怎么可能做出欺君犯上的事情来呢？

蒂夏拉克西达：大王说了，治国之术容不得半点儿仁慈。

索因巴尔帕：王后，恕奴婢直言，如果治国之术意味着连忠心与真情也要怀疑，那还算什么治国之术？

蒂夏拉克西达：或许，这怀疑正是他功成名就的秘诀吧。只要他发现敌方有任何可疑的风吹草动，一定会全力铲除。今天若不是我苦苦相求，大王是绝不会饶恕迦鲁的。

索因巴尔帕：王后，只有大王的孔武配上您的仁慈，才能保摩揭陀安稳。

蒂夏拉克西达：索因巴尔帕，我的仁慈今天被逼到了极限。

索因巴尔帕：王后为何这么说？

蒂夏拉克西达：咱们的士兵居然杀死了一个年幼的孩子！

索因巴尔帕：奴婢也听说了此事。

蒂夏拉克西达：大王为这无辜幼子的母亲主持公道去了。天晓得，会是怎样的公道？一天下来，我的心绪实在混乱不堪。

　　索因巴尔帕：王后，请歇息吧……

　　（后台传出"我皈依佛，我皈依法，我皈依僧……"的念诵）

　　索因巴尔帕：王后，是优波鞠多尊者持诵的声音！

　　蒂夏拉克西达：（振作起来）快迎他进来，我愁苦的内心正需要开示。

　　索因巴尔帕：遵命，王后！（退下）

　　蒂夏拉克西达：（径自默念）圣者优波鞠多……

　　（蒂夏拉克西达稍事平复，站起身来，亲手将座榻打理齐整，不时用企盼的眼神朝门口张望。优波鞠多尊者在索因巴尔帕的陪同下步入房门，身披袈裟，手托钵盂）

　　蒂夏拉克西达：顶礼法师！

　　优波鞠多：（施无畏印）王后福乐康泰。大王不在吗？

　　蒂夏拉克西达：法师，人中勇士向来不在家中久居，沙场才是他的归宿。

　　优波鞠多：王后，沙场无法给人心以安宁。佛陀曾警喻世人，要戒除傲慢。这战争是对权力的贪执，它将永无终日！

　　蒂夏拉克西达：圣僧！这些箴言您可对大王说过？

　　优波鞠多：王后，大王精于权谋。我的话他听是听，听罢也只会笑着说——法师，您一定累了，卧榻已经备好，正候着您呢。

　　蒂夏拉克西达：圣僧，这场战争该结束了。这样的暴行，我已忍无可忍。

　　优波鞠多：王后，谁又能忍受这样的暴行呢？十万人战死疆场，三十万人身负重伤，这重伤的三十万心灰意冷，也想着步那十万的后尘，一了百了。看哪，无数条血河奔流着与默哈讷迪一竞高下，羯陵伽的一户户人家正像落花般归于尘土。王后，难道您就不能做些什么吗？

蒂夏拉克西达：圣僧，倘若我今天没有以王后自居，而是以一个寻常女子的身份牺牲自己，或许尚能扭转大王的心意。可身为妻子，我无论如何也没有勇气做夫君行路上的绊脚石，更不能允许王族荣耀毁在自己手里。法师，自我成为王后的那天起，便再无做回寻常女子的可能了！

优波鞠多：王后冷静，听老衲几句。人一日不证悟真谛，便会被苦所困。佛陀曾对众比丘说，我已从凡界和非凡界的一切桎梏中解脱出来，你们去四方云游，为诸种福，为诸般好，为芸芸众生的慈悲，为圣界凡间的至善。王后，我相信，阿育王终会接受教化，在世上造福行善的。

蒂夏拉克西达：法师，恕我无法相信。

优波鞠多：且让时间说明一切，大王定会有所转变。一个人若有真力，便无所谓改变的早晚，这改变既可能是从邪道踏上正途，也可能是从正途堕入邪道。大王是有真力之人，但他正身处邪道，某种敬畏之情或可扭转他心的方向。他渴望胜利并将获得胜利，但不是仰仗暴力的手段，而是借由非暴力的方法。他欲行驶统治之权并将如愿以偿，但不是凭着狂怒，而是宽仁。他会灭除那本不该存在的东西——不是无辜的种族，而是自己的贪念。他会勤勉力行，为的不是获得王权，而是获得智慧。王权易逝，但智慧不灭。

蒂夏拉克西达：圣僧，听了您的开示，我内心平静些了。

优波鞠多：请享受这份平静，只有遵循平静之道，才能有所建树。好了王后，老衲先行告退。（站起身来）

蒂夏拉克西达：圣僧，请您祈佑我们的国家永享安宁吧。

优波鞠多：愿遂后意。

蒂夏拉克西达：圣僧留步，请收下我的施舍再走，我去去就来。

（蒂夏进入里屋）

索因巴尔帕：圣僧，小女有一事相求。

优波鞠多：何事？

索因巴尔帕：圣僧可知迦鲁？

优波鞠多：知道，就是那个在大王身边照料多年的侍女。

索因巴尔帕：她今天痛苦极了。

优波鞠多：因为何事？

索因巴尔帕：大王对她起了疑心。

优波鞠多：只因她生在羯陵伽？

索因巴尔帕：是的。

优波鞠多：眼下，她最好的出路便是继续侍奉和体恤大王，唯有尽心效劳方能解除疑心。此刻她人在何处？

索因巴尔帕：在大王的外营营帐。

优波鞠多：好，我这就去找她，待她心意满足、心绪安稳后，再回僧舍。

索因巴尔帕：法师，小女感激不尽。

优波鞠多：这是佛祖的旨意。

（蒂夏手捧施舍上场）

蒂夏拉克西达：法师，能为您亲手呈上施舍的饭食，我分外欢喜！

优波鞠多：愿王后喜乐永驻。

（蒂夏向优波鞠多敬献饭食）

优波鞠多：老衲告退。

蒂夏拉克西达：高僧慢走。（向索因巴尔帕授意）索因，送法师到帐门。

索因巴尔帕：是。

（索因巴尔帕带优波鞠多离场）

蒂夏拉克西达：（思索着）蒂夏，你现在的处境，如同一只小虫落在两端着火的木棍上。究竟该何去何从？

（索因巴尔帕入场）

索因巴尔帕：王后，法师临走时，口中仍在为您念诵吉祥咒。

蒂夏拉克西达：阿弥陀佛。索因巴尔帕，我的面前只有两条路，要么皈依佛门，要么隐匿林间。

索因巴尔帕：请王后三思。

蒂夏拉克西达：不，索因！眼前的帝王权谋令我憎恶至极，多少人正为此白白地丢掉性命。从早到晚听得全是战事，我的耳根都快招架不住了，一句也不想多听！你看，外面的林子多好。这里的树、这里的山，感觉都透着一股幸福的气息。它们与世无争，不嗜鲜血，只是在晨昏的更迭里，为森林撑起绿盖，戴上花环，再用瀑布的清流为她濯洗双脚。你说，还有什么缺憾吗？所以，我不明白，人们究竟为何仍要在此葬送彼此的幸福，任凭血流成河？

索因巴尔帕：王后，或许这就是生活的真相。

蒂夏拉克西达：索因巴尔帕，假若我不是女子，而是这近旁树上的一颗花蕾，那我便能愉快地绽放在春天的某个清晨，用笑眼看一次这世界，然后在黄昏将近的时候，追随太阳的背影离去。同时身为女子和王后，令我苦不堪言！我所承受的一切，实在和生活的真相相去甚远！

索因巴尔帕：王后，您冷静些。

蒂夏拉克西达：索因巴尔帕！我如何才能冷静？冷静不成，反而落入不安的湍流，四周望不到岸。我知道，随着战争一天天地接近尾声，我的生命也将濒临终结！

索因巴尔帕：王后，莫要悲伤，千万别说这样的话！

蒂夏拉克西达：我几次想鼓起勇气对大王说些什么，可要么是我开不了口，要么是大王用眼神示意我不许置喙。即便我斗胆吐出一言半语，这些言语也会像气泡一般，被大王威严的波涛所吞噬。

索因巴尔帕：王后，能像您一样敢在大王面前进言的人，这世上恐怕没有第二个。

蒂夏拉克西达：即便如此，又有何用呢？罢了，索因，去把迦鲁叫来。

（后台传来"阿育王必胜！阿育王必胜……"的呼声）

蒂夏拉克西达：慢着，索因，先不必去了。大王就要回营。

（阿育王入场，神情凝重。蒂夏问安，索因巴尔帕躬身行礼）

阿育王：王后，公道没能还成！

蒂夏拉克西达：大王是说那位女子？

阿育王：对。没想到，她竟在营帐里当场自戕，死了！

蒂夏拉克西达：死了？（用悲悯的语气）啊，可怜的女子！

阿育王：布什耶照我的指令把她带到兵营候着，然后命营内士兵逐一到她面前，让她指认杀子凶手。我夜巡的时候注意到，共有一百二十三名士兵不在房间，这就意味着有一百二十三名士兵的命运等待着她的裁决。可十七人刚过，那女子突然在孩子脸上吻了一下，紧紧地将他揽入怀中，顺势从第十八位士兵的腰间抽出匕首，刺向了自己。布什耶没能阻止悲剧发生，只能眼睁睁地看着她在血泊中痛苦地哀嚎，直至咽气。王后，这女子最终还是不相信我能为她主持公道。她置我堂堂国威于不顾，一心只念自己的孩子。

蒂夏拉克西达：大王，这世上，任何财富和尊荣都不如母亲的心伟大。

阿育王：做母亲的，应该心怀宽广才是。

蒂夏拉克西达：大王殊不知，在母亲心里，孩子的意义大于一切！您试想，这场战争夺去了多少勇士的生命，而他们的母亲该是何等痛心？

阿育王：王后，我已经看到了。今天，一个孩子的母亲已经证明了我整片帝国的空虚！

蒂夏拉克西达：大王不愧是雅利安之地最杰出的英雄。

阿育王：王后，今天从兵营出来我才意识到，十数万将士已经在这场战争中死去，三十万将士负伤在身，其中多数来自羯陵伽。我无法想象，他们的母亲要如何才能承受这样的现实。

蒂夏拉克西达：（惊讶却也痛苦地）没错，大王。四十万人已沦为战争的祭品！

阿育王：得知四十万人在沙场伤亡的消息后，羯陵伽王派人送来了这封求和书。

（将求和书展开）今日我华氏城虽说胜了，可王后，那女子的自戕已将我的精神完全转到那些故去勇士的母亲身上了，迎接胜利的不是欢欣雀跃，而是我心底的咒骂与哀鸣。

（外面忽然传来一阵嘈杂声："迦鲁……发生了什么""还有一口气""伤到哪里了""怎么伤成这样""安静……安静"——各种声音交织着，此起彼伏）

阿育王：（一惊）拉朱格！什么动静？

（拉朱格进场）

拉朱格：回大王，是迦鲁米德拉，她在外面，正奄奄一息……

阿育王：（再一惊）你说什么！迦鲁米德拉，奄奄一息？

蒂夏拉克西达：啊！我的迦鲁……（垂头瘫坐下去）

拉朱格：是迦鲁，她受了很重的剑伤，优波鞠多大师正守在她身旁。

阿育王：速速抬进屋来！

（迦鲁的身体被两个守卫抬了进来，优波鞠多紧随其后）

阿育王：阿育顶礼圣僧！敢问法师，究竟发生了什么？（对两个守卫）快把迦鲁放下！啊，迦鲁米德拉！

（守卫把迦鲁平放在地上）

蒂夏拉克西达：我的迦鲁！我的迦鲁！

优波鞠多：王后，切莫激动。大王，这便是迦鲁米德拉护主尽忠的佐证。

阿育王：护主尽忠？此话怎讲？迦鲁她可还活着？

优波鞠多：一息尚存，但已没了知觉。

蒂夏拉克西达：法师，到底发生了什么？

优波鞠多：王后，迦鲁米德拉今天在世界面前，宣告了女子的力量可以多么强大！

阿育王：她做了什么？

优波鞠多：听说您对迦鲁米德拉生了疑心？

阿育王：没错，她本是羯陵伽人，生疑是自然的事。

优波鞠多：大王，她可自幼便在御前服侍。而今，她反用对您的忠义不渝，成全了羯陵伽的不朽。

阿育王：法师，愿闻其详。

优波鞠多：大王，整个雅利安之地都知道，您用战士的鲜血染红了羯陵伽的土地，这场战役的胜利非您莫属。

阿育王：高僧有所不知，我已胜券在握。这是敌军的求和书。

优波鞠多：大王，比这求和书更无价的，是迦鲁米德拉的献身。

阿育王：（惊诧地）献身？！

蒂夏拉克西达：您说什么！难道说，我的迦鲁牺牲了自己？

优波鞠多：是的，王后。今天，迦鲁失信于大王，万念俱灰。她本想去外营帐跟大王做最后的道别，之后便投入默哈讷迪，在浪流里长眠。可她在营帐中等了许久，迟迟没见您归来。

阿育王：我去营房巡查，所以比平时回来得晚了些。

优波鞠多：殊不知，那时您的帐中正藏着几个想置您于死地的羯陵伽人！他们黄昏时便乔装成摩揭陀士兵的模样，潜入了营帐。迦鲁注意到这几个人身份可疑，上前盘问后才发现他们是羯陵伽士兵！

阿育王：（愕然地）后来呢？

优波鞠多：后来，迦鲁米德拉咒骂他们——懦夫！你们这么做，分明是给我羯陵伽的国名抹黑！想杀阿育王，为何不堂堂正正地在战场上挥剑拼杀？居然用小人的卑鄙伎俩埋伏一位勇士，真是毫无廉耻！

阿育王：迦鲁……

优波鞠多：这帮士兵企图用羯陵伽胜利的美梦引诱迦鲁米德拉变节，她这样回答他们——背信弃义的事迦鲁做不出，我有多热爱自己的故国，就有多忠于自己的主人！

阿育王：迦鲁不朽……

优波鞠多：大王，迦鲁注定是不朽的。她喝令那几个士兵离开，他们不肯。于是，迦鲁拿起您挂在房间里的剑，向他们发起了攻击。

蒂夏拉克西达：感谢你迦鲁，你才是真正的勇士……

优波鞠多：是的，王后。尽管有两个敌兵受伤逃走，迦鲁还是被另一个士兵的剑刺中肩部，倒在地上。就在这时，我赶到帐中，那懦夫一路逃窜，躲进了附近的灌木丛。迦鲁断续把故事原委说与我听，说罢便失去了知觉。

阿育王：迦鲁，感激你！今天，你为你的祖国羯陵伽获得了永生。

蒂夏拉克西达：大王，我的迦鲁……

阿育王：王后，不必惊慌。迦鲁的所作所为，会被用金字镌刻在女性历史的长卷上。你且听好，自今日起，我阿育……暴君阿育，将永不再与战争为伍！（说着把剑扔在地上）

所有人：阿育王万岁！

阿育王：高僧，从今往后，我不会再诉诸任何形式的暴力，我要看到大地之上不再滴落人类的鲜血。王座上、后宫里、寺院中，到处都将成为我为子民效力的地方。从今往后，我最大的职责，便是竭尽全力庇佑众生。

优波鞠多：天爱喜见王阿育①，善哉！

阿育王：我要在各地敕建石柱，命人把我的旨意刻在柱身上，我要让整片雅利安之地知道，阿育是他们的守护者。

迦鲁米德拉：(从昏厥中微微苏醒) 大王万岁……

蒂夏拉克西达：迦鲁，你醒了！

阿育王：迦鲁米德拉万岁！迦鲁？

迦鲁米德拉：大王恕罪……您吩咐我……为摩揭陀……学跳派拉维之舞！婢女无能……没……没有学完……大王恕罪……

阿育王：迦鲁米德拉，你是华氏城荣耀的化身！

迦鲁米德拉：大王没有赐我……在炭火上舞蹈的机会……现在我……恳请您……把我的身体放在……炭火上……（对蒂夏说）原谅我，王后……

蒂夏拉克西达：啊，迦鲁！你会好起来的。

迦鲁米德拉：不会了……王后……（用虚弱的声音）阿育王……万……岁。

（迦鲁合上双眼，阿育王注视着她，无言以对）

（落幕）

---

① 阿育王又称"天爱喜见王"（Devanampriya），该称谓见于阿育王石柱铭文。

灯节

（人物介绍）

月护王：孔雀王朝开国君主，定都花城①

阇那迦②：月护王的辅政丞相

瓦苏笈多：花城税务官

耶修瓦尔曼：花城卫戍官

布什卜登德：花城事务官

阿罗迦：宫廷舞女

士兵、门卫

时间：公元前322年

　　（宫外一派喧嚣，其间夹杂着号角的奏鸣，间或传来螺号和响铃的声音。喧嚣之声渐弱。宫内，税务官瓦苏笈多和卫戍官耶修瓦尔

---

① 花城（Kusumpur），即华氏城（Patriputra），位于今印度比哈尔邦首府巴特那附近。
② 阇那迦（Chanakya），又名考底利耶（Kautilya），著有《利论》（又名《政事论》）。

曼正在攀谈）

瓦苏笈多：瞧啊，今天的花城百姓好不热闹！都说盾牌的中心部位能抵挡任何宝剑的剑锋，一往无前。眼下花城的狂欢就像一面盾牌，在它面前，就算是篡权谋反的剑刃也会变得迟钝。卫戍官耶修瓦尔曼的顾虑早就烟消云散了吧？

耶修瓦尔曼：瓦苏笈多，顾虑不是一触即破的水泡，而是天上轨迹绵延的彗星。彗星当空意味着什么？恐怖、危险、凶兆。

瓦苏笈多：哪儿有什么恐怖、危险、凶兆可言？难陀王朝①既已覆灭，其残余势力早已四散飘零。

耶修瓦尔曼：四散飘零不假，可他们毕竟还在。

瓦苏笈多：现下早已不见踪迹。当月护大王在赛种、希腊、波斯、波力迦诸王的簇拥下踏入花城时，受到了全城百姓的欢迎。你难道没看到鼎沸之中百姓们涌动的狂喜吗？

耶修瓦尔曼：看到了。不过，这鼎沸的狂喜中也可能夹杂着嘲笑声。难陀党羽尚未根除，青草丛中可能有圣洁拘舍②，也可能荆棘暗布。

瓦苏笈多：即使有，很快便会被连根铲除。

耶修瓦尔曼：难陀王的丞相罗刹已经乔装打扮逃出了花城，这你是知道的。难陀虽已不在，可他的臣子还在！

瓦苏笈多：无妨，咱们身边有的是能识破他伪装的慧眼。（喧哗的人声再度沸腾）瞧，这声浪一阵高过一阵。去把窗子关上吧。

耶修瓦尔曼：也是，连说话都听不清了。（关上窗户）

瓦苏笈多：月护大王此番入主花城，首要任务应当是改善治理。

耶修瓦尔曼：阁那迦大师韬略满腹，有谁比他更擅长打理国务？

---

① 难陀王朝（Nanda Dynasty）是公元前364年至前324年统治摩揭陀国的一个王朝，后被孔雀王朝取代。

② 拘舍，被印度教徒视为圣草，多用于祭祀。

瓦苏笈多：照你的意思，月护大王则是英勇居多？

耶修瓦尔曼：没错，正是阁那迦大师的韬略，加上月护王的英勇，才一举瓦解了难陀王朝。难陀王奢靡迟暮，丝毫不能阻挡月护王的清誉如月光般降临花城。

（后台传来"月护大王万岁"的呼声）

瓦苏笈多：（热切地）大王来了？这么说，外面喧闹的百姓都是在迎接大王？耶修瓦尔曼，快开窗看看。

耶修瓦尔曼：这就看。（打开窗户，鼎沸之声再度变得刺耳起来）的确，人们正手捧花环，载歌载舞！大王已从不远处的狮门①进入前庭，他穿戴华贵，前额宽阔，鼻梁挺峻，大大的双瞳灿若明星。瞧，他正和百姓说着什么，话音中的英雄气概是那样浑厚，犹如八面来声汇成一脉。他的眉宇不经意间透着一股劲道，就像宏图远志弯作一对弓弩，挂在眼睛上方。随风轻扬的卷发上戴着皇冠，冠顶的翎子随头颅摆动，左右弯垂，宛若娇羞女子的目光。他的双臂孔武有力，好比国族的两根支柱。他身披战衣，胸前坠着珠链，腰间以天鹅绒套嵌的剑鞘里插着宝剑。大王仪容，好一派刚毅之气！

瓦苏笈多：（喜悦地）那是自然。大王堪称英勇味②的典范！门卫来了。

（门卫入场）

门卫：吾王万岁！启禀大臣，大王驾到。

瓦苏笈多：我们正翘首以待。去，到门口为大王播撒花雨。

门卫：遵命！（退下）

耶修瓦尔曼：当年大王在呾叉始罗的时候，曾领略过希腊军队的兵法，并依靠此法在印度全境打下了自己的江山。正是这外邦兵法，为大王的伟业奠定了根基。这一点，实在鲜有人知。

---

① 狮门，即两侧有石狮镇守的大门。
② 英勇味，印度古典味论诗学中十种（一说八种）情味中的一种。

瓦苏笈多：不光有兵法，还有女人！这才是你的言外之意吧？

（随即露出一丝克制的笑意。"吾王万岁"的呼声后，月护王在事务官布什卜登德的陪同下入场）

瓦苏笈多、耶修瓦尔曼：（齐声道）吾王万岁！

月护王：瓦苏笈多，花城的景象我已领略一二。给我的感觉是，好战的派拉维女神披上袈裟，摇身一变成了出家人。整座城市黯淡无光，毫无利剑出鞘的铿锵。百姓的沸腾让我不禁想到豺狼虎豹的狂欢，是我们用人道给了他们苟且偷生的机会。去对百姓说，回到各自家中去吧。

瓦苏笈多：遵旨，大王。（离场）

（鼎沸声逐渐平息）

月护王：耶修瓦尔曼！当年我在希腊人的随军仆从身上见过的英勇劲儿，而今在花城，连名门望族身上都找不到一丝踪迹。这里的人们缺乏直言的勇气。一声声妄语、一句句嘲讽，就像宋河①把花城围绕。我要你去打破这种僵局！

耶修瓦尔曼：回禀大王，臣坚信，阇那迦大师的安邦之策定会让花城名副其实，变得像花一样美好，如您的清誉般圣洁无瑕。

（瓦苏笈多入场）

月护王：或许吧。正是尊师阇那迦靠谋略在花城的政局中摆下环形阵②，才将混乱无主的道路引向死亡之墙，趋于覆灭。你知道，这死亡之墙的基座是什么吗？是整个即将长眠的难陀世系！

瓦苏笈多：迷醉于骄奢淫逸的神情，正在难陀世系的眼中最后一次闪现。

月护王：我为此感到惋惜，但政治本就是一条刀光剑影的路。

---

① 宋河（Son River），恒河南部的重要支流，在花城（即今巴特那）汇入恒河。

② 环形阵（Chakravyuh），一种用于围困敌人的军事阵法，在《摩诃婆罗多》俱卢之战中有所使用。

那些将骄奢淫逸背在身上前行的人，无异于主动向刀剑发出邀约，将自己的身子劈作两截。环形阵中那道万夫莫开的死亡之墙，我愿把它变成光明的生命之柱。

瓦苏笈多：靠大王的臂力和阇那迦大师的谋略，定会得偿所愿。

月护王：在阇那迦大师的辅佐下，我取得了眼前的一切。但也得汲取呾叉始罗的经验，要靠仁治来扫清花城的重重阻碍。仁治的尺度不是别的，正是百姓的满足与喜乐。

耶修瓦尔曼：大王所言极是。

月护王：所以，我打算办一场灯节。今天恰好是七月①望日，在瓦苏笈多的谏言下，我已于正午时分宣布了这项决定。当百姓们沉浸在老天赏赐的皎洁月光中，内心的罪孽和邪念都将荡然无存。如此一来，灯节就成了花城重要的政治庆典。

瓦苏笈多：大王！花城的大门前不久还向豺狼虎豹敞开，正是因为您的驾临，才让这城门变得圣洁起来。

月护王：瓦苏笈多，你果然能说会道！正因如此，我才不仅赐你花城子民的身份，还有新任税务官的交椅。只有靠中听的美言，才能让百姓心甘情愿地交出税银。

瓦苏笈多：承蒙大王恩典。

月护王：百姓心满意足，我月护才能高枕无忧。（召唤事务官布什卜登德）布什卜登德！花城百姓对灯节可还热情？

布什卜登德：回大王，灯节的消息在百姓中间传开后，所有人都觉得，首陀罗出身的摩诃帕德摩·难陀②积年累月的暴政，终于要在您的宽仁中宣告结束。大王在阇那迦大师的辅佐下，将还花城以安宁与自由。

耶修瓦尔曼：平民之中多少藏匿着难陀王朝的拥护者。王朝倾

---

① 此处指印历七月，相当于公历九月到十月。
② 摩诃帕德摩·难陀（Mahapadma Nanda），难陀王朝的第一任君主。

覆，他们自然心有不甘。大王宣布举办灯节，正是要用喜悦庄严驱走这些人的怨怼，好在他们心底激起效忠我朝的涟漪。一旦目睹自己的故土重新被尊荣笼罩，花城百姓的内心必生变化，如此才能忘却仇恨。不过，庆典期间，我等仍须严加留意。

瓦苏笈多：严加留意？大可不必。故土的尊荣一如母亲的尊荣。面对母亲的尊荣，哪个儿郎不为之欢欣？大王，到那时，哪怕是陌生人的祝福，也会让您心旷神怡！

月护王：的确如此！（对布什卜登德说）布什卜登德，灯节筹备得如何了？

布什卜登德：回大王，为了迎接灯节，负责装点花城的工程掌事已经尽了全力。宋河、恒河汇流之处，已用百支小舟摆出您的吉祥名号，上方四十腕尺①的地方已悬起天灯。到时候，灯火与秋月遥相辉映，大王名号被随之点亮，继而照进百姓心里。

月护王：好个笼络人心的妙招！还有呢？

布什卜登德：城墙的六十四扇木门上方，将用吉罐②装饰成波浪的形状。从远处看，还以为花城是一面泛光的湖泊，四周涌动着六十四朵光彩熠熠的浪花！

月护王：如此美作，值得嘉奖！

布什卜登德：大王，城墙上共有五百七十座露台。届时，全城的妙龄少女都将用宝石饰品装扮一新，在上面沐浴着灯火起舞。舞动之际，她们身上的宝石会在火光映射下闪闪发亮，如同蜂群在光的莲花里游弋。

月护王：岂不美哉！

布什卜登德：还有呢，大王！城郭四周的河道里，将有数以千

---

① 腕尺，印度古代长度单位，约为从肘到中指尖的长度。
② 吉罐，通常由一只盛水的金属罐上放置芒果叶和椰子制成，广泛用于印度教祭祀，有预示吉祥之意。

计的献灯被放逐。到那时，一条流动的灯之银河会把整座花城环绕。

瓦苏笈多：大王，工程掌事筹办得力，理应奖赏。

月护王：当然！还有我们的事务官布什卜登德。下去传令，此次灯节的操办费用不走国库，尽数从大内支取。百姓们能从节庆里享受多大的乐趣，我月护就能承担多大的开销。

瓦苏笈多：吾王慈悲。想当初，那首陀罗头目摩诃帕德摩·难陀没有一天不对百姓横征暴敛，只为自己奢靡享乐。臣民们能从他那儿得到的唯一奖赏就是死刑。别看他称了王，可在百姓心里的位置，连一粒微尘都不如。到了他儿子特那·难陀①治下，情况也没有丝毫改观。

月护王：瓦苏笈多！吉日当前，就别用这种不祥的话题来扫众人的兴了。

瓦苏笈多：臣愚钝，大王恕罪！不过，此等良辰，臣以为，应该安排难陀王朝的宫廷舞女为大王献舞助兴。

耶修瓦尔曼：这种时候，应该关注百姓的风采，而不是舞女的媚态。

瓦苏笈多：百姓风采自然要看，可大王终归是要歇息的。安神助眠，没有比宫廷舞女的舞姿更合适的了。

月护王：布什卜登德！去，命工程掌事加快灯节的筹备事宜。顺便把御赐五千赏金的消息告诉他。必须让灯节开个好头。

布什卜登德：遵旨！（退场）

月护王：工程掌事实在配得上这些赏赐。如此美艳绝伦的作品，在花城恐怕还是头一回。你说是吗，瓦苏笈多？

瓦苏笈多：大王所言千真万确！我在花城过了大半生，那难陀王对自己是极尽奢华之能事，为百姓却从未做过这样的安排。多亏

---

① 特那·难陀（Dhana Nanda），摩诃帕德摩·难陀之子，难陀王朝的最后一任君主。

大王您治国有方，才让花城变成了名副其实的雍容之花。

月护王：瓦苏笈多，你的称赞里满是恭维矫饰，听了难免让人心生顾虑。

瓦苏笈多：大王顾虑什么？

月护王：以后无论说什么，不要言过其实就好。

瓦苏笈多：请大王明察，臣说的都是实情，丝毫没有夸大的成分！

月护王：除了战术方略，我月护不轻信任何事。瓦苏笈多，任命你为新任财务官一事，我尚未征求丞相阇那迦的意见，不过我想他应该会理解。

耶修瓦尔曼：大王，臣以为，征询阇那迦大师的意见乃当务之急！

瓦苏笈多：耶修瓦尔曼！你没资格侮辱我，你这么做分明是在挑起争端！

耶修瓦尔曼：身为大王的侍卫、阇那迦大师的学生，我本就为斗争而生！大王，臣这就请旨，愿与瓦苏笈多一较高下！

月护王：耶修瓦尔曼！这里是皇宫，不是战场！灯节不需要鲜血来祝圣，你也不该动不动就冲动。

瓦苏笈多：臣有失体统，请大王原谅。但臣以为，起码的正义应当有所保障。

月护王：那是自然。我不仅保障你的正义不容侵犯，还要保障今天的灯节完美无瑕。对了，你刚才是不是提到什么宫廷舞女？

瓦苏笈多：回大王，臣的确提过此事。大王休息时需要安神助眠，没有比宫廷舞女的倩影更合适的了。

月护王：确实如此。

瓦苏笈多：果然合大王心意！臣已特意挑选了一位佳丽，并命人为她精心装扮。这会儿她应该已经梳妆完毕，华裳傍身，正在王宫北殿里候着呢。

月护王：好一个瓦苏笈多，事情办得总比我想得快！很好，灯节期间你就留在我身边吧。

瓦苏笈多：谢大王！这是为臣的荣幸。

月护王：此刻的情景不禁让人想起呾叉始罗，也就是我求学十八载的地方。数以千计的学生里有我的一位至交，你大概也知道他，名声赫赫的梵语学者迦德亚衍。

瓦苏笈多：大王，他可是语法鼻祖波你尼的得道高徒啊。

月护王：正是。那时，我专攻阿育吠陀、《射方明》和外科学，迦德亚衍主修吠陀和语法。波你尼的语法典籍早在语言学和文学成熟之前便盛行于世。你和迦德亚衍一样，都有洞察我心、未言先行的本领。

瓦苏笈多：恩主这是在抬举微臣！

月护王：他对阇那迦大师分外友善。如今，整片雅利安之地，再也找不出第二个人能和阇那迦尊者一样精通政事、足智多谋了。有他这样的导师做丞相，是我月护的荣耀。

耶修瓦尔曼：大王！阇那迦大师的政论确有不朽的力量。除了治国之术，他还通晓阿育吠陀等各类学问。有位中国王子为治眼疾，不远万里来到呾叉始罗，阇那迦大师仅用一周工夫，便恢复了他的视力。

月护王：这我是知道的。呾叉始罗的统治者安毗痴迷于阇那迦的治国方略，一度想把他留在身边。阇那迦没有同意，因为他早就许诺过，未来要与我共创一个独立王国。

耶修瓦尔曼：大王您看，他的话果真应验了！

瓦苏笈多：怎能不应验？大师多么善于洞察人心，只消片刻便能把奥秘一语道破，万事运行的规律也都了如指掌。能将无可比拟的才干、胆量和智慧集于一身者，无人能出其右。

耶修瓦尔曼：大王，阇那迦大师无愧为人中英杰！有他辅佐您，咱们的国家一定会基业永固！

月护王：我也这么认为。灯节一事，我尚未与他商议。战事繁乱，没能抽出空来。不过，想必他已经知道这个消息了。

瓦苏笈多：您的心意，大师定会支持。举办灯节何等重要、何等迫切，他恐怕早有明鉴。大王，时间不早了。敢问舞女的事儿，您定夺得如何了？

月护王：她叫什么名字？

瓦苏笈多：回大王，此女名叫阿罗迦。美艳绝伦，舞艺精湛更是无人能及。

月护王：我想先见见她。

瓦苏笈多：大王下令，我即刻就带她过来。

月护王：就这么办。

瓦苏笈多：遵旨！（心满意足地退下）

月护王：耶修瓦尔曼！看过阿罗迦的舞姿，就能把花城最精湛的舞艺学过来了。

耶修瓦尔曼：臣斗胆向大王进言几句。

月护王：你讲。

耶修瓦尔曼：难陀王朝奢靡无度，不知在它的朝局之中，可有这位舞女的一份？

月护王：阿罗迦？

耶修瓦尔曼：是的，大王！这位舞女此生最大的诅咒，就是成了难陀王朝覆灭的诱因。由此一来，便不能说她是无罪之人了。

月护王：无罪？从任何角度说，她都是有罪之人。阿诃利耶为何被乔达摩诅咒？她为何不遮蔽自己的美色？难道她没有认出因陀罗？①一样的道理，阿罗迦难道看不出难陀王的真面目？她用朱砂细染的发缝，怎会不变成难陀眼中一道灼灼动人的电光？耶修瓦尔曼！天上的流星总是被火光笼罩，当它显露真身的时候，世人往往会感到不祥的预兆，这个道理你应该懂得。

耶修瓦尔曼：大王既然这么想，为何还要让她跳舞呢？

月护王：一来是为给灯节添彩。二来是为让花城百姓知道，月护王对难陀余党的态度是何等宽厚，他们看了必感欣慰。你会明白的，耶修瓦尔曼！我要让难陀王的毒药在我手中变成甘露。

耶修瓦尔曼：大王曾在呾叉始罗求学，应该晓得舞女在朝政中的角色！

月护王：舞女的角色好比收纳利刃的刀鞘。她们如刀鞘般隐藏着利刃似的朝政，同时又不会钝化它的锋芒。在百姓面前，朝政的残酷一定要有所掩饰。

耶修瓦尔曼：大王说得极是！

月护王：只可惜，难陀王的朝政已被这舞女消磨得钝滞不堪。不过，既然留下了这把刀鞘，何不为我所用？（稍停）怎么回事，为何还没听到灯节开始的号角？

（瓦苏笈多登场）

瓦苏笈多：禀大王！宫廷舞女已经就位。

月护王：带进来。

瓦苏笈多：遵命，大王！（退下）

月护王：耶修瓦尔曼！载歌载舞就是灯节的序幕，它的多彩将勾勒出喜悦的轮廓。对我而言，舞蹈是一种难以言喻的情感，个中暗藏着快乐的奥义！

---

① 根据古印度神话，阿诃利耶（Ahalya）是仙人乔达摩（Gautam）之妻。大神因陀罗觊觎阿诃利耶的美色，趁乔达摩外出，化身成他的样子，借机与阿诃利耶偷情。其间，因陀罗过于忘情显出了原型，而阿诃利耶却没有丝毫抗拒。二人双双遭到乔达摩诅咒：阿诃利耶被化成一块石头，因陀罗则周身长满约尼（Yoni，即女阴），得名"千眼"。

（宫廷舞女阿罗迦随瓦苏笈多上场）

阿罗迦：（以娇柔的情态）奴婢向大王请安。

月护王：（抬手）愿你为花城增添祥瑞。（示意耶修瓦尔曼）你可以走了。

耶修瓦尔曼：遵命！但臣恳请大王，表演正式开始时，请务必让阁那迦大师到场。

月护王：（笑道）阁那迦大师？怎么，莫非你想让诗意和权术合为一体？我没有异议。如果你确有此心，那就把他请来。大师整日钻研权谋，怕是也累了，的确需要歇息。说不定，他工于权谋的头脑还真能从舞蹈的诗意中获取些许怜悯之情！

耶修瓦尔曼：臣遵旨！（退下）

月护王：权术与诗意！（对阿罗迦说）舞女，你能和着权术的拍子起舞吗？

阿罗迦：回大王，今日以前，权术向来都是奴婢起舞的节拍，只不过奴婢从未察觉。舞女和权术能有什么干系？不过是朝廷的一介仆从而已。

月护王：（微笑着）有这般巧舌如簧的本事，足以让仆从变成主子了！你说，究竟是难陀王痴迷于你，还是你醉心于他？

阿罗迦：请大王恕奴婢直言。对性情坚贞的女子而言，想要的不是痴迷表面，而是托付灵魂。迷醉中的女子不过是在交易色相，并没有付出真心。

月护王：那你更相信哪种交易呢？色相，还是真心？

阿罗迦：大王，真心可不是用来交易的！

月护王：可你刚才分明说过，要付出真心！

阿罗迦：大王，我所说的付出，无法用言语形容。任何付出一旦化作言辞，就会立刻沦为交易。真心永远不能成为交易的对象！

月护王：曾经的难陀王难道不就在交易真心吗？为了这笔交易，

甚至付出了整片江山的代价！这难道不是真情？

阿罗迦：大王说得没错。男人是与生俱来的商人，他们为了自己的生意，不惜付出任何代价。

月护王：你对男人的看法实在狭隘！

阿罗迦：男人对女人的看法何尝不是如此？他们把女人视作骄奢淫逸的玩物，招之即来，挥之即去。

月护王：但很少有女人被迫沦为骄奢淫逸的玩物，她们大多为了一己私利，主动变成玩物，再把罪责推到男人身上！

阿罗迦：大王是驾驭权术的翘楚，奴婢不过是权术脚下的一粒尘埃。我还能说什么？

月护王：可你别忘了，尘埃有时也会落于头顶。

阿罗迦：没错，当它被脚踢起的时候。只可惜，做奴婢的没这个权利。

月护王：没有权利？我看这恰恰是你的惯常之举吧！要我说，你举手投足间夹带的，哪里是什么虚无的权利，根本就是力敌千钧的闪电。你撕破天穹，将难陀这棵参天大树劈倒在地。

阿罗迦：闪电既已劈落，也就荡然无存了。

月护王：话虽如此，可舞女毕竟是舞女，不是贞女悉多。悉多可以遁地消失①，舞女却得留下粉饰王权。

阿罗迦：大王，这是奴婢命中难逃的诅咒！撒在尸身上的花瓣哪有什么美丽可言？而今有幸落在您的足上，我才能从这诅咒的劫数中解脱出来。

月护王：别说丧气话！你大概已经知道，今天有灯节大典，花城百姓要和我一道庆祝。到时候，还要靠你的歌舞助兴。

阿罗迦：遵命。不过，从今往后，奴婢愿放弃宫廷舞女的头衔，

---

① 在印度史诗《罗摩衍那》尾声，悉多为向罗摩证明自己的贞洁，纵身投入大地之母的怀抱。

一心做大王足上的一粒尘埃，在长久的宁静中获得永生。

月护王：记住，现在与你说话的，是勇士月护，不是大王难陀。我的足上即便落上灰尘，也是征战沙场的结果，而不是某个舞女的化身。不过，你确实令我高兴，以后就为花城百姓传授舞艺吧。今日的献舞就是灯节的序幕，开始吧，花城的风会带着你脚镯叮当的声响，把灯节的邀约带往四面八方。

瓦苏笈多：阿罗迦！你且把花城的经典舞步献予大王，大王看了定能把生活中的烦恼尽数忘掉。

月护王：瓦苏笈多，我能有什么烦恼？

瓦苏笈多：臣该死！大王是勇士，勇士岂有烦恼的道理！臣刚才想说的其实是，大王整日为百姓福祉费心劳神，所以……

月护王：罢了。阿罗迦，起舞吧！

阿罗迦：遵命！（行礼后开始起舞，跳了半晌，又唱起动听的歌谣）

今日花门上，

黑蜂欢嗡鸣！

巷弄齐装扮，

风抚莫图林。

葳蕤花丛中，

新蕾初绽现。

黄昏垂眼幕，

浓云作油烟。

（阿罗迦继续跳了一阵。舞毕，大王脸上神色欣然）

月护王：动人至极，阿罗迦！果然舞如其人，人有多美，舞姿就有多美！来，这是给你的赏赐。

（说罢，月护从脖子上取下珍珠宝串。就在此时，阇那迦大师步入场内）

阇那迦：大王，不能赏！

月护王：（惊异地停住）阇那迦丞相！

阇那迦：大王！火焰虽灭，余烬仍炙，万万不可徒手去捡。如此短的时间里，你怎能断定花城的大火已经平息，竟在灰烬之中搭起花床！

月护王：丞相，月护的人生荣耀不在花床，而在战场。为他生命之歌配乐的，是铿锵刀剑，不是"叮当"的脚镯。月护不过是想消遣片刻，您何以断定他的战场就成了花床？您该把这短暂的歇息看作未来战事的序曲。

阇那迦：月护大王！倘若这短暂的歇息成了生命的终结，人生荣耀的战场就地变成火葬场，你还会说这只是片刻消遣吗？

月护王：尊师，片刻消遣的尺度，月护自然……

阇那迦：（打断）一无所知！正因如此，我才随身带了侍卫。（喊道）来人！把宫廷舞女和税务官给我拿下！

（卫兵从后台鱼贯而出，拥上前来）

瓦苏笈多：王法何在！请大王明察！

月护王：丞相，瓦苏笈多可是我新任命的税务官！

阇那迦：但他现在是个罪犯。来人，把他二人绑起来！如若反抗，即刻制服！

瓦苏笈多：（可怜兮兮地）冤枉，冤枉啊！大王！丞相！臣无罪。

阿罗迦：（凄楚地）谁也不要碰我，休要折辱了一个清白女子的尊严！大王，奴婢早已是被缚之人……哪个女子的一生不是在束缚里苟活！（激动得不能自持）

月护王：（上前）阇那迦尊师……

阇那迦：大王，此时已无须多言！阇那迦对他应尽之职了如指掌。侍卫，把这二人押到偏殿，看紧了。

侍卫：遵命！

（二人被侍卫押走）

月护王：丞相，这简直是对我朝王法赤裸裸的蔑视！这可是我们曾用鲜血祭奠、不惜弃履蒙尘为之抗争的王法啊！本想借今天的灯节……

阇那迦：灯节？

月护王：对，灯节。难道您没听闻我的诏谕？

阇那迦：听到又如何？

月护王：丞相为何要此般藐视王威？灯节的诏谕可是我入主花城后颁布的第一道国诏。

阇那迦：这道国诏在生效前就已经作废了。

月护王：（大惊失色）作废了！谁干的？

阇那迦：是我，阇那迦！

月护王：怪不得没听到灯节开始的号角！这么说，是你制止了宣诏？

阇那迦：正是在下。

月护王：我想知道原因。

阇那迦：我不能告诉你。

月护王：谁是大王？月护，还是阇那迦？

阇那迦：月护。

月护王：为何还要违抗月护大王的旨意？

阇那迦：因为这旨意与孩童的任性无异。

月护王：即便如此，你也该拥护它。

阇那迦：不。我不能为玩火的孩童提供便利。

月护王：丞相，你放肆无礼！

阇那迦：大王，你年少无知！

月护王:(愠怒地)丞相!夺取花城,你功不可没,但这小小的胜利总不至于把你傲慢的星火鼓动成熊熊烈焰吧?要知道,有朝一日,这傲慢会变作火葬场上的炽焰,让你的政术权谋统统化为灰烬!

阇那迦:大王,我从不担心这一天的到来。傲慢是我内心的权利,不为王权所控。但我可以清楚地告诉你,别说是夺取花城,就算是统御天国,阇那迦的傲慢星火也绝不可能变成熊熊烈焰。反倒是你的轻视之风,不经意间便会引发森林大火,瞬间就能把你的荣华富贵烧成残灰败烬。莫非你想看到难陀王朝覆灭的悲剧在自己身上重演?

月护王:尊师!我月护是堂堂勇士,不似那贪奢靡之乐、濒堕落之渊的难陀,略施小计就被推入渊底。我月护出身孔雀族,如雪山般坚毅,纵使被丞相阇那迦的权谋之风煽动,也会岿然不动。

阇那迦:难道刹帝利已不堪到如此地步,竟然要靠贬损婆罗门来抬高自己的身份?你可知道,孔雀族之所以如雪山般坚毅,靠的是什么?靠的正是婆罗门的深谋远虑!这谋虑好似大地,为雪山提供强有力的支撑。如若失去这股力量哪怕一瞬,整座雪山都会轰然崩塌,连带着近旁的丛林,一齐滑入海底。到那时,就算海浪为回到婆罗门身旁,虔诚地匍匐在他的脚下,婆罗门也不会瞧它一眼。

月护王:阇那迦尊师!这世上有过多少盛世贤君,难道都是凭借丞相阇那迦的力量才立了威名?难道那些没有阇那迦的地方,就永无建国立业的可能?难道所有王国都要乞求阇那迦大师相助,才能有所成就?难道我月护就如此羸弱无能,非得借着你的力量才能夺取胜利?若真如此,这力量不要也罢!今天,我就来做个了结。丞相阇那迦,你被革职了!

阇那迦:孔雀族后裔!拿好你的武器!(叹息)我可以不做丞相,可你月护就要眼睁睁地落入罗刹设下的圈套了!婆罗门似蛇的发辫，曾让难陀王朝一举覆灭，①难道你孔雀族后裔也想尝尝它的厉害？那个我曾视若至交、助他登基的月护，难道要我亲手为他装点葬台？婆罗门啊，婆罗门！本是靠梵智维生的贵族，却要背上谲诈多端的骂名。而今，就让我亲口喝下自己从乳海中搅出的毒液。可你别忘了，月护！我有饮毒者青项的能耐。②

月护王：我不会忘，阇那迦！（拿起武器）武器在我手里。今天，我就要一统大权，主政花城，还要举行王祭，把与我为敌的毒蛇赶尽杀绝。

阇那迦：去吧，现在就去！举行王祭的同时，搭上自己的性命！还有你的灯节，一起操办，和新任税务官和宫廷舞女一样，呈上你的求死状！

月护王：阇那迦，一定是我的良辰吉日让你起了妒心。大方承认吧！在尊贵面前心生恨意，对婆罗门来说是再自然不过的事。

阇那迦：刹帝利！真正的尊贵在于省身克己，而这样的尊贵在你寻死的荣华里没有半点踪迹可寻！堂堂一国之君，却把敌人派来的间谍和刺客视为亲信，注定被一击毙命，就像扑火的飞蛾注定被烧成灰烬，到那时，只有你的荣华会化作的几缕青烟，随你而去！

月护王：阇那迦，权术让你怀疑一切！你大可将所有男子看作间谍，把所有女子视为刺客。你的双眼惯在国境线上瞻瞩巡游，却不惮伤害脚边的无辜生灵。丞相的过人之处就在于……

阇那迦：孔雀族后裔，莫叫我丞相！我已不再是你的丞相，自然也不会再唤你大王。从今往后，我只是一介婆罗门。这位婆罗门

---

① 婆罗门男子通常会在脑后留一撮长发，编成发辫，具有神圣的宗教意义。相传，阇那迦曾在特那·难陀的宫廷上受辱，他散开发辫立下毒誓，直到摧毁难陀王朝的那天，再将发辫束起。

② 该典故取自《摩诃婆罗多》《薄伽梵往世书》等印度典籍中"搅乳海"的神话故事。天神和阿修罗长期交战，难分胜负，最终决定联手搅动乳海，以获取并平分可使他们永生的甘露。他们在搅出月亮、吉祥天女、宝石、神牛等宝物的同时，也搅出了足以毁灭三界的毒液。危急时刻，湿婆为救众生，将毒液一口吞下，脖子被烧成青色，得名"青项"。

曾立誓消灭难陀王朝，直到兑现誓言的那天，才束起松散已久的发辫。而今，他面前只有两条路。抑或再次松开发辫，立誓让孔雀王朝覆灭；抑或以地平线作臂，以星辰作眼，用他的慈悲与平静浇灌大地。到那时，一切创造都将是他的国度，一切生灵都将是他的伙伴。最后，他会浮于风云，吟一曲娑摩歌①，宽恕你的过错。

月护王：尊师，这里不是静修林，我月护也从不奢求你的宽恕。从今往后，你大可在静修林的祭火盆中大开杀戒，也可轻易饶恕那贪食拘舍圣草的无辜群鹿。不过临走之前，请务必还瓦苏笈多和阿罗迦一个清白！倘若你对他们的指控被证明是无中生有的诽谤，便休怪我王法伺候。这是我给你的最后一道圣旨！

阇那迦：还是把它留作给你新任承相的第一道圣旨吧。我没有义务为你揭露真相。

月护王：不把揭露真相作为正法的婆罗门，还算什么婆罗门？

阇那迦：只要我愿意，丑恶的真相会随时败露。可愈是接近真相一步，我愈不能在此地停留。周遭的一切正化作诅咒，让我的每个毛孔都充斥着以血还血的怒火！

月护王：先呈上证据再说！

阇那迦：（喊道）来人！

（士兵入场）

士兵：在！

阇那迦：把瓦苏笈多、阿罗迦带上来！

士兵：是！

阇那迦：月护，花城江山易改，臣民本性难移。此时此刻，难陀大王的同党正在煽动复辟的火焰。前朝承相罗刹虽身居城外，却一直在暗施诡计，不断地在花城百姓中浇灌怀疑的种子。在高呼

---

① 指四部"吠陀"本集中的《娑摩吠陀》。

"万岁"的假象背后，一张阴谋的巨网正从四方收紧。而你，却在灯节的庆典中放松了警惕，竟想品尝蛇蝎女的美味！我对这一切冷眼旁观，但你明知我的态度，却依然决定大办灯节，挺身犯险，几乎就要饮下敌人精心调制的毒液！我只想说……

（士兵押着瓦苏笈多和阿罗迦入场）

来得正好！税务官瓦苏笈多，宫廷舞女阿罗迦！

（士兵示意后回到门口把守。阇那迦大声唤道）

瓦苏笈多！方才命士兵将你押下，实在于心不忍。我知道，你可是深得大王信任的新任税务官！

瓦苏笈多：我可不是什么税务官！如果是，大王断不会见我受辱，却坐视不管！

阿罗迦：（厉声诉道）花城宫廷从未有过折辱女子的先例，奴婢今天却受尽委屈。大王，您可要为我们主持公道！

月护王：（坚毅地）一定！我必还你二人清白。

阇那迦：（对瓦苏笈多）瞧啊，税务官，大王对你真是袒护有加。还有你，（对阿罗迦）宫廷舞女，大王也为你投下了沁凉的荫蔽。我只想知道，（转向瓦苏笈多）税务官，你和这位舞女相识多久了？

瓦苏笈多：回丞相，我连她姓甚名谁不知道，何谈相识！我不过是在灯节诏令颁布前，恰好得知此人罢了。

阇那迦：那我问你，你可是花城居民？

瓦苏笈多：我是花城附近阿莫拉沃提村的居民，曾是那里的卫戍官。

阇那迦：那你是何时搬来花城的？

瓦苏笈多：我不是才回过您的话吗，丞相！我住阿莫拉沃提村，不是花城。

阇那迦：月护大王是在哪里任命你的，花城，还是阿莫拉沃提村？他封你做税务官的时候，不会连你的籍贯都没留意吧？

瓦苏笈多：我的确不在花城久居，向来是于阿莫拉沃提、花城两地奔波。

阇那迦：一年往返几次？

瓦苏笈多：这我不能说。

阇那迦：（厉声道）休想无视我的问题。如实作答！

瓦苏笈多：每逢难陀大王举行庆典，我都来参加。

阇那迦：你可曾去过去年的祭春大典，阿莫拉沃提的卫戍官？

瓦苏笈多：去过。

阇那迦：据说，宫廷舞女阿罗迦在祭春大典①上献了舞，你可看过？

瓦苏笈多：看过。

阇那迦：这么说，当时你便认识阿罗迦了？

瓦苏笈多：是。

阇那迦：那你方才怎说不曾认识，还说只在灯节前夕恰好得知此人？

瓦苏笈多：臣不是巧言令色之人！

阇那迦：（笑道）倒是个深谙权术的家伙！好，你不必巧言令色，只需如实回答，你从何时开始做起了前朝丞相罗刹的密探？

瓦苏笈多：丞相，臣与那恶人罗刹素不相识。

阇那迦：就像与宫廷舞女素不相识一样？

瓦苏笈多：（对月护说）大王！恳请您维护臣的尊严。

月护王：我会的。但你先回丞相阇那迦的话。

瓦苏笈多：禀大王，臣无力作答！因为灯节的缘故，臣豪饮了几杯，早已神志不清，所回之话必……必是胡言乱语，所以臣实……实在无力作……作答呀！

---

① 古代印度每逢印历十一月白半月初六举行的节日。在这天，人们举行祭春活动，供奉欲神（Kamadeva）和拉蒂（Rati）夫妇。

阁那迦：不必担心，税务官！不仅如此，我还要给你更多的酒，为你的灯节再添些喜庆的滋味！

瓦苏笈多：丞相万万不可，臣以为，再多饮毫厘都是有违王法的事情！

阁那迦：你方才说，豪饮之后无法清楚作答。现在又说，多饮毫厘都有悖王法，这不是字字清醒吗？

瓦苏笈多：臣实在参不透丞相权术的奥秘。

阁那迦：好啊，又是权术！原来我的问题个个都暗藏权术！堂堂一国税务官竟不愿与丞相谈论权谋？难不成，饮酒也是你权谋的一部分？荒唐！你若不愿，我便不急着为你揭开这权术的奥秘。咱们不妨趁着酒兴，聊聊诗，诗总是可以谈的吧，税务官？你说，这携着林间花香的酒酿，为何如此使人迷醉啊？

瓦苏笈多：回丞相，臣不知。

阁那迦：你不知？我知。这酒酿之所以如此使人迷醉，是因为眼含玉露的美人把它斟满，再亲手递到嘴边。美人看过你的酒，一并把眼中的玉露掺了进去，为它原有的风情万种又平添了几分迷人的味道。

瓦苏笈多：丞相真是权谋、诗艺样样精通！

阁那迦：我阁那迦干涸的血脉里哪会有诗情流动？无非是顺着你的心意，将话锋从权术转过来罢了。我还有一问，请税务官如实回答。美人身上最撩人心魄的，究竟是她们的双眼，还是她们的双唇？

瓦苏笈多：回丞相，这一题实难作答。

阁那迦：总不会比你深谙的权术还难答吧？对于你——阿莫拉沃提的卫成官、难陀王祭春大典的座上宾，这一题可谓易如反掌。我问你，难陀在大典上是不是安排了"欲神戏"的桥段？

瓦苏笈多：是。

阁那迦：你曾参与其中，怎会不晓得美人的双唇比她们的眼睛更摄人心魄？（厉声道）说！是不是这样？

瓦苏笈多：丞相说得是！

阇那迦：如此一来，美人双唇碰过的酒，想必更加令人迷醉？（厉声道）答！

瓦苏笈多：丞相说得是！

阇那迦：好，我没有要问的了。为了补偿你在审问中遭受的折磨，我要赏你。就赏你尝一口阿罗迦双唇触过的琼浆玉液吧……

阿罗迦：（惊慌失措）丞相恕罪！民女平生既未沾过酒，也从未劝人饮酒。恳请丞相，莫逼民女破例！

阇那迦：姑娘，大好的灯节，你该做的不是哀求，而是领赏。（喊道）来人！（士兵上场）去取酒钵来。

士兵：遵命！（退场）

阿罗迦：（啜泣）丞相，我的人生被诅咒充斥。自从做了舞女，我连那些默默无闻的普通女子都不如。我就是这世上最大的笑话，是罪恶的污点，是地狱的火焰！我……

阇那迦：不，姑娘！你是难陀王的宫廷舞女，是绝世佳丽，是才艺卓群的舞后！我同情你的遭遇，可……（士兵携酒钵入场）酒钵取来了？很好，酒酿与酒钵双全，就差姑娘莞尔一饮。来吧！

阿罗迦：丞相！与其逼民女饮酒，不如赐我毒药！请给我最烈的剧毒，我将由此获得永恒的平静！此刻，我舌尖渴望的，不是琼浆，而是蛇吻！毒蛇之吻，丞相！

阇那迦：不，舞女，你想要的不是蛇吻，而是别的。（对士兵道）来！把酒喂进舞女口中！（士兵强行向阿罗迦灌酒，伴随着挣扎中断续的呼吸和吞酒的声音）可以了！（士兵将酒钵从阿罗迦唇边拿开）这酒现已沾了宫廷舞女的唇际，势必愈发香醇了。现在，是时候让税务官瓦苏笈多领取他的灯节赏赐了。来人！让税务官把钵中剩下的酒统统喝掉。

瓦苏笈多：大王！救我！这酒我不能喝，不能喝啊！

阇那迦:来人!难道要劳税务官亲自动手不成?

(士兵强行把酒灌进了瓦苏笈多的喉咙,发出"咕嘟咕嘟"的声响)

瓦苏笈多:(口齿不清、断断续续地)啊!这火……火一样的……剧……剧毒!阇那迦……丞相……罗……罗刹……败了!灯……灯节……落空了!原谅我……阿……阿罗迦!灯……灯节……(气绝而亡)

月护王:什么!这舞女果真是投毒的刺客?双唇轻触,酒浆就成了……毒药?税务官他……

阇那迦:他已经不在人世了,月护!至于阿罗迦……

阿罗迦:大王救我!丞相,求你放我一条生路!民女无罪,民女无罪啊!大王,让奴婢亲吻您的双足……(为了匍匐在月护足下,踱步前趋)

阇那迦:月护退后!(月护后退几步)她想趁机用带毒的牙齿把你送上死路,这是她的最后一搏。没想到,纯良女子的皮囊下,竟藏着一副蛇蝎心肠!罗刹心中早生诡计,预借瓦苏笈多之力,派人毒害因灯节分心的月护王。来人!把这舞女给我押起来!(士兵将阿罗迦缚住)现下总算是真相大白,税务官瓦苏笈多是罗刹安插的间谍,宫廷舞女阿罗迦是他派来的投毒者。真相揭露之际,也是我告辞之时,阇那迦不愿在此地做半刻停留!让开,莫要挡我的路!静修林正在等我。月护,你尽可无所忌惮地葬了你的亲信瓦苏笈多,继而大张旗鼓地操办你的灯节大典。现在,大好江山由你一人执掌!(离场)

月护王:(语气激动地)尊者阇那迦!丞相阇那迦!月护需要您!离了丞相,国将不国,月护的王座也将倾颓!丞相,我答应你,绝不再办灯节。(匆匆地追随阇那迦的脚步,声音渐微)绝不……

(落幕)

献灯①

（人物介绍）

乌代辛格王子②：吉多尔③已故国王桑迦的幼子，王位继承人，14岁

班娜（奶妈）：拉其普特④人，乌代辛格王子的监护人，30岁

索娜：王公斯鲁波辛格之女，相貌出众，但生性顽劣，乌代辛格的玩伴，16岁

金檀：奶妈班娜之子，性格勇武，模样俊俏，13岁

萨莫丽：宫女，28岁

齐尔德：清理餐盘的妇人，40岁

本维尔：地王（桑迦之兄）和奴婢所生之子，生性残暴好色，32岁

年代：1536年

---

① 献灯，印度教宗教仪式，在灯节期间尤为常见。人们向神祇敬献明灯，驱邪祈福，求来世可入太阳界。

② 原型为历史上的梅瓦尔（Mewar）统治者乌代辛格二世（Udai Singh II, 1522~1572），他是今印度拉贾斯坦邦城市乌代布尔（Udaipur）的创建者。

③ 吉多尔（Chittor），今拉贾斯坦邦南部城市吉多尔格尔（Chittorgarh）。

④ 拉其普特（Rajput），意为"王族后裔"，中世纪早期兴起于印度中西部的民族，属刹帝利种姓，以勇武善战著称。

时间：晚间第二个波赫尔①

地点：乌代辛格王子的房间

舞台提示：屋内装饰华美，门楣上垂着丝质帷幔，房间一侧放着乌代辛格的床榻，奶妈班娜坐在床头。

（后台传来女人们欢聚起舞的声响，伴着陶鼓与赞歌交织的音浪，继而是她们引吭高唱的歌谣——）

> 手镯紧扣上战场，男儿欢腾生热望。
> 三日旦弃又何妨，一朝贫民一朝王。
> > 一朝贫民一朝王，
> > 一朝贫民一朝王。

（歌舞再起）

> 信仰可更加可亡，女子之心亦无常。
> 三者皆逝又何妨，一朝贫民一朝王。
> > 一朝贫民一朝王，
> > 一朝贫民一朝王。

（后台音乐渐弱）

乌代辛格：（跑上前，喊道）奶娘，奶娘！（见无人作答，径自言语起来）奶娘上哪儿去了？（又喊）奶娘！

班娜：（从里屋出来）什么事，王子？（定睛一看）哎呦，我的

---

① 波赫尔（prahar），印度传统计时单位。1波赫尔相当于3小时，一天共计8波赫尔。晚间第二个波赫尔指21时至24时。

小祖宗！这么晚了，你的剑怎么还没收回剑鞘里？

乌代辛格：奶娘，外面有好多漂亮姑娘正在跳舞，你也不去瞧瞧。她们在杜尔迦婆瓦尼[1]神庙前载歌载舞，走呀，去看看！

班娜：孩子，我不能去。

乌代辛格：不嘛，奶娘！走，就看一会儿！

班娜：不行，王子！这个时辰去看跳舞，实在不妥。

乌代辛格：有何不妥？不过是我看她们，她们也看我。我可是个好孩子，奶娘！

班娜：你当然很好。你是吉多尔的小太阳、桑迦大王的小王子。正因你和初升的太阳一样神气，所以才给你取名"乌代辛格"[2]呀。

乌代辛格：（笑着）原来如此！可是，太阳也会在夜里升起吗？反正我到了晚上可是活蹦乱跳哩！

班娜：王子，白天你是吉尔的太阳，到了晚上，你就是帝王世系的明灯、桑迦大王的族灯。

乌代辛格：族灯？奶娘可永远不能把我敬献出去！那些跳舞的姑娘在祭拜杜尔迦婆瓦尼女神的时候，都是献完灯才开始起舞的，那灯火在小小的灯座里跳得好不快活！（任性地）走嘛，奶娘！你真得瞧瞧她们献灯的景象，火苗怎么跳动，她们就怎么舞蹈！

班娜：可奶娘现在什么都不想看。

乌代辛格：（闷闷不乐）罢了，我也不看了。什么乌代辛格，什么家族明灯，不当也罢，统统不当了！

班娜：怎么，生气了？帝王世系光靠赌气可没法续写。去，快上床休息吧。瞧这满身的尘土，练了一天剑，肯定累坏了吧。去，到床上好好地睡一觉。我帮你把剑收起来。

---

① 杜尔迦婆瓦尼是湿婆大神的配偶——雪山女神帕尔瓦蒂的刚烈形象，具有毁灭和创造的双重力量。

② 乌代辛格中的"乌代"为"升起"之意。

乌代辛格:(气冲冲地)奶娘,我要佩剑睡!

班娜:奶娘晓得你有心守卫吉多尔,可你年纪尚小,想要佩剑睡觉还得过些时日。

乌代辛格:(用冷冷的口吻)你定是因为害怕,才一遍遍地说要把剑收起来吧?

班娜:怕剑?吉多尔可没人怕剑。对这里的勇士而言,宝剑在手才显得光彩熠熠,就像花儿开在藤蔓之中才显得尤其美丽。

乌代辛格:(依旧用冷冷的口吻)现在倒想起哄我开心了?哼,你不愿看跳舞,我自己去,这就去!(准备动身)

班娜:王子不可!深更半夜,怎许你一个人到处乱跑。你可知道,这四下里毒蛇游窜,说不准什么时候就出来咬你一口。

乌代辛格:蛇?什么蛇?

班娜:说了你也不懂,还是快睡吧,吃饭的时候奶娘再来唤你。

乌代辛格:不!我今天不想吃饭。要睡,也绝不在自己房里睡!

(准备离场)

班娜:(试图阻拦)听我说,王子!听我……

(乌代辛格离场)

班娜:嗬,就这么走了?有什么法子呢,任凭这孩子怎么耍性子,我就是喜欢。由他去吧。什么歌舞,什么献灯!凭这些就能守卫吉多尔吗?徒有虚表的花架势,吉多尔人已经见得太多!只恨这大权而今落在本维尔的手里……

(脚镯作响,走进来一个姑娘)

姑娘:奶妈好!

班娜:谁?

姑娘:是我,索娜,斯鲁波辛格王公的女儿。请问王子殿下在吗?

班娜:他累了,想睡了。

索娜：想睡了？那就是想我喽！^①（哈哈大笑）

班娜：索娜，住口！王子殿下就寝的时候心神不宁，怎么，你们还想拉他去看什么歌舞升平？

索娜：在女神杜尔迦婆瓦尼前跳舞，何错之有？我们不过是恭敬地献了灯，虔诚地跳了舞，仅此而已。（随即舞动起来）王子殿下看我们跳了好一会儿！见到他，我也跳得更起劲儿了！他特别喜欢我们的舞步，喜欢极了！你瞧，我们脚下的拍子是这样的……（响起脚镯碰撞的声音）

班娜：够了，索娜！你若不是王公大人的女儿，我非得……

索娜：怎么？给我一刀吗？来啊！（大笑）奶妈，瞧瞧你自己。你在乌代辛格面前，早把自己的亲骨肉金檀忘得一干二净了。你用母爱把乌代辛格裹得严严实实，就像是刀鞘为把刀子装进腔里，竟连自己的心也掏了去！（讥笑）

班娜：这些诗一样的句子，你且留着自己受用吧。本维尔的暴政之下，谁还听得懂这样的精巧话！

索娜：本维尔？你该尊称他本维尔大王才对！大王千里迢迢从巴格尔带来了装饰大象和马匹的盖布，足有这么大！他呀，还赏了我们丝巾，舞蹈的时候往头上一戴，银光闪闪，就像月光在蛛网上跳跃似的！没错，就是这种感觉。

班娜：难怪你跳得那么起劲儿，原来本维尔对你恩宠有加。

索娜：大王对我的恩典堪比黑公主的衣裳^②——取之不尽，用之不竭！今天一早他还把我叫去，对我说……哟，说出来奶娘不会生

_____

① 在印地语中，动词"睡"（सोना）作名词时有"黄金"的意思，常用作女子名，此处音译为"索娜"。

② 典故取自史诗《摩诃婆罗多》中黑公主受辱的故事。坚战在与沙恭尼的赌局中接连落败，无奈之下将妻子黑公主作为最后赌注，结果仍败下阵来。得意的持国之子难降当众撕扯黑公主的衣裳，试图羞辱她和般度五子。关键时刻，黑公主的兄长黑天施展神力，使被撕的衣服不断续接起来，维护了妹妹的尊严。

气吧？

班娜：有什么好生气的？

索娜：他说，"奶娘好比阿拉瓦里山，孤横宫中，"（讪笑）"你们何不变成伯纳斯河，尽兴地流，好生地跳，纵情地唱！"[1]他还吩咐说："今天虽不是什么节日，但你们仍要取我特意用雀翎装饰的祭火盆，用它来举行献灯仪式。"

班娜：想必今天一定十分喜庆了？

索娜：奶娘，毫不夸张地告诉你，整个庆典现场简直像灯芯一样喷出了火焰！依我看，整个生命都化作了一场盛大的灯节！

班娜：你庆祝的就是这个灯节？

索娜：何止我？全城百姓都在庆祝这良辰吉日，无动于衷的只有你，奶娘！当一座大山有什么益处？只会沦为朝廷的负担，大王的累赘！可你若变成一条河，即便河底的卵石也会自觉地承起你流淌的重量！到那时，幸福和喜乐会甘愿做你的两岸，湍流是你的生命，浪花是你的欢愉，浪起成歌，浪落成舞，歌舞相随，就好像幸福和喜乐相伴而笑。而这一切，奶娘，只有当你把明灯捧在额前才会明白。

班娜：索娜，看来本维尔已经把你宠成疯子了。

索娜：谁又不是疯子呢，奶娘？维德尔马蒂德耶大王早就跟他的七千角斗士一起疯了，摔跤使他疯狂！本维尔大王因为维德尔马蒂德耶大王的缘故也疯了，他在维德尔马蒂德耶的内宫高谈阔论，呓语不休，这乐子便是他的疯狂！全城的人都在今天的节庆里疯了！而你，你的疯狂便是对乌代辛格王子的爱。至于我？（嗤笑）不用你问，奶妈！我呀，是在这一切的疯狂里发了疯，任由你去说吧！好了，快告诉我，乌代辛格王子在哪儿？

---

[1] 阿拉瓦利山（Aravali Range），印度西北部山脉，绵延800千米。伯纳斯河（Banas River），印度西北部河流，发源于阿拉瓦利山，流经整个梅瓦尔地区，全长512千米。

班娜：我劝你还是让王子静静吧。他疲惫不堪，眼下早该睡熟了。走吧，留在这儿，你的疯狂哪有消减的可能？

索娜：我的疯狂？奶妈，疯狂岂有消减的道理？山峰逐日增长，怎会缩小？河水奔流向前，哪能倒退？已经怒放的鲜花，又岂能变回纤弱的蓓蕾？所有的一切都在朝前发展，例外的只有你，永远都是一副模样，就连你的疯狂也始终如一。我现在是王公的女儿，将来就可能是领主的女儿，没准有朝一日还能当上国王的女儿！总之我会有所长进，可你呢，奶妈？恐怕只能当一辈子奶妈了！

班娜：索娜！我不羡慕任何人，我对自己的处境心满意足。为王国效力终生——这就是我的命。

索娜：命？人各有命！这脚镯扣在我脚上是它的命，随我的步履唱歌也是它的命；提前传达我到来的消息是它的命，在我停下脚步时缄默不语还是它的命。谁都有命，奶妈！你不愿参加城里的庆典，便不去！不愿给本维尔大王面子，便不给！我不过是个传话的信使，他的旨意我已带到。

班娜：我参加庆典与否和本维尔的旨意有何干系？

索娜：你可听过花朵言语？它们只是散发香气。你可见过灯火传信？飞蛾却要径自扑来。

班娜：我只知道，这灯的炙焰烧会把我烧得遍体鳞伤。

索娜：那就把王子交出来吧，火是万万不敢碰他的，不是吗？

班娜：怎么交？我怎忍心把他送入茫茫人海？桑迦大王的族系只剩这一束星火。拉德纳辛格大王主政三年就去了太阳界①，要不了多久，维德尔马蒂德耶也要被本维尔的阴谋……

索娜：奶妈，你说这话是要谋反吗！

班娜：索娜，火焰只有在黑夜才显得刺眼。夜色中，你也有可

---

① 善终之意，相传作战英勇的战士或崇拜太阳神的人死后可入太阳界。

能失足坠跌，你的脚镯也会散落一地。说不好，一阵风吹来，就吞了你歌声的轻波，那所谓幸福喜乐，也会像两个相伴升腾的气泡，一不留神就"噗"地破了。要知道，吉多尔是拉其普特女人浴火自焚的圣土，而不是什么歌舞升平的乐园！真正配在这里起舞的，只有火的炙焰，而非你索娜，王公的女儿！

索娜：（气愤地叫道）奶妈！

班娜：把这脚镯毁了！把本维尔的灯弃了！别忘了，在你身后等着的只有黑黢黢的灰烬。那无休止的贪欲就像噼啪四溅的火花，成了吉多尔眼中刺一般的耻辱，连祭火盆都会被它烧化！索娜，快把它熄掉！这样的节庆不会让你真正了解吉多尔，奉献自我才是咱们的节庆，唱颂祖国才是咱们的赞歌！你要听好，并且牢牢地记住。

索娜：（口吻平静地）知道了，奶妈。

班娜：那就离开这儿吧。我倒要等着瞧，这庆典背后究竟藏着什么名堂。真该问问本维尔，这多情的舞蹈到底是什么意思？

索娜：这我就不得而知了，奶妈。

班娜：去吧。

（索娜缓缓地离场，她的脚镯轻响着逐渐地远去，依稀可闻）

班娜：深更半夜……歌舞升平……全城盛大集会……又来唤乌代辛格王子……这究竟是怎么回事？

（金檀上场）

金檀：（远远地喊）娘——娘！

班娜：怎么了，我的孩子？

金檀：娘，那个能说会道、能歌善舞的索娜怎么丧气地走了？一声不吭的样子，像是被人夺了蛇毒似的。

班娜：蛇毒？

金檀：对啊，蛇毒。她说话的时候，言语像蛇毒一样咄咄逼人，叫人接不上话。她平日里活蹦乱跳，今天怎么倒像跛了脚似的？

班娜：她来找王子，卖弄自己的舞技。我没把王子交给她，结果就生气了。

金檀：可不！王子好几天没和我们一起玩，就是去找她了。我也跟着去过一回，结果呢？她看王子，王子看她，两人一言不发，就那么看着，天知道能看出什么名堂！娘，你说到底有什么可看的？

班娜：没什么。人们不都祭拜神像吗？因为只有那样才能获得福乐。我会劝诫王子，让他多朝神像的方向看，而不是索娜。

金檀：索娜不会生气吗？

班娜：生气有什么用？何况，为神明生气更不应该。金檀，跟娘说，你有什么喜欢看的东西吗？

金檀：有啊，山兔！喔，它们跳起来快如闪电，一眨眼的工夫就能从这个山头窜到那个山头！这地方除了山兔还有什么？对别的东西，我连看的念头都没有。

班娜：不光山兔，咱们的勇士也得快如闪电才行。

金檀：那当然，我就能上天入地！

班娜：傻孩子，哪有人能上天入地。对了，你没去看舞蹈吗？

金檀：喜欢奔跑的人哪有心思看舞蹈？王子不一样，他倒是很感兴趣。娘，王子呢？

班娜：赌气睡觉了。

金檀：为什么？因为吃饭的事？他吃过了吗？

班娜：还没。你自己先吃，等会儿我再去唤他。

金檀：我可不想独自一人吃饭！

班娜：听话，金檀，我的儿子！瑟迦①给你做了香喷喷的饭菜，还会用甜言蜜语哄你把它们吃掉。瞧，你的花环断了，我来修补一下，马上就好。快去，特意多给你留了些饭。

---

① 侍女名。

金檀：娘，那你能把王子的花环也一并补好吗？差点儿就被那个索娜拽断了。

班娜：好的，金檀！我会补好的。

（金檀退场）

班娜：（心想）我的傻孩子！问他"你有什么喜欢看的东西吗"，居然答什么"山兔"！（无奈地笑）说什么"喜欢奔跑的人哪有心思看舞蹈"，还夸自己能"上天入地"……

（突然从里屋传来东西掉落的声音，萨莫丽随即上场）

萨莫丽：（大喊）奶妈！奶妈！

班娜：怎么了？出什么事了，萨莫丽？

萨莫丽：（呜咽着）奶妈，奶妈！王子在哪儿？王子殿下在哪儿？

班娜：怎么了？找王子殿下做什么？

萨莫丽：他性命堪忧！

班娜：怎么可能！你胡乱说些什么？

萨莫丽：快救救他，奶妈！

班娜：王子殿下呢？王子……（一边自言自语，一边朝屋外奔去）

萨莫丽：（啜泣）唉！全完了。何时见过梅瓦尔像今天这样？吉多尔昔日的荣耀竟落得这般下场！唉！这究竟是怎么了？杜尔迦婆瓦尼！你是吉多尔的女神，而今你的三叉戟却法力尽失，教我如何是好……

班娜：（再次进场）睡着呢，我的王子正酣睡着。没什么异样，王子不过是一时赌气，抱着剑在地上睡着了。剑虽从手里滑了出去，但他睡得正香。还好，我的王子安然无恙。

萨莫丽：多亏杜尔迦婆瓦尼保佑，王子无恙！可是奶妈，维德尔马蒂德耶大王他……他被人杀了！

班娜：（惊叫）大王被杀了？谁干的？

萨莫丽：本维尔。他趁大王熟睡的时候，一剑刺进了他的胸口。

班娜：（大叫）天哪！维德尔马蒂德耶大王！我早就知道……（抽泣起来）

萨莫丽：本维尔让全城百姓把今天当成载歌载舞的节日，好把人们的注意力完全转移到歌舞上。他伺机前往王宫，在内宫毫无阻拦地随意走动，最后潜入大王的房间杀了他。（抽泣起来）

班娜：（稍做镇定）今天听说这不合时宜的歌舞，我顿时就起了疑心，所以才百般阻拦，没让王子前去。他若真去了，怕是难逃本维尔党羽的毒手！

萨莫丽：这正是我赶来的用意！有人听说，本维尔一旦得知乌代辛格是王位继承人，断不会给他生路，他要的是大权稳握。

班娜：贪婪冷血的暴君永不可能大权稳握！

萨莫丽：可他已经提着血淋淋的剑，昂首阔步地回到自己宫中了。

班娜：难道没人抓他？卫戍士兵全都袖手旁观吗？

萨莫丽：士兵们早就被他拉拢过去了，百姓又畏惧他。何况人们本来就不拥护维德尔马蒂德耶大王的统治，光靠他的角斗士是没法治理国家的。所有人都对这个领主出身的大王心怀不满。

班娜：那么眼下是什么形势？

萨莫丽：我猜，不用多时，本维尔就会来取王子殿下的性命了！今天的夜格外黑，他定想趁今夜夺下王位。无论如何，我们都要保全王子殿下啊，奶妈！

班娜：保全王子殿下……（沉思）保全王子殿下……一定……一定！而今，梅瓦尔的王室继承人里，流着拉其普特血液的只剩他一个了。本维尔这个贱婢之子，吉多尔万万接受不得！

萨莫丽：那都是无关紧要的后话，当务之急是，你打算如何保护王子殿下？

班娜：我？我这就连夜带他逃到贡普尔堡①。

萨莫丽：那金檀怎么办？

班娜：只能听从杜尔迦女神的安排了。王族的盐比我的血更重要，造血离不开盐，造盐却不需要血。

萨莫丽：可即便是黑夜，你也插翅难逃！

班娜：为什么？夜里谁能认得出我？

萨莫丽：你以为现在进出殿门那么轻易？刚才我进来的时候，亲眼瞧见本维尔的军队正赶来包围你的宫殿，有一面已经被牢牢地堵死了！

班娜：啊，湿婆大神！现在该怎么办？

萨莫丽：无论如何你都要保全王子殿下！

班娜：难道得不到军队的一点支援吗？

萨莫丽：军队早就是他的了，奶妈！

班娜：各位领主呢？

萨莫丽：他们可没那么大的胆子。

班娜：看来我只能自己拔剑守护王子了。我要变成毁灭之神湿婆，和本维尔战斗到底，就算濒死挣扎，也要把他的剑劈个四分五裂！就让我的血在他和我的王子之间泛滥成海吧，我要让他连今生都不能苟度！

萨莫丽：本维尔可是大军傍身啊，奶妈！跟他们血战，你豁出性命也难救王子殿下。

班娜：那还有什么法子，萨莫丽？跪下来求他饶王子一条生路？本维尔也是人，或许他也有恻隐之心。

萨莫丽：弑王夺位的贱婢之子还配为人？他连林子里的禽兽都不如！

---

① 贡普尔堡（Kumbhalgarh），梅瓦尔地区主要城堡之一，位于阿拉瓦利山西麓。

班娜：那你教我的王子如何活命？如何活命啊，我的王子？（呜咽起来）

萨莫丽：我有什么法子，奶妈？我不过是个区区仆从。我能说什么？我只能说，那个冷血残暴的本维尔就要杀来了。他的欲望像蛇信子一样有两条分叉，一个人的血满足不了它，还要第二个人的，而王子……你怎么不说话，奶妈？双眼紧闭，在想些什么？

班娜：我在冥想杜尔迦女神，恳请她赐予我神力，好让我保全王子。

萨莫丽：这时候祈求神力有什么用？想一条妙计才是上策！（突然一惊）什么人？

班娜：（大声问道）谁在门口？

（打扫餐盘的女仆齐尔德上场）

齐尔德：启禀主人，是我，齐尔德。奶妈好。

班娜：齐尔德！是你！快来。外面没人吗？

齐尔德：主人，一帮士兵正在门口扎帐设防。按理说任何人都是进不来的，可我不过是个端盘子的妇人家，所以没人拦我。

班娜：这么说，你是正大光明地走进来的？

齐尔德：主人，我是个粗贱下人，身上又没啥值钱东西，无非身后的大背篓和里面的叶盘①。王子殿下吃过晚饭了吗？我把剩饭收走。

班娜：还没。

齐尔德：王子殿下长命百岁！奶妈，自打王子殿下从本迪②搬来，整个王宫就变得光灿灿。等维德尔马蒂德耶大王办过湿婆祭礼，一定会把拂尘、华盖统统交到殿下手中。等殿下称了王，全世界的人都会来敬拜他！我绝没说半句假话，奶妈！到时候，人们从八方

---

① 古时候印度人常以树叶作盘盛装食物。
② 本迪（Bundi），今印度拉贾斯坦邦南部城市。

涌来，一睹殿下尊容，我一定尽心竭力地为他效劳。（顿了一下）奶妈，您有心事？

班娜：（晃过神来）没错，我正在考虑事情。（对萨莫丽说）去，你到外面瞧瞧，有多少士兵，都在哪儿把守。

萨莫丽：好的，奶妈！我这就去。（退场）

班娜：齐尔德，我问你，你爱王子殿下，对吗？

齐尔德：主人，爱这码事，想说又怎敢说出口？我对王子殿下的爱在心里，一直想找机会表达。我刚才说了，甘愿为他尽心竭力效劳。

班娜：尽心竭力？

齐尔德：此话当真，奶妈！我正盼着时机呢。

班娜：那好，如今这个机会来了，齐尔德！

齐尔德：机会？什么机会？

班娜：救王子殿下于水火的机会。

齐尔德：哪个家伙吃了熊心豹子胆，敢当着我齐尔德的面，动王子殿下一根头发？奶妈，您不是在说笑吧？

班娜：不，齐尔德！现在可不是说笑的时候，王子殿下危在旦夕。

齐尔德：是谁要玷污我们的小太阳？

班娜：本维尔。

齐尔德：哦？本维尔？不就是那个在维德尔马蒂德耶大王宫里像个猴子一样耍把戏的家伙吗？

班娜：齐尔德，现在哪里是调侃多嘴的时候！说，王子殿下你救还是不救？

齐尔德：我这就去拿剑！

班娜：事到临头，拿剑血战势必无益，需用一计才行。

齐尔德：请主人下令！

班娜：杜尔迦婆瓦尼女神已在我心中指明了出路。

齐尔德：难怪您刚才一直闭目冥思。婆瓦尼给了您什么指示？

班娜：答应我，不论什么指示，你都会领命，对吗？

齐尔德：主人！就算断头舍身，我也在所不辞。

班娜：很好！听着，你是打扫叶盘的妇人，就算你背篓里背着的不是叶子，也不会有人阻拦你出去，不是吗？

齐尔德：的确如此，主人！进来的时候便无人阻拦。

班娜：好，你眼下要做的，就是让王子殿下躺在背篓里，把他身上盖满湿叶片，悄悄地背出宫去。

齐尔德：主人，这主意甚妙！我这就按您说的办，那些士兵看到出去的人是我，大概只会无动于衷地在原地站着。王子殿下呢？

班娜：正睡着。他今天是躺在地上睡的，你且去轻轻地把他抱起来，慢慢地放进筐子，千万别惊着他。

齐尔德：主人放心，我不会让他有丝毫察觉。

班娜：（深吸一口气）哎，谁会想到吉多尔的王子有朝一日竟会披着盛饭的叶子睡觉？

齐尔德：这都是老天的安排，主人！今天披罢叶子，明天才有黄袍加身。

班娜：那你便速速动身！

齐尔德：是！主人！王子殿下在哪儿？

班娜：正在我房间地上躺着。你当真背得动他吗？

齐尔德：主人，您若下令，别说王子，就连本维尔，我都能扛在头顶带走！

班娜：很好！背篓够大吗？

齐尔德：主人，您的恩典已经把我的背篓撑得足够大。何况，一个小背篓又怎能装下整个王宫的叶盘呢？今天本维尔和一众领主共餐，于是我特意带了个大背篓。

班娜：快去吧，我会助你一臂之力。

齐尔德：主人！不劳您费心，交给我吧！

班娜：那好，你把王子殿下带到拜里斯河边，那儿有一处荒地。

齐尔德：好的，主人！就到那儿去，不易被人发现。

班娜：动身吧，齐尔德！今天，吉多尔的王冠将在你这个凡人手中保全，一小根秸秆将撑起沉甸甸的王位。这是你的大幸，感谢你！

齐尔德：主人，应该感谢您把这个尽忠的机会托付予我。我这就去。

（萨莫丽上场）

萨莫丽：奶妈！王宫四周已经被士兵团团围住了。北、西、南三个方向各有二十多个卫兵，只有东边仅七人把守，其余的可能去接本维尔了。

班娜：别慌，萨莫丽！你留在这儿，我去去就来。

萨莫丽：我刚查看仔细回来，你又跑去做什么？还是赶紧想个能救王子的法子吧！

班娜：我就来。（对齐尔德说）走，齐尔德！（二人退场）

萨莫丽：真不知道奶妈是怎么想的！齐尔德什么时候也有用武之地了？唉！本维尔血洗王宫，戕害王族……狠毒的家伙，就算到了阴曹地府也休想安生！婆瓦尼女神啊，您一向眷顾乌代辛格王子，求您救救他吧，救救他……

（班娜上场）

班娜：现在好了，王子得救了！

萨莫丽：（欣喜地）得救了？得救了？怎么办到的？

班娜：齐尔德把王子放进背篓，用叶子掩实，又在上面撒了水，便光明正大地带着王子出宫了，谁也不会过问一句。所以说，王子殿下有救了！

萨莫丽：啊，奶妈！这主意甚好，甚好！士兵们肯定误以为齐尔德是带着叶盘离开的，断不会起什么疑心。看来，王子殿下果真得救了！

班娜：吉多尔的福运定会保佑他活下去。

萨莫丽：一定会的。奶妈，如此绝妙的计策，你是从哪儿得来的灵感？

班娜：是婆瓦尼。我正闭目凝神冥想她，这时候齐尔德来了。当她说"我个粗贱下人，身上又没什么值钱东西，无非身后的大背篓和里面的叶盘"，我灵光乍现，这不正是婆瓦尼给我的明示吗！

萨莫丽：不过，奶妈，还有一个问题没有解决。

班娜：什么问题？

萨莫丽：用不了多久，本维尔就会杀进宫中寻找王子殿下。当他一无所获向你发难，你该如何作答？

班娜：我就装作毫不知情。

萨莫丽：本维尔是断不会相信的。万一他盛怒之下刺你一剑……没了你，王子今后可还有活路？

班娜：吉多尔女人一向以求饶为耻，那我就反其道为之，央求他剑下留情，如此反常的请求他定会接受吧。

萨莫丽：本维尔早已杀红了眼，成了魔！他若找不到王子，肯定也饶不了你。

班娜：我不怕他，萨莫丽。

萨莫丽：可你不能不担心王子的前程啊！没有你，他势必命不久矣。你的牺牲对吉多尔有什么意义？保全王子才是当务之急！

班娜：你说得有理，王子殿下离了我，必定难以成活。常因一点琐事就闷闷不乐，若是找不到我，还不知得慌成什么样子……

萨莫丽：难道就没什么办法可以骗过本维尔吗？

班娜：有。

萨莫丽：什么办法？

班娜：让别人代替王子睡在床上。盛怒之下，本维尔难免行事鲁莽，不一定辨得清睡着的人究竟是谁。

萨莫丽：那你想让谁去做这个睡在王子榻上的人呢？

班娜：让谁去？（思虑状）萨莫丽！我的心头正有闪电劈过，眼中正聚起末日狂云，就连身体的每根毛孔，都响着惊雷的哀鸣……

萨莫丽：奶妈，振作些，别这么说！王子的床榻……

班娜：就让他……让他去吧，我的心肝……金檀！让金檀去，萨莫丽！（啜泣）让金檀去……就把这幼小的生命送到那刽子手的剑下……我会告诉他，你柔弱的胸口只会受一点轻伤。但我可怜的孩子啊，骇人的杀戮定会让他从梦中惊醒……

萨莫丽：奶妈！奶妈！别说了，别说了……这样的话我一句也听不下去，你再说，我就要躲进王宫的墙角里去了。天哪！你到底在说些什么？奶妈，这样不可，万万不可！不，我得走了，这样的话我听不下去，一刻也听不下去了……（退场）

班娜：萨莫丽走了……我即将完成的这项事业，她连听都听不下去了。婆瓦尼！你究竟对我的心做了什么？赐予它力量啊，好让我为保全王族甘愿献出自己的血脉！牺牲骨肉，我可以，这是拉其普特女人的誓言，是我们的尊严和正法。请让我的心坚如铁石吧！如此，母爱的源泉才会断绝。婆瓦尼！让我变成真正的吉多尔女人吧，真正的拉其普特女人不惮以自己的鲜血描画吉祥志！

（后台传出金檀的声音——"娘！……娘！……娘！"金檀上场）

金檀：娘！快看，我的脚受伤了，正流血呢。

班娜：哪儿流血了？快给我瞧瞧。我的儿啊！怎么把脚趾伤成这样？害自己流了这么多血！来，娘给你包扎一下。（撕下一角纱丽）把脚绷直！对，好……（边包扎边说）这伤是怎么弄的，儿子？

金檀：娘，我刚吃完饭起身，听瑟迦说宫外到处都是卫兵。我好奇，就爬上高处的窗户。外面黑洞洞的，什么都看不到。结果我刚一跳下，脚趾就被碎玻璃扎破了。没事的，娘！流点儿血怕什么。倒是这些卫兵是怎么回事？怎么围在王宫外面？

班娜：今天不是有载歌载舞的庆典吗？他们大概也是来看表演的吧。或是被索娜唤来的，她肯定在城堡下舞得正欢。

金檀：娘！索娜可不是什么好姑娘。明天我就去告诉她，往后别再在王子面前搔首弄姿了。他现在连打猎的心都没了！

班娜：我也会告诫她的，金檀。

金檀：娘，王子殿下呢？今天他都没跟我一起吃饭。

班娜：大概还在睡觉吧。

金檀：都多久了？娘，王子殿下怎么总是犯困？不行，我得去瞧瞧，看他到底在哪儿睡大觉。

班娜：算了，他可能是故意耍性子，才躲到什么没人的地方去了。

金檀：耍性子？都是跟索娜学的坏毛病！娘，王子以前从不耍性子，就算跟他一通打闹，也不发半点儿脾气。过去我们总是一起玩耍，一起吃饭。今天孩儿独自一人，都没吃下多少东西。

班娜：金檀，娘亲手喂你。

金檀：我想和王子殿下一起吃。娘！明天，我俩并排坐下……你呢，就慈爱地在一旁喂我们吃饭。我发誓，一定比王子殿下吃得还多。他总说比我能吃，明天起，我就要让他忘了自己的大话！（大笑）怎么了，娘，这样不好吗？

班娜：好，当然好！

金檀：可你好端端地怎么不说话了？还有你的眼睛……你的眼睛怎么流泪了？

班娜：哪儿呢？哪儿有泪？再说了，许你脚趾流血，就不许娘眼睛流泪啦？

金檀：那倒没错。娘，等我长大了，一定要攻下大片大片的土地，在上面为你修建庙宇。我会把你供在女神的宝座上，好好地敬拜你。你许我这样做吗？

班娜：这正是娘的心愿，金檀！

金檀：娘，别以为我不能攻城略地。我可有山兔的本领，能上天入地！

班娜：好了金檀，夜深了，快去睡吧。

（一阵脚步声）

金檀：娘……娘！是谁在门口偷看？

班娜：是齐尔德，她来取你的剩饭。我去瞧瞧。（起身查看）

金檀：万一有别人，要我去把剑取来吗？

班娜：（返回）没别人。王宫里有什么可怕的？去睡吧！

金檀：去哪儿睡？瑟迦正在厨房忙活，我的床怕是还没铺好。

班娜：那……那……那你就先在王子殿下的床上睡下，等你的床铺好了，娘再把你抱去。

金檀：惹王子殿下生气怎么办？

班娜：我会跟他解释的，你只是躺一下，不会把他的床铺弄脏。

金檀：娘，你真好！今天我就要睡在王子殿下的床榻上了，我现在俨然也是个王子啦！（突然想起什么）对了，我和殿下的花环补好了吗？

班娜：娘没腾出手来，刚才萨莫丽在这儿。

金檀：那就明天再补，千万别忘了！（躺在床上）多软的床！真希望一辈子都能睡在这样的床上！

班娜：（大喊）金檀！

金檀：怎么了，娘？

班娜：没什么……没什么……娘今天胸口难受，心窝里一阵阵地刺痛。你快睡，这样我也好休息。

金檀：我去找大夫！

班娜：不必了，大夫手里没有能医好这病的药，且让它自生自灭吧。快睡，我去喂王子吃点东西，然后就睡。

金檀：那好，听娘的话。瞧，我已经把眼睛闭上了。

班娜：睡吧。想想那些吉多尔的美丽传说，很快就会入眠了。我们的国土之上诞生过多少伟大的英雄！受哈利德仙人启发的巴跋王公，是他一手奠定了梅瓦尔的基业，成功地发动了对外族的进攻；是他，第一次为虔信的湿婆神建造了庄严庙宇。那尔瓦罕王，单枪匹马把一众敌人杀得片甲不留；汉斯巴尔王，接连击败众多异族，牢牢地确立了自己的统治；萨门德辛格王公，在和古吉拉特的索兰基族国王乌代巴尔的交战中大获全胜。还有杰耶辛格王公、萨莫尔辛格王公……

金檀：（猛地一惊）娘！刚才我正闭眼听得入神，突然感觉枕边飘来一道黑影，挥着剑要杀我！娘……黑影……黑影！

班娜：儿子，有娘在身边，哪有黑影敢靠近你？

金檀：没有黑影敢靠近……可不知怎的，我突然不困了。娘，给我唱支歌吧，听着听着我就睡着了。

班娜：好，我的儿子。娘这就唱支歌，哄我的宝贝金檀睡觉。

（用轻柔的声音低吟浅唱）

决眦望路穷昼日，

久立垄上步迟迟，

鸟儿且飞兮，黄昏至。

双目强撑泪满盈，

似若滂沱雨未停，

鸟儿且飞兮，黄昏至。

盼你念你疯又痴，

重重险阻在此时，

鸟儿且飞兮，黄昏至。

（歌声渐弱，趋于完结）

班娜:（呼唤）金檀！

（见金檀没有反应，班娜后退几步，终于用力地哭了出来）

班娜：我的孩儿睡了。他被我哄得酣睡，此刻不会醒来。（不断抽泣）啊，班娜！你对自己天真无邪的儿子玩弄骗术，你把自己花一样的儿郎哄睡在烧得火红的炭床上。你和毒蛇有什么分别，竟以自己的骨肉为食！你想尽千方百计，为的竟是将自己的孩子置于死地。唉！不幸的母亲啊！你究竟为何要投胎在这世上？（哭着对金檀说）儿啊，你的花环，妈妈没能补好。连你的生命都在一点点地消残，这花环还求什么完满？（不断抽泣）一天到头，你连肚子都没填饱，我这做母亲的，竟连最后一次给儿喂饭都成了奢望！你哪里知道，明天还能不能和王子一起吃饭？还要我喂你们兄弟同吃，可即便眼前有山珍海味，又让我喂谁是好啊？金檀！（不断抽泣）你说要攻下大片大片的土地，建庙宇，还要把我供在女神的宝座上，敬拜我！我是怎样的女神啊，竟以自己虔诚的信徒为食？（抽泣）你脚趾的血还没止住，过了多久，你的心脏也会涌出鲜血，而我要做些什么才能阻止这正在发生的一切？我的儿子！我的金檀！去吧，去把这血流献给祖国的大地吧！今天，我也算完成了我的献灯！我把自己生命的明灯放逐在鲜血的激流里，这样的献灯有谁做过？让娘再看看你的脸，我的金檀，多么漂亮、无邪的面庞啊……

（突然传来"笃笃"的脚步声，本维尔提剑闯了进来）

本维尔:（醉了酒，说话结结巴巴）班……娜！

班娜：本维尔大王。

本维尔：整个拉其普特只有一位奶妈，那就是你，班娜！我是专程来向这位伟大奶妈致敬的。（稍做停顿）呦，奶妈的眼眶怎么湿了？

班娜：没……没湿。担心而已，今天王子没吃晚饭就睡了。

本维尔：没吃饭？怎么可能？今儿可是普天同庆的大喜日子！（大笑）三百个领主刚在我宫里共享盛宴。我亲眼瞧见齐尔德背运饭菜的大背篓！那疲累劲儿足够她消受一辈子了！（讪笑）乌代辛格王子在哪儿？要我亲手喂他吃点儿东西吗？

班娜：王子睡了。即便醒着，他也不会吃除我之外任何人手里的食物。

本维尔：可不是吗，奶妈！对了，今天见到索娜跳舞了吗？那舞姿实为一绝！我还特地叮嘱她，别忘了让王子和奶妈也欣赏欣赏。

班娜：她来过了，一猜就知道是您特意差遣的。可惜王子当时不舒服，我便没让他去。

本维尔：不舒服？这么说，今天的献灯仪式你们也没看？

班娜：对我而言，献灯不是用来看的，而是要躬身践行的。

本维尔：说得极是！奶妈慈悲宽仁，堪比女神下凡！你躬身献灯为吉多尔祈福，我也要效仿着为吉多尔祈愿！这样可好？我在马尔瓦尔为你赐片封地，再给你建座杜尔迦婆瓦尼神庙。没错，神庙！到那时，人们会向你投以虔诚的目光，因为你和杜尔迦婆瓦尼别无两样！你呀，就在这庙里当你的女神，坐享被世人顶礼的荣光！奶妈意下如何？

班娜：（厉声喝道）本维尔！

本维尔：（大笑）刚才还唤我本维尔大王，怎么立马就失了体统？莫非被我一夸，还真把自己当女神了？竟敢对本王直呼其名！（奸笑）难不成还要我向女神问安！（口气突转）哼，我看你是母爱泛滥，被冲昏了头。你把乌代辛格王子交给我，我便把这剑赐给他。（拔出剑）

班娜：啊！这剑……剑上怎么有血？

本维尔：班娜，对一把剑而言，血便是它的华彩，是它洋溢的喜悦和快活，是它发缝里涂抹的朱砂粉[①]！若没有血，何以称得上一把剑？

班娜：大王，请把它收回剑鞘。

本维尔：怎么，怕了？吉多尔可没出过怕剑之人。莫非你是做惯了奶妈，骨子里早被母性的软弱占据，竟连剑都不敢正眼瞧一下了吗？班娜！剑一出鞘，可不是轻易就能回去的。当剑鞘被王权填满，剑就只能留在外面！

班娜：夜深了，本维尔大王，您还是回宫歇息吧。

本维尔：歇息？我本维尔？本王正打算起驾远征，去夺取这王国的荣华富贵呢！对了奶妈，我想把乌代辛格王子也带在身边，你看如何？

班娜：不可……万万不可，本维尔大王！

本维尔：怎么，你的封地不想要了？

班娜：不要了！

本维尔：那你说，出什么条件才能让你交出王子，我一定偿你所愿！

班娜：大王，拉其普特女人从不做交易！我们要么上战场，要么上火堆。

本维尔：战场？火堆？哪一个都休想，因为你早被士兵困在这内宫里了。

班娜：是谁下的命令？维德尔马蒂德耶大王……

本维尔：（打断班娜）他早已不在这世上了，班娜！你口中的大王已经淌过血河，他的血溅起的浪花刚好打在我的剑上！

---

① 印度女子在新婚之时会在发缝中涂抹朱砂粉，是吉祥、已婚、有丈夫保护的象征。

班娜：本维尔！你这个刽子手！

本维尔：怎么能把大王本维尔叫成刽子手本维尔呢，班娜！叫我刽子手的人是要被割去舌头的！

班娜：那就速速取了我的舌头，离开这儿！维德尔马蒂德耶大王……

本维尔：一遍遍地提他做什么？他的名字还是留给孤魂野鬼去念诵吧！相反，若你想称颂我的名字，就请用激昂的口吻大声念出来！

班娜：呸！本维尔，你不得好死！

本维尔：住口，奶妈！你不过是个拉扯孩子、唱摇篮曲的下人，有什么资格这样跟我讲话？说！乌代辛格在哪儿？

班娜：休想碰王子一下，卑鄙的家伙！你杀了维德尔马蒂德耶大王，还想见乌代辛格？妄想！

本维尔：想见他的不是我，是我的剑！这剑已经染了维德尔马蒂德耶的血，现在还想在乌代辛格的血里浸上一浸。

班娜：狠心的本维尔！曾经你可是乌代辛格名正言顺的监护人，而今你非但不保护他，反而要夺他性命？不，不……不能这样，不能这样！本维尔大王！你尽管做你的国王，吉多尔、梅瓦尔、整个拉其普特的王位都是你的，只求你放过乌代辛格王子！我会带着他出家修行，住进远离尘世的山林庙宇。你的王冠依然在你头顶，我的王子也会在我怀里。本维尔！本维尔大王！请你接受我的恳求吧！

本维尔：滚开，下人！你这套把戏，我可见得多了。除掉乌代辛格正是我登上王位的阶梯，只要他多活一天，这王位就不属于我。快从我面前滚开！

班娜：我不走！我绝不离开王子床榻半步！

本维尔：好啊，奶妈！你把乌代辛格哄入梦乡，以为这样他死的时候就不会痛苦了，是吗？呵，连他的脸蛋儿都遮得严严实实！

为让孩子死得体面，你这当母亲的可真是煞费苦心哪。（尖利地）滚开，班娜！让我来赐他长眠！

班娜：（英勇地）休想！你这无耻之徒，下地狱的恶棍！来啊，来尝尝我刀子的滋味吧！（一刀刺去，被本维尔的盾挡了下来。）

本维尔：（发出刺耳的尖笑）哈哈哈哈！下贱的刹帝利女人！怎么，就这点儿能耐？刀子在我手里，看你还有什么花招！要不要我先替你做个了断？算了，我向来不对女人下手。

班娜：恶棍！难道对一个熟睡中毫不知情的孩子下手，你的良心就不受责难吗？

本维尔：（走到床边）没错，就是你，我前行路上的绊脚石。今天，全城的女人都献了灯，我也要献，献给阎摩王！阎摩王，您收好了，这是我的献灯！

（就这样，本维尔误将金檀当作乌代辛格，狠狠地一剑刺下。班娜惊叫一声晕厥在地。只有房里的灯依旧燃着，依稀闪着惨淡的微光）

（落幕）

《摩诃婆罗多》中的《罗摩衍那》

（人物介绍）

杰耶代沃·卡布尔：大诗人，26岁

兰吉娜：大诗人之妻，18岁

考什：影院经理，30岁

苏洛基娜：维杰普尔城公主，20岁

柏德利：佣人，45岁

时间：晚10点

（一间精心装饰的屋子，物件尽数摆放得井井有条。墙上是精美的挂画，正中位置是一尊印度教文艺女神萨拉斯瓦蒂的雕像。屋子一侧有一面设计新颖的高书架，上面码着一本本封面精致的书籍。屋子中央是组合沙发，当中的长形沙发垂直摆放，若有人躺在上面，他的脚应当正对观众，抬头时应该正好能与观众对视。墙上有几个放衣服的挂钩，挂钩旁是一面镜子。地上铺着粗线地毯。房间左右

共有两扇门，一扇通往里屋，一扇通往室外。身着化纤长裤和涤纶夹克的杰耶代沃掀开门帘上场）

杰耶代沃：（若有所思地低着头）这下你终于肯承认威廉·惠勒的《罗马假日》是部多了不起的电影了吧。咱们印度的制片人想拍出这种片子，怕是要花些年头了。（向后转身）喂，人呢，兰吉娜？

兰吉娜：（在丝质纱丽的衬饰下光彩熠熠，从后面跟了上来，声音冷淡）这不是来了嘛。

杰耶代沃：你的话里怎么有种刻薄的怪腔调？欣赏完好电影应该心情愉悦才对，你反倒板着个脸！（把手里的书放到桌上）瞧瞧人家的表演，多么自然！

兰吉娜：那又怎样？难道我该像个疯子似的又哭又笑吗？还是该变成新闻记者的样子，评头论足一番？（重重地往沙发上一坐）

杰耶代沃：新闻记者？对啊，不是在电影里看到了吗？格里高利·派克把新闻记者这个角色演绎得多么到位，奥黛丽·赫本对罗马公主的诠释也是一流！多么柔美动人，还有她那沉浸在生命的喜悦中敞开心扉、莞尔一笑的样子，简直跟咱家侄女阿尔蒂一模一样！喔，好一个任性的姑娘，她的表演可真迷人！（兰吉娜绷着脸从沙发起身，走到镜子前）既洋溢着热情，又带着些许天真的稚气，就像用茉莉花装点秀发的感觉！

兰吉娜：（对着镜子微微侧头，打理头发）在赫本面前，如今哪个女子能衬得上你的心意——奴丹？米娜·古玛丽？①

杰耶代沃：各有千秋，只不过……

兰吉娜：（未待对方说完）只不过赫本要另当别论。当然，还有……（斜着眼看）苏、洛、基、娜，对吗？

---

① 奴丹（Nudan, 1936~1991）、米娜·古玛丽（Meena Kumari, 1932~1972）均为印度知名女演员。

杰耶代沃:(气得面色发红)兰吉娜,你这样一字一顿说话究竟什么意思?苏洛基娜尊为公主,荣华傍身,德行过人,言谈中尽显文雅,笑意间不失礼节……

兰吉娜:(挖苦地)还有什么?接着说呀!

杰耶代沃:我哪里晓得还有什么!她来这里才一天而已。

兰吉娜:才一天?

杰耶代沃:我又不是她的私人秘书,怎会晓得她的行程?不过是电影散场后意外偶遇,经影院老板考什介绍后彼此结识,接着咱们几个便结伴去了休息室,然后……

兰吉娜:然后,人家就把微笑溶进咖啡杯,亲手递到了你面前。只消一天时间!

杰耶代沃:那又怎样!不过是些基本礼节罢了。

兰吉娜:递上咖啡杯的时候触碰指尖也算基本礼节?

杰耶代沃:(厉声道)兰吉娜!

兰吉娜:发什么脾气?我说的句句属实。这分明是她调制咖啡的独门技艺!

杰耶代沃:那她的独门技艺可有在我身上施展任何魔法?

兰吉娜:很有可能,我哪里晓得!(掐指算着)不过,看罢电影便进了休息室,谈起天来有说有笑,美滋滋地喝下她调的咖啡,而后便四目相对吟起诗来。这不是人们口中的魔法是什么?

杰耶代沃:你越说越离谱了,兰吉娜!我可不相信什么魔法。

兰吉娜:你不信,可别人会信。

杰耶代沃:爱信不信,我谁也不在乎。

兰吉娜:除了苏洛基娜公主。

杰耶代沃:兰吉娜!适可而止,瞧瞧你说的是什么话!公主殿下为人文雅、睿智,又有涵养……

兰吉娜:(未等对方说完)而我不过是个傻子。

杰耶代沃：谁这么说过？何必在这儿小题大做。你得明白一点，社交礼节意味着有所作为。见面啦、交谈啦、微笑啦，都是再自然不过的事。倘若公主殿下只是尽了她社交的本分，又何谈过错呢？

兰吉娜：好啊，一天下来就对公主同情到这等地步，竟把她说成毫无过错的完人！

杰耶代沃：或许有其他过错也未可知。但我跟公主殿下还能聊什么？不过是出于礼数的交谈罢了。

兰吉娜：公主殿下！公主殿下！提到公主时张口闭口"殿下"伺候，唤起自家媳妇巴不得"喂喂"两声就能打发。人家公主是牛奶浓缩的鲜乳酪，自家媳妇不过是落入奶缸的笨苍蝇，需要时随手捉出来丢掉便是。

杰耶代沃：如果真想捉出来丢掉，我又何必带着你一起去影院？

兰吉娜：莫非是我央求你带我去的不成？你大可自己一个人进去，把我丢在外面。

杰耶代沃：把你丢在影院外，我却在里面品咖啡？这成何体统！

兰吉娜：您不必跟我扯什么体统，还不如大大方方地背着我和各色女孩聊天、读诗、喝咖啡。我对喝这种咖啡没兴趣。

杰耶代沃：你以为我有兴趣？兰吉娜，天晓得你在想些什么！公主可和你说的"各色女孩"不同。何况她初来乍到，还难得对诗歌小说格外青睐。你说，几个公主能有此等雅趣！她当时正在休息室停留，明天就要去别的城市。影院经理考什先生恰好是我朋友，是他介绍我和公主认识的。

兰吉娜：那个蠢驴养的考什还跟你介绍了谁？

杰耶代沃：你一定是疯了，兰吉娜。考什为人厚道，是我最好的朋友，你却骂他是蠢驴养的？他可是精通孟加拉语诗歌的行家，你难以想象他能背出多少泰戈尔的诗作。一面是公主难得的诗情，一面是考什执意的请求，我别无选择，只好为他们吟诵了自己的几首新作。

兰吉娜：（尖酸地）吟诵几首新作，哼！要是那蠢驴养的考什撮合你跟公主跳几支舞，恐怕你也会欣然接受吧。

杰耶代沃：兰吉娜，别得寸进尺！倘若有人坚持请你吟诗而你又恰好精通诗艺，吟诵一二又有何妨？

兰吉娜：（尖酸地）不仅无妨，老爷，还大有益处呢！您的诗顺着某人的耳朵一直钻到她心里，而这颗心又赖在您梦里久久不去，想必一定大有裨益，益处恐怕还不止一种嘞！

杰耶代沃：你又在胡言乱语了，兰吉娜！你们女人想问题从来都是一根筋。看别的女人两眼，非说你紧盯不放；听别的女人讲话时随意一笑，非说你迷了心窍；跟别的女人闲聊两句，非说你（使脸色）……有点什么。反正我现在是无药可救了。

兰吉娜：我可以救你。办法是，我去把那咖啡女郎的眼睛挖出来，让它们紧紧地盯着你。我倒要看看你和那个蠢驴养的考什，打算怎么对它们唤出"苏洛基娜"的芳名。

杰耶代沃：好啊，你现在就去挖她的眼睛。

兰吉娜：不，我明天再去。今天你得先去往她的眼周涂满油烟。①

杰耶代沃：好，今晚就请你好好休息，顺便让我也睡个好觉。

兰吉娜：好好睡，愿你在梦里见到她。

杰耶代沃：兰吉娜！到底有完没完？你去吧，我今天不睡卧室了，否则还得忍受你唠叨。我今天就睡沙发，饭也不吃了。

兰吉娜：随你。不过也是，喝了苏洛基娜的咖啡，怎么可能对

---

① 印度女子常用的化妆术，被认为有驱邪消灾的功用。

别的食物感兴趣？就算吃了什么，最后嘴里留下的恐怕也都是咖啡的滋味吧。你睡你的，我懒得再跟你纠缠。我回里屋床上休息了。晚……安！（退场）

杰耶代沃：（望着兰吉娜离开的方向追了两步）你给我听着……兰吉娜！（兰吉娜进入里屋）走了……（用倦怠的声音暗自说）《罗马假日》一场戏……现实生活又一场戏……真是天"罗"地网，兵荒"马"乱……好一个"罗马"假日！

（杰耶代沃点燃一根烟，坐在沙发上。他长吸一口，然后噘起嘴唇徐徐呼出，带着心烦意乱的神色注视着烟圈四散开来。兰吉娜从门缝把被单枕头扔了出来）

呵，这便是我的卧具。今天，全国人都念着我杰耶代沃·卡布尔的大名，而我老婆……（欲言还休，招呼佣人）柏德利！

（后台传出一声"老爷！"柏德利上场。上身衬衫，下身陀蒂①，手持木棍）

杰耶代沃：几点了？

柏德利：老爷，11点刚过。

杰耶代沃：都11点了。好，去吧，好好站岗。

柏德利：是，老爷！可这会儿外头正站了个人。俺跟他说了多少遍，这个点儿老爷不见人。可他非赖着不走，说有十万火急的要紧事儿找您。

杰耶代沃：十万火急？就算全世界着了火，我也犯不着不见任何人……（停了片刻）说说吧，这人什么模样？

柏德利：回老爷，瞧着活像个水獭。衣裳倒算干净。管自己叫什么……"狗屎"。

杰耶代沃：（面露不悦）狗屎？哪有人叫这种名字？

---

① 陀蒂（dhoti），一种缠在腰间的围裤，印度男性传统服饰。

柏德利：哎呀老爷，这俺哪儿懂啊？俺只是觉得，听着很像人们常说的"走了狗屎运"里的"狗屎"。

杰耶代沃：你确定不是"考什"？

柏德利：对对对，老爷！是考什！就是这个名儿。

杰耶代沃：我俩才见过面，能有什么要紧事？

柏德利：回老爷，刚才在屋外俺瞅他确实着急，跟热锅上的蚂蚁似的。

杰耶代沃：那好吧，让他过两分钟进来。这时辰登门拜访，准没好事。

（柏德利退场）

（自言自语）怪了，刚见过面，怎的又找上门来！这个考什，究竟有什么要紧事？

（考什登场。上身古尔塔①，下身陀蒂，一副典型的"孟加拉老爷"派头）

考什：（边上场边说）杰耶代沃先生！为了见你一面，我在门口好生罚了一通站。真不知道你跟你老婆演得是哪出好戏！说到你这个老婆，我的青天大老爷！活脱脱《国王、王后、杰克》②原景再现，她不演电影真是可惜了！你说说，我为了要紧事连夜赶来，正撞上你老婆话匣大开。不听不知道，一听吓一跳，她居然说我是蠢驴养的！

杰耶代沃：考什先生！不瞒你说，我正为此痛苦不堪呢，我妻子的脑筋你是知道的。你赶这个时辰过来，只能自认倒霉了。

考什：那倒无妨，还是说要紧事吧。苏洛基娜公主想再见你一面，特意派我过来请你。嚯！你的那些诗啊，可把她迷得神魂颠倒，

① 古尔塔（Kurta），一种无领长款衬衫，印度男性传统服饰。
②《国王、王后、杰克》（*Shaheb Bibi Golam*），1956年孟加拉语电影，改编自比玛尔·米德拉（Bimal Mitra）的同名小说，讲述了19世纪末一个加尔各答女人追求奢侈生活和新式婚姻的故事。1962年改编成印地语电影（*Sahib Bibi Aur Ghulam*）。

一遍遍地找人诵读你的大作呢！我前脚问她"您要不要吃点鱼"，她后脚回我"我要听杰耶代沃先生的诗"！这会儿非要请你过去，正候着呢。

杰耶代沃：现在？这时辰我哪儿也去不成。已经十一点多了。何况刚才你也看见了，我老婆只要听到苏洛基娜的名字，必定火冒三丈。莫非你要我像赫本那样改头换面从家里逃走不成！

考什：那你索性把这当成《罗马假日》的桥段好了。苏洛基娜公主今晚就要启程，这才派我即刻赶来。老兄，她一听你的诗，心都化了。我敢说，在她心里，你读的诗就像散落风中的风琴音符！那滋味，比最上等的鱼汤还要甘美！简直神奇！你且去把自己诗略读一二，去如疾风，回似闪电！

杰耶代沃：没错，苏洛基娜公主为人颇有雅兴，对诗歌也实有爱意，而且看得出，她确实懂得品鉴诗歌的真谛。我倒是乐意为这样的人读诗，可这个时辰？实在是不可能的事。

考什：老兄，可能性是人创造出来的！比如说今天的下午场演出吧，当时影院的固定座位已经坐满，我灵机一动，后续再有观众进来，就给他们每人发一把活动座椅，这不就有可能了吗？你该照这个法子找到你的座椅，把不可能变成可能。

杰耶代沃：可你是知道的，考什，这对我老婆来说是万万无法接受的！

考什：何止你老婆，换作天底下任何一个老婆，都得好生阻挠一番。我老婆才是一绝，为了不让我出门，竟然偷偷把我的鞋藏了起来。嗐，不说她了，说起来没完。你只消记住一点，这世上该做的事，总有做成的办法。偷了我的鞋，还能偷了我的脚？

杰耶代沃：（笑了笑，若有所思地说）可……可我怎么才能走成？

考什：你看，苏洛基娜公主已经赏了我两百塔卡①，还说要送你一枚宝石戒指。知道她还说什么吗？她说，这样的诗她从来没有听过！你的诗，在她心里（用手比划着）闪啊……闪啊，光彩熠熠，所以她才打算送你个亮闪闪的戒指吧。话说回来，你我是真朋友。来之前我可发誓说一定把杰耶代沃老爷带来，还说你会把自己的诗集赠予公主。眼看公主就要连夜出城了，你可千万不能让我的誓言变成谎言哪！

杰耶代沃：老兄，我绝不是那种人！咱俩之间，向来都是你说一，我绝不说二。可我老婆的脑子如今坏到了家，你要我如何向她解释？最棘手的问题还是时间。现在这个点儿？夜里11点多？

考什：索性甭跟她交代，轻手轻脚地把门关上，溜之大吉便是。事先交代的话，我老婆至多偷了我的鞋，换作你老婆，不得剁了你的脚！

杰耶代沃：所以我才说，这么晚出门万万不妥呀。

考什：我可已经发过誓了。

杰耶代沃：那你说，我该怎么办？（思忖着）再说了，就算不事先交代，万一事后让她知道了呢？不行……我不能去。考什老兄，请代我向公主道歉。这个时辰恕我无法出门。

考什：老天爷！要不是公主张口闭口称赞你的诗，我断然不会许诺把你请来。谁晓得你家老婆是个管事精，动辄在家里作威作福！

杰耶代沃：我有什么辙？又要去见苏洛基娜公主，又不能被老婆发现。（思索着）看来眼下已别无选择，如果你肯助我一臂之力，或许还有一个法子行得通。

考什：什么法子？准错不了吧，老兄！

---

① 塔卡（Taka），原孟加拉地区、今孟加拉国通行的货币单位，今印度西孟加拉邦也常用塔卡代指卢比。

杰耶代沃：难讲，除非你肯照着我说的做。

考什：那还用说。只要你需要，让我上刀山下火海都在所不辞。你是知道的，我考什可是一等一的好人。

杰耶代沃：那是自然，你的人品我最了解。咱们这么办，你去沙发上躺下，用被单把自己盖个严实，这样从远处看上去就像我在睡觉。我呢，趁机去给苏洛基娜公主读诗、送诗集，事毕之后立刻回来。

考什：你让我……我睡在……这个沙发上？

杰耶代沃：没错，刚才争吵的时候，我跟我老婆说过了，今晚不睡卧室，睡沙发。现在我的位置就交给考什先生你了！

考什：万一你老婆突然朝我走来呢？还不得把我像鸡蛋一样敲个粉碎，一边一片片地分给影院里的人们，一边公开宣称"这黑蜂是个大笨蛋"[①]！

杰耶代沃：听上去倒是她思考行事的作风，不过放心吧，她是不会进这个房间的。

考什：这女人的脑筋实在捉摸不定。就好比蛇，上一秒还晃着脑袋翩翩起舞，下一秒便让围观的看客命丧黄泉。老天爷！教我如何睡得安稳？

杰耶代沃：放心，不过半个钟头的工夫。我读完诗立刻返回，你也能兑现你的诺言。就半个钟头。

考什：（想了想）话是这么说，可我心里的鼓已经打起来了。

杰耶代沃：那就算了，我不去便是。

考什：别这么说嘛，老兄。我来之前已经把话撂下了，说杰耶代沃老爷一定会来。

杰耶代沃：事到如今，咱们没有第二条路可选。你看看自己，

---

① 取自1962年印地语电影《国王、王后、杰克》（*Sahib Bibi Aur Ghulam*）的插曲名《黑蜂是个大笨蛋》（*Bhanwara Bada Nadan Hai*）。

吓成这副样子，刚才是谁说过，愿意为我上刀山下火海来着？

考什：(晃晃脑袋)没错，我是说过。可眼下真得给自己壮壮胆才行。

杰耶代沃：你胆子够壮的了。但我预感，这种事半个钟头恐怕结束不了。

考什：那你怎么保证自家老婆不会从里屋出来？

杰耶代沃：应该没这个可能。方才我和我老婆一通大吵，你在屋外可都听得清清楚楚？她气得要命，我也毫不示弱，不仅以绝食回击，还提议分屋睡觉。理论上，她绝不会踏进客厅半步。我老婆这人一向说一不二，她说了回里屋休息，进屋前还抛下一句"晚安"，势必做好了一觉到天亮的打算。所……所以她是断不会从卧室出来的。若真出来了，远远一瞧，也会以为是我躺在沙发上，哪猜得到躺着的人其实是你。假如她发现沙发上空空如也，便能一准猜到我出门了。所以，必须有个人躺在沙发上，要么是我，要么是你。

考什：没错，老兄，你分析得全在理。可我横竖还是觉着(做为难状)……这女人为何如此可怕！

杰耶代沃：根本没必要怕。只要我不低头认错，她的火气是不会消的。教我认错？起码也是明天早上的事儿了。今晚就姑且留着这个《摩诃婆罗多》的烂摊子吧。

考什：你怎知《摩诃婆罗多》不会变成《罗摩衍那》？ ①

杰耶代沃：怎么可能？《罗摩衍那》里悉多对罗摩的爱，在我老婆身上寻不到半点踪影，除了气愤还是气愤。没有一次是她主动认错，都是我先服软。所以你大可不必担心。

考什：此话当真？

---

①《摩诃婆罗多》和《罗摩衍那》并称古印度两大史诗，前者主要讲述般度族和俱卢族之间的激烈冲突，主基调为悲剧；后者主要讲述罗摩拯救爱妻、重掌王位的故事，主基调为喜剧。

杰耶代沃：千真万确！难道我连自家老婆的脾气还摸不透吗？就这么定了，咱俩今天就把这个小把戏玩到底，绝不会出半点差池。原本压根儿没这个必要，但对于身处特殊情况的人来说，能解决问题的一切手段都是正当手段。若是因为政府管制而买不到糖，也就别怪咱们到黑市上自找门路了。什么真理啊、正义啊，早就跟着甘地先生离我们而去了！

考什：好极了！来之前我答应苏洛基娜公主一定把杰耶代沃先生请来，看来我是不会食言了。那我就按你说的办，不过你也要记着自己说过的话，办完事速速回来。别忘了把你的诗集带上。

杰耶代沃：好好好，为了兑现你的诺言，我这就出发，还要带上我的诗集。（从柜子里取出诗簿）那我走了？哦对……（从角落处拿起被单）给你被单。从头到脚裹严了再躺下，哪还分辨得出是你是我。我去去就回。

考什：（接过被单）老兄，这被单可还干净？要是有什么脏东西，我肯定会觉得痒，一痒就难免左挠右挠、探头探脑，肯定免不了被嫂子拖鞋伺候！

杰耶代沃：胡说什么呢？我老婆脾气虽暴，但总不至于像你说的那么缺乏教养。

考什：老兄，"娇娘"面前何谈"教养"？算了，听你的便是。我该怎么躺？来指点一下。

杰耶代沃：躺着还能摆姿势不成？头放一边，脚放一边，不就得了。躺下！

考什：老兄，这么指点就是你欠考虑了。要知道，我这一躺说不准就长卧不起了。所以我得好好躺着。（一边在沙发上躺下，一边说）如果嫂子果真朝我走过来，我就给她念诵泰戈尔的诗——

让我以俯下的额，触你足底的尘土；

让我全部的傲慢，被眼中的泪水淹没。①

　　杰耶代沃：还不到你要在我老婆面前虔诚礼敬的地步！不过你的脑袋确实得盖得严实些，瞧瞧，这会儿还露在外面呢。（帮考什把头盖好）

　　考什：老天爷，还让人呼吸吗？难道连大气都不让我喘一口吗？

　　杰耶代沃：不不不，气还是要喘的。要是一直憋着，你的人生电影岂非要就此散场了？安静躺着便是。

　　考什：好的，老兄！那我就悄悄开睡了。不过，我睡觉的时候难免会打鼾。

　　杰耶代沃：不打紧，这样的戏码演演无妨。对了，我问你，跟公主殿下的会面地点还是之前那个休息室吗？

　　考什：没错，她正在那儿等你呢。快去快回。我的心脏已经开始怦怦乱跳了！

　　杰耶代沃：不必担心，我去去就回。

　　考什：慢着，诗集带了吗？

　　杰耶代沃：带了，就在身上。好了……我去了……

　　（杰耶代沃挥挥手走了。考什惊恐万分地在两扇门之间来回扫视，缓缓地自言自语起来）

　　考什：（双手合十，盯着天花板）哦，求杜尔迦女神保佑！保佑……嫂子，您就是杜尔迦女神本尊……

　　（突然从里屋传出轻微的声响。考什朝那边望了一眼，赶忙把头缩了回来，裹得更严。一阵寂静后，考什演起了打鼾的好戏。过了片刻，兰吉娜端着一杯牛奶轻手轻脚走了进来。她定睛看了看被单

---

① 出自1910年孟加拉语版诗集《吉檀迦利》。

里的人，然后继续往前走了几步）

兰吉娜：睡着了？

（考什悄悄地躺着。兰吉娜把杯子放在桌上）

兰吉娜：这么快就睡着了？不过也是，醒着见公主殿下的人，睡下做公主殿下的梦。为了不耽误梦里相会，自然是要迫不及待地进入梦乡的！

（兰吉娜看着沙发踱来踱去。考什的鼾声愈发微弱）

兰吉娜：睡得还真香。（停下脚步）喂，我说……回里屋床上睡吧。沙发上连腿脚都伸不直。或者，我来帮你一把？

（考什默默地把腿伸直）

兰吉娜：我就知道，你不可能这么快睡着。人在气头上哪还有什么睡意。那你为什么不说话？不会还在生气吧？

（没有作答。兰吉娜继续踱起步来）

兰吉娜：我本想睡，可怎么都睡不着。晚饭一口没吃，想必你也一样。给你倒了杯牛奶，起来喝了吧。

（仍未回答。兰吉娜停下脚步）

兰吉娜：还在生我的气？我刚才也很恼火，不过眼下已经熄得差不多了。

（没有反应）

兰吉娜：不肯起？好吧，刚才是我气昏了头，根本不晓得自己在胡乱说些什么！现在想想，真不该那么说你。把我的话统统忘了吧……

（考什一言不发）

兰吉娜：还是不肯？算我求你了，请你原谅我。现在总行了吧？

（还是一言不发）

兰吉娜：你别敬酒不吃吃罚酒。已经求你原谅了，怎么还不肯起？我这样诚心悔过，怕是连大神都会动恻隐之心。来，起来嘛——我给你煮了牛奶，空着肚子肯定睡不香。来，你喝一半，至于另一半……要你亲手喂我……

（仍旧一言不发）

兰吉娜：你看好，我可是跪下求你了。

（跪在地上。没有一丝回应）

兰吉娜：（起身，提高嗓门）你到底起不起？再不起我只好来掀你被单了。在我出手之前，你最好自己行动！来吧，忘掉我说过的话，接受我的道歉。

（被单下的人瑟瑟发抖）

兰吉娜：这是怎么了？怎么抖起来了？不会是哭了吧？我知道，刚才的话对你起了作用。来，别哭了。我很后悔，不该说那么刻薄的话，看来你也意识到了自己的过错，咱俩言归于好便是。怎么还藏着不出来？再藏，可别怪我无礼！

（考什把被单裹得更紧）

兰吉娜：还不出来？看我掀了你的被单！

（兰吉娜揭开被单。考什战战兢兢地坐了起来，方一坐起便倏地跪了下去，抱紧双拳作求饶状）

考什：夫人饶命，饶命啊！

兰吉娜：（一惊）谁？……你……你是谁……（尖叫）贼……贼……抓贼……

（柏德利闻声，手握棍子迅速赶来）

柏德利：贼呢……贼在哪儿？王八犊子，看俺不打烂你的脑袋！

（一把擒住考什）

考什：老天爷啊！我不是贼，我是考什……考什……

兰吉娜：（大惊失色）焦尸？焦尸……鬼，有鬼！

柏德利：鬼？看俺打你个现形！

考什：不是鬼……不是焦尸！是考什……我是考什……用你的话说，蠢驴养的……影院……经理……考什。

柏德利：（退到一旁）影院经理？

考什：不记得了？刚才我在门口走来走去的时候，不是才见过你？我是考什呀……来……来见杰耶代沃先生的考什！

兰吉娜：（惊讶地）考……考什先生……嗜，实在抱歉。你在这儿做什么？这沙发上原先躺着的不是你的朋友杰耶代沃吗？怎么换作你了？

考什：怎么，卡布尔先生出去了？

兰吉娜：好啊，大半夜地往外跑！

柏德利：没错，俺真真儿地瞅见咱家老爷出门了。这家伙刚才在门口来回晃荡，老爷定是为了他的事儿才出去的。俺以为他只是留下等老爷，没想到竟偷了东西悄悄地藏起来了。

考什：哪里是藏？我分明是在沙发上睡觉。

兰吉娜：你在沙发上睡觉，那卡布尔先生人呢？

考什：他……他去见公主殿下了。

兰吉娜：夜深人静去见公主殿下？你们开什么玩笑？再说，卡布尔先生的胆子什么时候这么壮过？居然敢大半夜耍花招溜出家去，而且还是去跟公主见面？

考什：确实是公主殿下亲自召见他的。

兰吉娜：看来是你在暗中传信了？那你怎么没跟他一起去？你有什么资格趁卡布尔老爷不在的时候，正大光明地在我家睡觉？柏德利！

柏德利：（咬牙切齿）在！（拎起棍子）这就给你点颜色看看！

兰吉娜：（阻止）慢着，柏德利，你先出去。（柏德利怒视着考什退下）我还是把你交给警察吧，看警察怎么……

考什：警察……警察？老天爷！饶了我吧。打一开始我就跟杰耶代沃说，别让我睡这儿，别让我睡这儿。他偏不听。现在可好，警察要来捉我了！我何错之有？主意全是杰耶代沃的，被警察抓走的人偏偏是我！被带走之前，让我向你行一次触足礼吧。（上前）有汽车鸣笛的声音，难道警察已经到了？老天爷，饶了我吧……（做哀求状）

兰吉娜：（退后）别演戏了，每个人在被抓之前都要忙着自证清白！

考什：（稍显平静，但口吻犀利）告诉你，我可不是一般人，我是堂堂影院老板。你应该相信，我绝不可能从事那些不清不白的勾当。叫警察抓我？叫吧！我倒要把事情交代个一清二楚。方才你如何在家里制造了一场《摩诃婆罗多》的乱局，我可统统听见了。公主殿下出于对卡布尔先生的赏识，才为了一件要事把他请去。卡布尔先生和我是至交，他让我在这儿睡下，难道我能违背他的意思？再说，你睡里屋，我睡外屋，两不相干，凭什么叫警察抓我？

兰吉娜：照你这么说，卡布尔先生确实是被公主叫去的？而你只不过是公主派来的使者？这定是你们设下的骗局！深夜密会……不起疑心才怪。竟还在我家里做戏骗我，实在让人忍无可忍！

考什：有骗的成分，但本意并非如此。

兰吉娜：（自言自语）怪不得他刚才表现得那么生气，还说什么"我今天就睡沙发，饭也不吃了"，原来是想溜得更容易些！好啊，还让考什先生顶替他睡下，自己却跑去和公主私会！

考什：不是你想的那样。是我强迫他去的，确实有很要紧的事。

兰吉娜：什么要紧事？要我说，统统都是骗局！

考什：这世界本就是个大骗局！（朝一旁看去）老天爷！是公主殿下，杰耶代沃也来了！嗐，刚才原来是他们的车在鸣笛，我还以为是警车呢！

兰吉娜:（失了气势）公主殿下？公主殿下会来这种地方？玩笑真是越开越大……

（苏洛基娜公主上场，穿戴华贵。杰耶代沃还未跟上。在场所有人霎时打起精神）

苏洛基娜:（握手）你们好！二位还都醒着？抱歉，兰吉娜小姐。抱歉，考什先生。

考什:跟我没什么可道歉的，该跟嫂子道歉才是。

苏洛基娜:没错，是该好好地跟兰吉娜小姐道歉。这么晚，实在打扰你们了。（环视四周）大诗人杰耶代沃先生呢？

兰吉娜:不是去找您了吗？

考什:是啊，公主殿下。为了请他，我不知给自己找了多大的麻烦！

苏洛基娜:麻烦？什么麻烦？

考什:教我如何说才好……（朝兰吉娜看了一眼）这沙发……这沙发便是制造麻烦的罪魁祸首。

苏洛基娜:（讶异地）沙发？

兰吉娜:（立刻插话）对啊，您看您站了这么久，怎么不坐一会儿呢？

苏洛基娜:谢谢，不过没时间坐了，我很快就走。（问考什）您刚才说的究竟是什么麻烦？

兰吉娜:考什先生这人哪，总是把丁点小事都当成麻烦。我刚才对他说……说……（思忖）说什么来着……瞧，您大驾光临，我高兴得什么都忘了。

考什:（晃晃脑袋）没错，没错，沙发的事还是忘了好。

苏洛基娜:沙发的事？……

兰吉娜:哦，哦，想起来了。考什先生刚才不是在说影院包厢的那些沙发吗？说它们总是没过多久就被观众弄坏了，还得找人翻修。一遍不成，还要反复翻修，可不是个大麻烦！真不知道，怎么才能教这帮观众老实点儿……

考什：嫂子还要叫警察呢。

苏洛基娜：警察？

兰吉娜：没错，警察。为了治住这些破坏包厢沙发的家伙们，必要的时候还真得请警察出马。你说是吧，考什先生？（挤眉弄眼地向他示意）包厢沙发……

考什：好了嫂子，再听你这么说下去，我脑袋里的包厢都要垮下来喽！公主殿下，请稍坐片刻。

苏洛基娜：没关系，我不坐了。方才一睹你们小叔子和嫂子之间的玩笑场面，着实有趣。但时间紧迫，我得马上赶飞机去趟美国。出发之前，我想见杰耶代沃先生一面。你们适才说他到我这儿来了，可我并未见到他啊。

兰吉娜：没见到？

考什：他可是带着给您的诗集出去的。

苏洛基娜：但他确实没到我那儿去。我冒昧地请他连夜过去，为的正是这部诗集，现在可如何是好？

考什：我可是亲眼看着他拿起诗集跑出家门的。

苏洛基娜：大概他还在路上吧，不过已经没时间回去找他了。这样吧，请转告杰耶代沃先生，务必把诗集寄给我，这张名片上有我的地址。（把名片递给考什）待我从美国回来，便可一赏他的大作。未能见到大诗人，（看向兰吉娜）见到大诗人的妻子也很是欣慰。（微笑着）未能一睹大神本尊，却得以见识大神的神力。都说大神的神力比他本尊更加伟大。[1]

---

① 此处，"神力"对应的原文为"萨克蒂"（Shakti）。印度教三大教派之一的萨克蒂教派认为，萨克蒂不仅是湿婆大神的妻子，更是创造宇宙的能量之源，帕尔瓦蒂、杜尔迦、迦梨等女神皆是萨克蒂的化身。

考什：（双手合十）可不，兰吉娜分明是杜尔迦女神降世！（望向后台）嗬，说大神，大神就到。

（杰耶代沃上场）

杰耶代沃：公主殿下，您好！您果然在这儿。路上看到一束车灯从身旁划过，我心想，这么晚还在路上疾驰的恐怕只有您的车了。返回一看，果真是您。（话锋一转）欸，我说兰吉娜，怎么不请公主殿下就座？考什先生，你怎么也无动于衷？

兰吉娜：我……我……这沙发……

考什：这沙发可比影院包厢里的结实多了！（暗笑）

苏洛基娜：我还是不明白包厢沙发究竟是怎么一回事，不过也没时间弄明白了，我的航班很快就要起飞。能够亲临我们举国拥戴的大诗人家，已是难得的殊胜，坐或不坐还有什么关系？来到这里已属幸运，一睹大诗人妻子的尊荣更是幸上加幸。

兰吉娜：您过誉了！

杰耶代沃：我不过是泱泱国土上的一介平庸诗人罢了。我有一首诗是这么写的——

> 雪山之巅，你借神的明辉
> 书写国家历史的兴衰。
> 一生太短，终其始末
> 也偿不清亏欠国家的积债。

众人齐声：好诗！

苏洛基娜：我们任何时候都无法从亏欠祖国的负债里脱身！这便是我迫不及待地想带到国外的讯息。大诗人，能赠我一本您的诗集吗？

杰耶代沃：给您。我正是为了交予您才特意带在身上的。

（杰耶代沃递上诗集，苏洛基娜满怀敬意地收下）

苏洛基娜：事情是这样的，大诗人。联合国教科文组织秘书长从美国给我致信，说他们计划出版一部荟萃世界各语种优秀诗歌的选集，国语印地语的现代诗理应作为印度的代表拥有一席之地。

考什：那是自然！

苏洛基娜：我不知道他们都选了哪些作品，但我自认为大诗人杰耶代沃的诗当属印地语诗歌中的翘楚。过去几天，我一直在拜读您的大作。

杰耶代沃：承蒙您赏识。

苏洛基娜：正因如此，我才急于拿到您的诗集，这样便能带给联合国教科文组织秘书长，这也是他本人的意思。

考什：老天爷！真是天大的殊荣！

兰吉娜：您对我丈夫如此关照，这是我们的福分。

苏洛基娜：并非出于我的关照，而是全凭杰耶代沃先生本人的诗才。今天在影院休息室听到杰耶代沃先生的诗句从他自己的口中诵出，我甚感欣慰。只可惜，匆忙之中忘了问及诗集的事情，这才生了再次见他的念头。这背后的原委，考什先生是知道的。

考什：我不知道谁知道？苏洛基娜公主一句话，我便化作她的声音，来到杰耶代沃先生身旁。

杰耶代沃：看我迟迟未到，您便不辞劳顿深夜到寒舍来了。

苏洛基娜：哪里谈得上劳顿。深夜11点到任何人家里添麻烦都极不妥当，更何况是言行高雅的兰吉娜女士。

兰吉娜：我本就在家，哪来的什么麻烦？不辞麻烦的人是您。

苏洛基娜：无论如何，不请自来都是不合礼数的事情。

杰耶代沃：您言重了。您青睐我的诗作，甚至为此专程驾临寒舍，我实在感激。

苏洛基娜：先生客气。您终究是把诗集交到我手上了，这下我便能带着它安心地登机了。只是……最后还有一事相求。

兰吉娜：什么事？可以让我知道吗？

考什：（执意）公主殿下请讲！否则嫂子今晚肯定睡不踏实。

苏洛基娜：原来您对我的话如此在意，那我也只好直截了当地说出来了。

兰吉娜：请讲。

苏洛基娜：（犹豫不决地）我……我……（欲言又止）

杰耶代沃：您尽管开口。

苏洛基娜：您……您会答应我的请求吗？

杰耶代沃：一定答应。

兰吉娜：你还是先听听公主殿下想要的究竟是什么，说不定她想把你一起带走呢。

苏洛基娜：不，兰吉娜，您误会了。您的福气自然会留在您身边，何况大诗人杰耶代沃的一举一动都闪耀着您的光彩，我不过是想向他献上敬仰的花环而已。他的诗预示着印度光明的未来，所以我想为他献上一枚钻石戒指以表敬意。大诗人，您愿意收下这个礼物吗？

杰耶代沃：公主殿下，谢谢您的恩典。只可惜，我每日敬拜的是文艺女神萨拉斯瓦蒂，而非财富女神拉克什米。我写诗，不是为了换取金银财宝，而是希望每一首诗都能变成钻石的切面，释放独特的光辉，为我们祖国的觉醒施加一点影响。希望的曙光往往在绝望的黑暗中孕育，我们的国家终将逾越种姓、宗教、派别的藩篱，变成一片闪耀着完满人性的业报之地。钻石戒指了无知觉，而我恰恰把觉醒视为成就，任何将二者结合的尝试只怕都是枉然。如果我真想要些什么，那便是您的祝福，祝我在自己的道路上走下去。

苏洛基娜：正因了解您的品性，我才迟疑不定，不知该如何送出这份薄礼。现在看来，聊表敬意的愿望怕是要落空了，这叫我如何安心?

考什:杰耶代沃先生,你就顺了公主殿下的心意吧。你想想,英迪拉夫人一夜之间把银行收归国有,咱们还不是乖乖就范。你也依公主一次。①

苏洛基娜:考什先生,怎能把我和英迪拉夫人相提并论?我有的不过是一腔崇敬之情罢了。不过,杰耶代沃先生刚才可是承诺过,一定会答应我的请求。

考什:是啊,杰耶代沃,你得兑现诺言,不能反悔。

杰耶代沃:我确实答应过公主殿下。(思索片刻)这样好了,那就请把这枚钻石戒指赠予我妻子吧,她给过我许多创作的灵感。

兰吉娜:我?

考什:对对对,《摩诃婆罗多》的故事确实能给人灵感!

兰吉娜:考什先生,休要在这里打趣!

苏洛基娜:这并非打趣。在印度文学史上,《摩诃婆罗多》是无数故事的源头,不知给后世文人提供了多少灵感。那我就遵照大诗人的意思,亲自把这枚戒指献给您。

兰吉娜:可我实在不需要戒指。

苏洛基娜:何必推辞呢?这不过是我一点微不足道的心意罢了。来,让我亲手为你带上。

考什:老天爷,这可是钻石戒指哩!

兰吉娜:好吧,(抬起手)感激不尽。

(苏洛基娜公主把戒指戴在兰吉娜的手指上)

苏洛基娜:很好,这下我总算能安心启程了。各位请歇息吧,不必送我。瞧,已经十二点了。距离飞机起飞怕是只有五分钟的时间了。

---

① 此处指印度前总理英迪拉·甘地(Indira Gandhi)。1969年7月19日晚,英迪拉·甘地宣布14家大型私有银行被国有化,这些银行控制着印度全国约85%的银行储蓄。

兰吉娜：您真的不能多停留一天吗？明天在家里吃饭该多好。

苏洛基娜：非常感谢，不过我必须得走了，没准儿整架飞机都在等我一个人呢。咱们一定还有再次相见的机会，再会！

众人：再会！

（苏洛基娜迅速离场，余下三人面面相觑）

兰吉娜：（对考什说）之前是我糊涂了，请您谅解。

考什：恕我不能原谅嫂子。（笑着）你们要是晚来一分钟，恐怕就要去警察局捞我了！

杰耶代沃：跟警察局有什么关系？

兰吉娜：没什么，玩笑而已。

杰耶代沃：什么玩笑？

兰吉娜：就像你开的玩笑一样——让考什先生替你睡下，自己却悄悄地溜走。

杰耶代沃：唯有如此，才可能既把要紧事办了，还不加重你的疑心。不过，（对考什说）我分明让你在沙发上老实睡觉，你怎么跟兰吉娜说起话来了？

考什：说话？老天爷！我可是正儿八经的老实人，你怎么吩咐，我便怎么躺好。谁承想，嫂子会来掀我被单，还差仆人棍棒伺候，最后险些报警把我抓走！我的脸今天算是丢尽了，不如让我自行了断算了……

兰吉娜：对不起，考什先生。我愿双手合十，一遍遍地请求你的原谅，直到你接受为止。都怪我一时昏了头脑，看见家里进了外人，便吓破了胆。

考什：什么？外人！（对杰耶代沃说）杰耶代沃先生！她说我是外人！

杰耶代沃：一派胡言！你可是我最最要好的朋友。是你不辞劳顿连夜捎来公主殿下的口信，是你让我的名字印在了世界诗人的名录里！感谢你，考什先生！

考什：你瞧瞧，咱送嫂子一枚钻石戒指，嫂子倒好，赏咱一枚定时炸弹！

兰吉娜：别再说笑了，考什先生！我已愧疚难当，要我怎么补偿你，我都愿意。（双手合十）

考什：之前是我求你，现在是你求我。得了，咱们两不相欠！我会把不愉快的经历统统忘掉。

（外面传来汽车鸣笛的声响）

考什：（指着声音传来的方向）快听，公主殿下走了。我也是时候离开了。

杰耶代沃：现在离开可不妥。夜已经深了，你这个时辰在街上走动，恐怕真要被警察带走。

考什：不打紧。

兰吉娜：怎么不打紧？还是留下吧，考什先生！夜半回家，小心摊上麻烦。

考什：经历过刚才的风波，还能摊上什么新麻烦？

兰吉娜：那你也犯不着非得现在回去哪。

考什：不回不行，我老婆肯定正提着扫帚，在门口候着呢。

兰吉娜：明天我和卡布尔先生陪你回家，会当面向你老婆解释一切。今晚就在我家过夜吧，就睡这沙发。

考什：沙发？（捂住耳朵）老天爷！我宁可睡火葬场，也不在这沙发上多待一秒。从今往后，我再也不做杰耶代沃先生的替身了。

杰耶代沃：这是哪里的话！我和兰吉娜去里屋睡，这个沙发正好留给你。

考什：睡沙发等于丢面子，没准儿半夜又会有人来抻你的腿，掀你的被单！

兰吉娜：（笑着）我向你保证，这些荒唐事绝不会重演。

杰耶代沃：再说，你是我最亲爱的朋友，你的面子就是我的面子。

兰吉娜：（边走边对考什说）我气头上对你说的那番话，权当成《罗马假日》里的对白吧！为了弥补我的过失，桌上的那杯牛奶，就给你喝了吧。

考什：还有牛奶给我！一半，还是全部？

杰耶代沃：别闹了，老兄！都是你的。早点睡，晚安。

（二人离场）

考什：沙发配牛奶！好一出《摩诃婆罗多》里的《罗摩衍那》！（喝了一口牛奶）我喝一半，（望向观众）剩下的一半给你们！

（大幕缓缓落下）

试验

（人物介绍）

拉杰什瓦尔·鲁德尔博士：理学博士，享誉世界的科学家，54岁

盖达尔纳特教授：硕士，英语系教授，50岁

拉德娜纳特女士：学士，盖达尔纳特之妻，20岁

基绍尔·金德尔：鲁德尔博士的助理，30岁

罗尚：鲁德尔博士的佣人，40岁

（傍晚七时。拉杰什瓦尔博士的办公室。屋里挂满了世界各国科学家的照片和各类图表。屋子正中放着办公桌A，上面有花瓶、电话、纸、笔等物件，桌子旁摆着两三把椅子和一张沙发。屋子右侧是办公桌B和一把椅子，桌上放着打字机和纸。鲁德尔博士的助理基绍尔正在打字机前忙碌地工作。佣人罗尚小心翼翼地用掸子清理着桌椅和墙上的照片。屋内分外安静，只听得到打字机工作的声音。一分钟后，门铃作响，屋外似乎正有人按着开关。基绍尔停下手中的活，朝佣人的方向看去）

基绍尔：罗尚，瞧瞧外面是谁！

（罗尚从正门出。基绍尔审读着纸上的内容。很快，罗尚带着一张名片回来，恭敬地递至基绍尔手中）

基绍尔：（看过名片）盖达尔纳特教授！（稍做思虑，然后对罗尚说）快请他进来。

（罗尚再出。基绍尔站起身来，为了迎接盖达尔纳特教授，他特意向前踱了几步。盖达尔纳特从正门进入。黑发中夹带着银丝，身着西服，腕系手表）

基绍尔：盖达尔纳特教授，快请进！

盖达尔纳特：（握手）谢谢。拉杰什瓦尔·鲁德尔博士不在吗？

基绍尔：他还没从试验室回来。（若有所思）前不久来信的不正是您吗？回函应该已经寄出了啊。请坐！

盖达尔纳特：没错。（在2号椅子上坐下）回函的确收到了，可我当时实在给不出确切的行程安排。计划临时有变，我只能在这儿停留一天，后天就得赶到克什米尔。

基绍尔：为何如此匆忙？

盖达尔纳特：实在没别的法子。我今天来，就是想当面给鲁德尔博士赔个不是，到德里来却不在他家留宿，怕他介意。这次同行的还有我夫人。我俩想，鲁德尔博士日理万机，我们唐突借宿，恐怕会耽误他工作……

基绍尔：怎么会！他让我回信的时候，对您赞不绝口，说您是他的陈年故交，还兴冲冲地盼着您在这儿过夜呢！

盖达尔纳特：他是个性情中人。誉满全球的科学家居然还能保留朴实无华的本色，多么难得！而今，鲁德尔博士的名声已传遍世界，各国的科学刊物都毫不吝惜对他的溢美之词。咱们国家能出这样一位人物，真是令人自豪的事情。

基绍尔：那是自然。

盖达尔纳特：他大概几点回来？

基绍尔：平日里这个时候已经到家了，不知道今天为什么迟了，可能是工作还未完成的缘故吧，最近他正在进行一项极为艰深的研究。

盖达尔纳特：原来如此！

基绍尔：要不我给他去个电话？（顺势拿起话筒）

盖达尔纳特：不必了，那样会打搅他工作。他忙完了自然会回来。趁这个空当，我正好去趟邮局，有几句话得跟局长交代，顺便把克什米尔的地址给他。

基绍尔：邮局这时候恐怕已经关门了。

盖达尔纳特：没关系，我去他们职工住地。

基绍尔：打电话就好，何必亲自跑一趟呢？

盖达尔纳特：无妨。我正好也想见见他，顺道四处走走，过会儿就回来。请您记得把我的名片交给鲁德尔博士。

基绍尔：（谦恭地）您放心，一定。

（盖达尔纳特从正门出。基绍尔回到办公桌前，再次敲起了打字机。两分钟后罗尚进场）

罗尚：先生，老爷回来了。

（基绍尔起身，毕恭毕敬地站着。鲁德尔博士从正门入。他大约54岁，但工作的劳顿使他看上去比实际年龄更老。一半以上的头发已经花白，神情严肃，一身西装穿得漫不经心，鼻梁上架着金丝框眼镜，手里握着拐杖。基绍尔向他问好，他点头示意，把拐杖往墙角一放，重重地坐在椅子上）

鲁德尔：给我杯水。

（基绍尔小心翼翼地从壁橱里取出水杯，倒满递上。鲁德尔博士若有所思地小口喝着水，基绍尔从口袋掏出一张名片放在桌上。鲁德尔博士游移不定的视线渐渐地落在名片上，他定睛一看，大惊——）

盖达尔纳特教授!

基绍尔：是的，他方才来过。

鲁德尔：他难道不打算在这儿留宿吗？这名片是怎么回事？

基绍尔：他住在别处，刚才就是特意来向您解释的。

鲁德尔：（略微加重了口吻）你怎么没把他留住?

基绍尔：我试着留过了，可他说要去邮局处理要事，过一会儿就回来。

鲁德尔：（严肃地）你该把他留到我回家为止的。（稍停片刻）有今天的邮件吗？

基绍尔：有，13份杂志，已经摆在您休息间的书桌上了，值得一读的章节都做了标记，其余全是信件。

鲁德尔：（安逸地倚在椅背上）都是哪儿寄来的？读读看。

基绍尔：（从一沓信件中抽出一封）这封是华盛顿富兰克林研究所秘书的来信。（朗读起来）Dear Professor Rudra, your researches are of world value. The institute has recommended your name for its fellowship. You shall hear from us within a month. Congratulations! H. M. Jones, Secretary。[1]

鲁德尔：（面露微笑）富兰克林研究所研究员。很好，我说你写。（基绍尔开始记录）Dear Mr. Jones, I thank the institute for the honor conferred on me. My services are for the institute. Yours sincerely。[2]下一封。

基绍尔：（取出第二封信）波士顿卡内基研究院。（诵读正文）Dear Dr. Rudra, your researches on the conversion of a cry into a laughter

---

① 原文为英文，大意是"亲爱的鲁德尔教授，您的研究具有世界性的价值。鉴于此，我们已举荐您为我所研究员。您将在一个月内收到答复。恭喜! 秘书，H. M.琼斯"。

② 原文为英文，大意是"亲爱的琼斯先生，感谢研究所授予我这项荣誉，我会竭诚为贵所服务，此致"。

shall mitigate the miseries of the world. Please accept our congratulations. G. Hamilton, Registrar。①

鲁德尔：Dear Mr. Hamilton, thanks for the letter. This is a humble contribution to happiness of the world. Thanks, yours sincerely.②

基绍尔：（抽出第三封信）这封是阿拉哈巴德《科学》杂志主编寄来的。信里说——尊敬的拉杰什瓦尔·鲁德尔博士，您好。您的心理学研究以及您所提出的定义性术语，填补了该领域文献中的一大空白。若您将来就该题目撰写新文，请赐予我刊，不胜感激。主编，萨德耶普拉卡什。

鲁德尔：亲爱的萨德耶普拉卡什博士，感谢您的来函。下篇论文将于两个月后寄出。近来事务繁杂，望海涵。祝安。

基绍尔：（拿起第四封信）这封是班加罗尔科学院寄来的。

（此时，罗尚从正门进入，行罢礼，后退两步站定。鲁德尔用满是疑问的目光看着他）

罗尚：老爷，刚才的那位先生又来了。（递上名片）

鲁德尔：（未等接过名片便欣喜地问）是盖达尔纳特教授吗？（看过名片，对基绍尔说）基绍尔先生，余下的信件9点以后再处理……（站起身，吩咐罗尚）去，把他迎进来。

（罗尚正要出门）

不行，我得亲自去迎……（愉悦地上前）

（盖达尔纳特教授入场，鲁德尔博士热情地与他拥抱）

鲁德尔：（激动得几乎说不出话）盖……盖达尔……教授！

盖达尔纳特：（喜悦地）鲁德尔博士！哈哈，鲁德尔！

鲁德尔：（拥抱结束）什么时候来的？

---

① 原文为英文，大意是"亲爱的鲁德尔博士，您关于将哭转化成笑的研究，有助于减少世间痛苦。请收下我们的祝贺。注册官，G.汉密尔顿"。

② 原文为英文，大意是"亲爱的汉密尔顿先生，感谢您的来信。这只是我为世界福祉做出的微不足道的贡献。谢谢，致礼"。

盖达尔纳特：下午刚到。

鲁德尔：你方才是不是来过？

盖达尔纳特：是啊，可你不在。我一想，正好还要见邮政局长维什瓦斯一面，得把克什米尔的地址给他。没想到他也不在家。只好原路返回了！

鲁德尔：坐。怎么没提前来封信？你说你，岂有不在我家留宿之理？

盖达尔纳特：（在1号椅子上落座）没错，原本确实是这么打算的，可是……

鲁德尔：（迫不及待地）有什么好"可是"的？（在3号椅子上坐下）

盖达尔纳特：我临时改变了行程。

鲁德尔：为何？

盖达尔纳特：我想后天到达克什米尔，所以今天必须启程。

鲁德尔：即便如此，也不妨碍在我这里歇歇脚啊。

盖达尔纳特：请原谅，我实在有自己的难处。

鲁德尔：那你在哪儿落脚？

盖达尔纳特：J.K.沃尔马先生家。你应该认识他，交通局局长。

鲁德尔：当然认识。他就住这附近，康诺特广场那边。

盖达尔纳特：他夫人茜拉女士和我夫人是蜜友，所以只好在那里落脚，反正只不过是一天的工夫……

鲁德尔：等等！别把所有事一口气讲完。先说说，你口中的"夫人"是怎么一回事……你夫人她……你不是孑然一身了吗？呃，再等等！（对基绍尔说）基绍尔，你去外屋坐一会儿，有事我叫你。

（基绍尔面冲盖达尔纳特教授，身子微躬，彬彬有礼地从正门退下）

好了，现在你大可放心交代"夫人"是怎么回事了……

盖达尔纳特：（难为情地）我……我……我再婚了。

鲁德尔：（兴奋地跳起来）这是好事啊，盖达尔兄！恭喜你，开启了新的人生。好啊你，居然没第一时间通知我！（朝屋外招呼道）喂，罗尚！（罗尚入场）去拿些茶和饼干。

盖达尔纳特：不必麻烦了，我来之前刚吃过东西。

鲁德尔：那好吧。盖达尔夫人在哪儿？（对佣人说）去，把烟和槟榔包拿来。

（罗尚退下）

盖达尔纳特：她正跟茜拉女士在一起。我走的时候她俩聊得好不尽兴，毕竟有些时日没见了。

鲁德尔：怎么没把她带来？不然我派人去接她？算了，还是我亲自去吧！（准备起身）

盖达尔纳特：何必这么客气。走之前一定让她来见你，这可是她自己要求的。

鲁德尔：（复又坐下）好，一定要见！这么说，你们已经结婚了？

盖达尔纳特：哎，我本不想结的，毕竟已经到了知天命的年纪。可最后还是结了，我心想……没准儿，人生会就此转运呢！

鲁德尔：一定会的！快说说，这段姻缘是怎么开始的？

盖达尔纳特：怎么开始的？倒也没什么。她是我以前的学生，聪慧过人。我喜欢她在我左右，她也享受我的陪伴。渐渐地我们意识到彼此间的感情……

鲁德尔：原来如此。那她学习一定不错？

盖达尔纳特：她已经毕业了。

鲁德尔：毕业了？这样更好，年纪不会太轻。

盖达尔纳特：20岁上下。

鲁德尔：正是知是非、明事理的年龄，加上才智过人，一定能为你分忧不少。

盖达尔纳特：你说得没错。拉德娜虽是手握学士学位的高知女性，可她的生活作风却极为简朴，待人接物也很合我心意。

鲁德尔：真替你高兴。到了你的年纪，需要的正是这样的伴侣！

（罗尚拿着香烟、槟榔包从正门进入）

来，抽支烟，再尝个槟榔包。罗尚，这儿没你的事了，出去吧。

（罗尚退场）

这下可以畅所欲言了！（随手给盖达尔纳特点烟）

盖达尔纳特：（吐着烟圈）老实说，起初我也怀疑过，她到底会不会跟我结婚？

鲁德尔：肯定是由于年龄的关系吧？

盖达尔纳特：嗯，多少是因为这个。我50岁，可她才20岁。

鲁德尔：一个50岁，一个20岁！（思忖着）

盖达尔纳特：还是个有学士学位的女子！你可知道，这些受过高等教育的女性最想要的是什么？自由！尤其是经济自由。丈夫对她们而言，不过是个伴儿。丈夫的职责是什么？挤破头皮，成为一名堂堂正正的国家公务员！

鲁德尔：（笑着）家里还得有四个佣人，外加一辆小轿车，人还得既年轻又体贴。

盖达尔纳特：没错。所以我一开始才有些犹豫不决。

鲁德尔：有什么好犹豫的，教授？依你妻子的情况看，她肯定骨子里对学识教养更有兴趣，否则她怎会钟情于你？她难道不认识几个风华正茂的小伙子？你应该知道，女孩们通常都喜欢乌黑的头发，而不是花白的鬓角。

盖达尔纳特：这一点和她们旺盛的青春一样显而易见。

鲁德尔：所以，当她决定嫁给你的时候，就已经说明她绝非寻常女子，这还不明确吗？相较于年龄，她更看重你的性格和才学。

她骨子里更多的是严肃和理性，没准儿还有些许冷酷。

盖达尔纳特：冷酷倒谈不上。她……

鲁德尔：别误会，冷酷的意思是说，她大概不是那种乐于社交的类型。

盖达尔纳特：的确，她并不很喜欢交际，相当单纯。

鲁德尔：而且，她对你的感情可能更多的不是爱，而是仰慕。

盖达尔纳特：你想不想拿我的案例做点研究？你可是一等一的科学家，尤其善于发现与人类内心相关的新事物。

鲁德尔：你的案例确实有趣，可是……

盖达尔纳特：可是什么？我已经被这个问题困扰许久了。她堂堂本科毕业，有学士学位，行事却从不逆着我的心意，大事小情都替我操持。她为什么这么做？难道仅仅因为是我的妻子？还是她打心眼里想做这一切？

鲁德尔：大概她的世界观里有种与众不同的豁达之情吧。我问你，当她还是你学生的时候，是不是不怎么爱说话？

盖达尔纳特：可以好几个星期一言不发。做事很积极，言谈却很收敛。我从没见过她滔滔不绝的时候。

鲁德尔：这可能和她的家教有不小的关系。我猜她父母之间应该很少发生冲突，她的父亲大概是个直率且观念保守的人。

盖达尔纳特：确实如此。他父亲是一个村庄的地主。

鲁德尔：果不其然。但她读到本科应该有什么特殊的原因吧？

盖达尔纳特：是她大哥给的压力。他是个法官。

鲁德尔：难怪，这就能解释她身上为什么兼具才学和修养了。不过……

盖达尔纳特：不过什么？

鲁德尔：（想了想）没什么！

盖达尔纳特：不，一定有什么！

鲁德尔：你可见过她独自一人默默思索的场景？

盖达尔纳特：她从来没有独自一人的时候。

鲁德尔：是她不喜欢独处吗？

盖达尔纳特：或许吧，总之她向来跟我形影不离，工作的时候也陪在我身边。结婚以后，除了回娘家小住了两三日，她哪儿都没去过。

鲁德尔：那你是否见过她黯然神伤的时候？

盖达尔纳特：有一次从乌代纳拉衍教授的寿宴回来，她有好几天都说自己感觉不好，可每次说完又收拾情绪，努力地挤出笑容。

鲁德尔：这案例有趣极了，盖达尔！

盖达尔纳特：所以，我希望你能做个试验，看看个中原委，随便用什么方法。这样一来，我就能确认她对我的感情是深是浅。

鲁德尔：我能确定的是，她的感情无论到何种程度，都是实实在在的。只不过，在她内心深处，对你的仰慕之情很可能大过男女之爱。但这并不妨碍她为你做任何事，为你付出任何东西。

盖达尔纳特：我也这么认为。可每每看到她深居简出、言行朴素的样子，我都会心生疑惑，这一切都是为了什么？为我付出这么多究竟有什么必要？有时我甚至会猜测，她大概是因为同情我才这么做的，可我有什么好同情的？或者，这一切不过是她用精湛演技布下的迷魂阵？

鲁德尔：或许吧。

盖达尔纳特：或许？或许就够了吗？作为资深心理学家，你难道就不想用试验证实自己的猜想吗？你是我的挚交，还是一道求学的同窗，我何必在你面前隐瞒自己的秘密？当我向你推心置腹的时候，你又何必表现得如此畏畏缩缩？

鲁德尔：盖达尔，并不是我畏缩不前，实在是因为这试验一旦启动，定会与礼数相悖。在你面前我可以无所顾忌地发表意见，可你的妻子我却素未谋面。我热爱钻研，这没错，但……算了，还是再次祝贺你吧，盖达尔！

盖达尔纳特：（急不可耐地）对我无所顾忌，对她也一样。何况她并非不认识你！嗐，瞧我说的，天下何人不识鲁德尔君？倘若我们的案例能让人们对世间万象的理解多一分明朗，哪里还有比这更令人欣慰的事呢？我也是教授，没有什么能阻碍我们做研究的决心。

鲁德尔：盖达尔，你说得没错。我确实想过，若能参透她的内心该有多好！

盖达尔纳特：你可以随时启动试验！我……我什么时候把她带来比较方便？

鲁德尔：老实说，我最近的主要精力都放在另一项试验上了。

盖达尔纳特：早有耳闻。据说你能借助仪器把哭转化成笑！

鲁德尔：（起身，来回踱步）这有什么值得称奇的？所有声音的震动都在我的研究范围之内。比如印地语里的"ī"，这是个闭、长、前元音，发这个音的时候，舌头前部抬起。而"ū"呢，则是闭、长、后元音，发音时舌头后部抬起。把哭变成笑，就好比把"ī"变成"ū"，这个问题我早已迎刃而解。

盖达尔纳特：（笑着）着实有趣。如此一来，哭声便要从这世上消失了。

鲁德尔：那又有什么意义呢？消除哭的情绪才是最要紧的事。不过，说不定笑声听多了，人们自然会忘了哭吧！

盖达尔纳特：那将是你鲁德尔博士为世界创造的一大福祉！

鲁德尔：恐怕只有等我的最新试验大功告成，才算得上是真正的福祉吧。

盖达尔纳特：什么试验？

鲁德尔：我正在调制一种药，喝了能使人返老归童。

盖达尔纳特：（跳起来）啊！是真的吗？

鲁德尔：是真的，老迈之人也能重返青春。

盖达尔纳特：那还说什么！能给我试试吗，博士？

鲁德尔：当然。不过……（若有所思）

盖达尔纳特：不过什么？有什么顾虑吗？

鲁德尔：没什么。我只是在想，瞧你如此喜悦，试验的时候若是没法捕捉你变老的感受该怎么办？

盖达尔纳特：（笑着）嘻，有什么能瞒得过你鲁德尔博士？抛开别的不说，你只消告诉我，能否在我身上试验这种药的功效？

鲁德尔：当然可以。如此一来反倒方便，我就不必大费周章到别处找受试者了。

盖达尔纳特：可是，鲁德尔，一剂药就能返老还童，这怎么可能呢？

鲁德尔：怎么不可能？你想想，古时瑜伽修行者的寿命那么长，他们是怎么做到的？脊椎下方的根轮乃日阳之所在，生出毒液，经右脉流向全身。[①] 一千莲瓣的梵穴乃月阴之所栖，流出甘露，贯穿左脉。[②] 瑜伽术士不断刺激甘露滋生，以消阻阳毒，人也由此获得了绵延千岁、永葆青春的法门。过去，这样的目的只能通过瑜伽修行才能达成。今天，我想造出一种药，达到同样的效果。

盖达尔纳特：如果当真有效，那该多好！

---

① 在哈特瑜伽（Hatha Yoga）理论体系中，右脉（pingala nadi）、左脉（ida nadi）和中脉（sushumna nadi）被认为是人身上的三条主要经络。其中，右脉与太阳能量或阳刚属性相关，左脉与月亮能量或阴柔属性相关。

② 印度教瑜伽理论用七个"轮"（chakra）指代人体经脉系统中七个主要的能量汇集点，自下而上依次为"根轮"（muladhara）、"腹轮"（svadhisthana）、"脐轮"（manipura）、"心轮"（anahata）、"喉轮"（vishuddha）、"眉心轮"（ajna）、"顶轮"（sahasrara）。依照七个"轮"的内在人格特质，它们又被称作"纯真轮""真知轮""正道轮""仁爱轮""大同轮""宽恕轮"和"自觉轮"，七者分别对应由盆骨至头顶的七个部位，掌管人体的各种活动和状态。印度古代瑜伽大师用莲花对"轮"进行描绘，不同的"轮"具有不同的颜色和数量不等的花瓣，莲花中央有该"轮"的种子咒语，每个花瓣又分别对应一个音节的咒语，各自代表某种心理活动或身体状态。七个"轮"所对应的花瓣数自下而上分别为4，6，8，12，16，2，1000。"梵穴"位于顶轮附近，对应1000枚莲花瓣。

鲁德尔：（欣慰地）这点毋庸置疑，注定会是件天大的好事。这样一来，长生不老对人类而言就不再是天方夜谭了。瞧瞧我们的生命是多么短暂——50岁，60岁，到头也不过70岁。人生在世，如弹指一瞬，穷其一生又能有什么作为？所以，人的寿命必须延长。咱们国家人的平均寿命只有区区32岁，[①]照这个数字，你我都已经是在别人生命里侥幸过活的幸运儿了。

　　盖达尔纳特：没错，鲁德尔。这项工作一旦完成，你我就将是最先受益之人。

　　鲁德尔：那你夫人拉德娜呢？她怎么办？

　　盖达尔纳特：对对对，还有她。（频频晃头，表示肯定）

　　鲁德尔：你怎么把她忘了？

　　盖达尔纳特：（犹豫不决地）呃……呃，有她，当然有她。我怎么能把她忘了？博士，听了你的这项研究，我愈发想请你测测我妻子的心理活动了。

　　鲁德尔：可我没有勇气。一来，我们素不相识；二来，她只是个文弱的年轻女子。

　　盖达尔纳特：我想我已经说得很清楚了。首先，她是我的妻子；其次，她认识你，你很快也会认识她。

　　鲁德尔：可……

　　盖达尔纳特：罢了，你再听我说最后一句。走，到里屋去。（起身）

　　鲁德尔：去里屋？

　　盖达尔纳特：对，里屋，这话只能在里屋讲。听了，你就全明白了。

---

　　① 原文为23岁。根据联合国经济和社会事务部人口司发布的统计数据以及《印度时报》的相关报道，1950年前后的印度人均寿命为30多岁。译者据此怀疑原文有误，故在译文中调整为32岁。

鲁德尔：那好，走吧。噢，稍等片刻。（大声唤道）基绍尔！（基绍尔入场）去，把刚才那几封信打出来，我待会儿看。

（鲁德尔博士和盖达尔纳特教授一道出正门，向里屋走去。基绍尔继续打字。背景音乐起。两三分钟后，鲁德尔和盖达尔纳特微笑着并肩入场）

鲁德尔：这样就好。那你多久能回来？

盖达尔纳特：给我5分钟。

鲁德尔：还是那句话，老兄，若有任何差池，我可概不负责。

盖达尔纳特：尽管把一切责任推到我头上。只要能让真相大白，我愿意冒任何风险。

鲁德尔：那好。

盖达尔纳特：我去去就来。

（临走前，盖达尔纳特点了支烟，抬手致意后离开。鲁德尔博士走到3号椅子旁坐下，思考着什么。过了半晌，喊道——）

基绍尔？

基绍尔：（上前）您讲。

鲁德尔：去，把我手头试验的所有器具取来。

基绍尔：您是说"永恒青春"那项试验？

鲁德尔：对。（伴以命令的眼神）

基绍尔：好的。

（基绍尔打开壁柜，从里面依次取出一条毛巾，两只瓶子——一只黑色窄口，一只白色阔口，盆和烧瓶各一个，以及一块绿布，小心翼翼地摆放在桌子B上。看向鲁德尔博士——）

炉子也点上？

鲁德尔：嗯。（拿起瓶子，盯着里面的液体）

基绍尔：好。

（基绍尔往炉内注入酒精，用火柴点燃。与此同时，鲁德尔博士仔细查看着挂在墙上的各类图表，边看边脱去外套。密封的阔口瓶里安装着一个灯泡，鲁德尔眉头紧皱地注视着。搬动按钮"开"，灯泡随即亮起。借着灯光，鲁德尔聚精会神地观察着瓶中液体。边看边对基绍尔说——）

炉子准备好了吗？

基绍尔：好了。

鲁德尔：再备些热水。

基绍尔：好。（从瓶子里倒出水，加热）

鲁德尔：昨天的试验结果整理好了吗？

基绍尔：都整理好了。

鲁德尔：拿给我看看。

（基绍尔从办公桌A上取来几张纸，放在鲁德尔博士面前）

鲁德尔：读一下这份笔记。（把其中一张纸递到基绍尔手里）

基绍尔：（接过笔记，读起来）自根轮起，左脉经5次曲折，抵达眉心轮附近。须严格控制药汁密度，使其能够与经脉中的液体于根轮处发生至少24秒充分反应。药汁中须包含的元素有：硫……

（外面突然传来动静。罗尚入场，恭敬地站在角落。鲁德尔博士用好奇的目光望着他）

罗尚：老爷，盖达尔纳特教授带着一位女士来了，正在外屋候着。

鲁德尔：知道了。（问基绍尔）水热好了吗？

基绍尔：已经温热。

鲁德尔：好，把炉子关了，你先出去。顺便把这本《科学美国》杂志带上，里面有我的一篇文章，你去写个综述。

基绍尔：那篇《论哭的定义》？

鲁德尔：对，就是这篇。你到外屋坐一会儿，让盖达尔纳特教授和他妻子进来。

（基绍尔关了实验炉，从桌上拿起一本《科学美国》杂志，从正门出。鲁德尔博士将黑瓶放入壁柜，顺势取出一只蓝瓶，而后起身，穿好外套来到门口，温文尔雅地摆出一副迎客的姿态——）

请！

（盖达尔纳特博士和妻子拉德娜上场。拉德娜皮肤白皙，面容姣好，穿一件蓝色丝质莎丽，似一道宁静的闪电披云携雾而来，温柔而庄严）

盖达尔纳特：（欢喜地）鲁德尔博士，这是我妻子——拉德娜纳特女士。（对拉德娜说）这位就是……

拉德娜：（握手）您好。

鲁德尔：（握手）您好！

拉德娜：（欣喜地）终于如愿一睹您的尊容。

鲁德尔：（略带笑意地）很高兴见到你。来，请坐。

（鲁德尔博士示意拉德娜在沙发落座。盖达尔纳特和鲁德尔分别在紧挨着的1号椅子和3号椅子就座。鲁德尔为盖达尔纳特和拉德娜递上槟榔包。盖达尔纳特径自点了根烟）

拉德娜：抱歉，我不吃槟榔包，来些小豆蔻就好。[①]

鲁德尔：（声音略显局促）寒舍简陋，请不要介意。瞧，书房和客厅都被我连在一起了。

拉德娜：（笑着）喔，您多虑了！这房间装饰得多么得体。墙上的挂画也很漂亮，大概都是些闻名世界的科学家吧。（定睛打量）那边是爱因斯坦，这边应该是马可尼，这位是贾格迪什·钱德拉·鲍

---

① 小豆蔻，即绿豆蔻（cardamom）。印度人习惯在餐后嚼小豆蔻，有清新口气、促进消化的功效。

斯，这位是梅格纳德·萨哈。[1]（把目光投向墙面空白处）怎么不见您自己的照片？

盖达尔纳特：对啊，你的照片呢，博士？（投以狐疑的眼神）

鲁德尔：（流露出淡漠的神情）何必呢？只有科学之神的照片才配裱起来，受人瞻仰，神的信徒就大可不必了。（话锋一转）对了，来的路上没遇到什么麻烦吧？

拉德娜：没有，多谢关心。

盖达尔纳特：对她来说，只要能见你一面，即便路上真遇到什么困难也都全然算不上困难了。刚才对她说起与你会面的打算，她立马做好了准备。你不知道，她见你的愿望有多强烈！

拉德娜：今天总算夙愿得偿了。

鲁德尔：谢谢。见到您我也高兴。盖达尔和我是故交。许多年前，我们曾一起求学。他读英文，我读物理。他兼修法律，我私底下自学哲学。后来，我们各奔前程。他留校做了教授，而我，为了攻读理学博士来到德里。倘若我当年弃理从文，可能就和盖达尔纳特教授成为同事了。

盖达尔纳特：这何尝不是我最想看到的。

拉德娜：可那样也将为世界平添一分损失。能在研究中把物理和哲学融会贯通的大学者，除了您还有谁？把自然科学和心理学结合起来，绝非易事。

鲁德尔：您的印地语讲得很不错。

拉德娜：印地语不是印度的国语、你我的母语吗？

---

① 马可尼，全名伽利尔摩·马可尼（Guglielmo Marconi，1874~1937），意大利无线电工程师、实用无线电报通信的创始人，1909年获诺贝尔物理学奖，被称为"无线电之父"。贾格迪什·钱德拉·鲍斯（Jagadish Chandra Bose，1858~1937），印度物理学家、生物学家、植物学家，为无线电领域的研究做出了开创性贡献。梅格纳德·萨哈（Meghnad Saha，1893~1956），印度天文物理学家，因提出描述恒星物理与化学状态的萨哈电离方程而享誉科学界。

鲁德尔：我们的国家需要更多像您这样富有远见的女性。

拉德娜：承蒙您抬举，实在愧不敢当。这次途径德里，（朝盖达尔纳特示意）他本想在您这儿落脚。我也奢望在举世闻名的科学家家中稍做逗留，攀谈一二，可最终还是没能鼓起勇气。万万没想到，您这样的大人物居然如此平易近人。

鲁德尔：（略严肃地微笑）谢谢。

拉德娜：再者，茜拉是我的好友。她亲自来信说，倘若去克什米尔的路上不住在她那儿，她就跟我斗争到底。

鲁德尔：可不，我们所处的时代正是斗争的时代。凡目之所及，到处都是斗争的痕迹。（笑着）不过，晚饭在我这儿吃定了。

盖达尔纳特：鲁德尔，谢谢你的盛情。可我俩今天就得出发，共进晚餐怕是要耽误行程。

拉德娜：对了，鲁德尔夫人是在里屋吗？

鲁德尔：不，她已经不在了。早在十年前，她就把所有担子抛在我身上，去另一个世界了。是她不合时宜的离世，激励着我在研究之路上不断前行。我最大的愿望就是延长人类寿命。她若还活着，该有多好！

（拉德娜嘴里不由自主地发出一声"哎"的轻叹）

盖达尔纳特：（试图调节气氛）拉德娜，鲁德尔博士的研究着实让人拍案叫绝。他研制出了一种药水，喝了能使人延年益寿，更重要的是，它能让上了年纪的人重返青春。

拉德娜：（惊讶地）当真？

鲁德尔：确有其事。不过，这药尚未准备妥当。

盖达尔纳特：怎么，有什么缺陷吗？

鲁德尔：还差最后一期试验。

盖达尔纳特：不妨在我身上试试。

鲁德尔：当然可以，不过要等准备稳妥之后。

盖达尔纳特：为什么不是现在？药不是已经调制到八九分了吗？

鲁德尔：没错。调是调好了，但贸然用人体试验是不合适的。

盖达尔纳特：何过之有？我已年过半百，工作繁多，常感觉力不从心。拿我做试验，实则是在成全我啊！

鲁德尔：很有可能，这药现在还不能发挥它全部的效力。

盖达尔纳特：那又何妨？不能一夜重返25岁，年轻个5岁、10岁也是好的。

鲁德尔：（带着神秘的微笑）拉德娜夫人，您意下如何？

拉德娜：（难为情地）我能说什么……

鲁德尔：盖达尔教授，这药眼下还没备好。你瞧，都还在桌上摆着呢。（起身拿起瓶子，用手摇晃）一旦完成，我的人生也就圆满了。

拉德娜：您会永生不朽吗？

鲁德尔：谁知道呢？实话实说，就算能多活几年，又有什么意义？这辈子想做的、能做的基本都已做完。何况还是孤身一人，恐怕我妻子早就在路那头盼着我与她团聚喽。

拉德娜：您不要说这种丧气话，说不定哪天您灵感迸发，又做起新研究来了！

盖达尔纳特：到时候，我可要把每项试验的便宜都占尽！不过，亲眼看过这桌上的液体，我的愿望愈发强烈了。博士，先让我服用一剂吧。拉德娜？……（投以询问的眼光）

拉德娜：（慌张地）有十足的把握吗？难道不会出什么差池吗？

盖达尔纳特：鲁德尔博士研制的药水，能出什么差池？绝不可能。现在我已经控制不了自己的意愿了，你必须给我。

鲁德尔：如此执意？

盖达尔纳特：对！年岁已向我露出爪牙，让我白天不能专心工作，晚上不能安心入眠。

鲁德尔：那好，我答应给你，但要等你从克什米尔回来。到那时，我不能保证全部试验都能完成，但完成大部分不在话下。再说，去趟克什米尔，也会让你的身心涤荡一新。

盖达尔纳特：你说得不无道理。但我还是要在去克什米尔之前服下药水，那里的环境没准儿能让它最大限度地发挥功效。

鲁德尔：我不确定。

盖达尔纳特：我确定！博士，把药给我吧。

鲁德尔：拉德娜夫人，如果盖达尔喝了我的药，责任谁来付？

拉德娜：我不知道……我不知道！

盖达尔纳特：（起身）博士，我负全责。快给我吧。难道你连朋友的一点微小心愿都不能成全吗？

鲁德尔：拉德娜夫人？

拉德娜：（对盖达尔纳特说）何必非要现在喝呢？不是说这药还没备好吗？

盖达尔纳特：这药又不是什么夺命的剧毒，喝了至多没有好处，绝不会有半点坏处。在我眼中，生活是如此可爱，就让我在这世界上多活……

拉德娜：（插话）够了，我不会再说什么了。

盖达尔纳特：博士，请……

鲁德尔：那好。（起身）盖达尔教授，倘若你真能重返青春，想必拉德娜夫人也会觉得很幸福吧！

拉德娜：我现在就很幸福。

盖达尔纳特：她说得没错。但我的快乐毫无疑问会使她更加幸福。

鲁德尔：好，我这就把药给你。来，坐下。（看向桌子旁边的2号椅子）

盖达尔纳特：（兴奋至极）喔，谢谢你，博士！（在2号椅子落座）你不愧是我真正的朋友！

鲁德尔：难道过去不是？（对拉德娜说）拉德娜夫人，盖达尔教授就要重返青春了，一个焕然一新的……

拉德娜：鲁德尔博士，请不要伤害他分毫！我知道，有您在，他很安全，但还是控制不住地害怕。博士，您的试验可一定不能出半点闪失啊！

鲁德尔：我会为你尽最大努力，但鉴于药水现阶段的不稳定性，我无法保证试验会万无一失。

盖达尔纳特：我可以保证。没有人比我自己更清楚我的状况。拉德娜，你何必如此紧张？

拉德娜：我感觉自己正处在一片怪异的纷乱之中。

盖达尔纳特：这纷乱很快就要烟消云散了。博士，等我变年轻以后，您还能认出我吗？

鲁德尔：（对拉德娜说）您还能认得出盖达尔教授吧？（拉德娜默不作声）

盖达尔纳特：她眼力好着呢！记得洒红节的时候，我用彩色粉末把她家小狗涂得面目全非，结果还是被她一眼识破，怎能认不出我？（大笑）

拉德娜：（羞涩地）你又不是小狗！

盖达尔纳特：好了，拉德娜。当年马拉维亚未能成就的返老还童术，①今天就要在鲁德尔博士的协助下，在我身上灵验了。瞧，这瘦削的躯体！看，这花白的头发！今后想见也见不到了，快看最后一眼吧！

拉德娜：都什么时候了，还说笑！（对鲁德尔说）鲁德尔博士，

---

① 马拉维亚，全名默登·莫汉·马拉维亚（Madan Mohan Malaviya，1861~1946），印度民族独立运动时期著名的教育家和政治家，贝拿勒斯印度大学（Banaras Hindu University）创始人。1937年，近76岁高龄的马拉维亚在瑜伽大师的指导下修炼返老还童术（Kayakalpa），因未能完成全部指定修行内容，收效并不显著，最终于85岁过世。

他在您这儿竟如此老不正经。

盖达尔纳特：既来之事，必有先兆。我这哪是老不正经，分明是愈发年轻的迹象！

鲁德尔：拉德娜夫人，别介意，我们二人之间向来不拘礼节。盖达尔教授，准备好了吗？

盖达尔纳特：准备好了，开始吧。

鲁德尔：（递上毛巾）来，先用浸透的毛巾把头发弄湿。炉子上有温水。

（盖达尔纳特站起身来，用沾湿的毛巾擦拭头发。这期间，鲁德尔仔细阅读着基绍尔放在桌上的试验报告。拉德娜一言不发，一会儿看看鲁德尔博士，一会儿看看盖达尔纳特）

鲁德尔：（自言自语）23.78秒？……

盖达尔纳特：头发已经用温水沾湿了。

鲁德尔：（注意力从纸上移开）好，在椅子上坐好。

（盖达尔纳特在2号椅子上坐定。鲁德尔博士拿起桌上的绿布，一边在盖达尔纳特的头上缠绕，一边说——）

千瓣莲花由颚底升出，直通头顶。我用这块布把它束紧，千瓣莲花刚好与绿色呼应。①等你服下药水，我再把布松开。

盖达尔纳特：好的，博士。拉德娜，准备见证奇迹时刻吧！

鲁德尔：注意，我待会儿给你的液体，务必一饮而尽，好让它一次性沉入根轮所在的位置。小口细饮恐怕会有麻烦。

拉德娜：（失声说）一定要快点喝！

盖达尔纳特：以最快的速度！

鲁德尔：与此同时，还要在脑中冥想，在口中默念——我要重返青春，我要重返青春。

---

① 千瓣莲花对应顶轮。根据瑜伽理论，顶轮一般对应紫罗兰色，而不是绿色。

盖达尔纳特：好的，一定照办。

鲁德尔：我现在准备把药水取出来。不过这需要在黑暗的环境中进行，否则光线会折损药性。瞧这支蓝瓶，没有一点透光的地方。

盖达尔纳特：没错，马拉维亚先生当年苦修返老还童术，也是在一间暗室里。

鲁德尔：（对拉德娜说）夫人，请你坐到远处那把椅子上。盖达尔教授，从现在起，脑海里就别再想着拉德娜了。忘掉周遭世界，注意力集中在你自己身上。

盖达尔：我会的。

（拉德娜走到4号椅子处坐下）

鲁德尔：好，我这就取出药水。

（鲁德尔博士将瓶子拿在手中。舞台上光线俱灭，只间或传出取放杯瓶的动静和液体接触杯壁的声音）

鲁德尔：教授，我已经把药水倒进杯子里了。

盖达尔纳特：给我。（盖达尔将药水喝下）喝完了，头上的布也解开了。

鲁德尔：现在，用心体会一点点回归年轻的感觉。

盖达尔纳特：（一字一顿地缓缓念着）我……要……重……返……青……春，我……要……重……返……青……春……

（渐渐静默，持续半分钟）

鲁德尔：药水应该已经起效了。有什么感觉吗？

盖达尔纳特：有！体内正发生着巨大的变化，感觉就像……大脑中有蚂蚁走动，四肢里翻腾着波浪，双眼中闪烁着电光。

拉德娜：（惴惴不安）什么？

鲁德尔：（发出"嘘"声，阻止拉德娜插话）盖达尔教授，这些感受在年轻化的过程中都属正常。请你告诉我，波浪的走向是自上而下呢，还是自下而上？

盖达尔纳特：自下而上。

鲁德尔：（惊奇地）啊？

（鲁德尔博士急忙开灯。光线下清晰可辨，盖达尔纳特已经是个不折不扣的老头了！他满头白发，疲沓的双眼频频眨动，手脚也已瘫软不堪）

鲁德尔：（难以置信地）这是怎么回事！

盖达尔纳特：（打量着自己）天哪，发生了什么？

拉德娜：（惊慌不安）怎么会这样？（说罢昏厥在椅子上）

鲁德尔：（沉默片刻后缓缓说道）教授，拉德娜夫人她……晕过去了！

盖达尔纳特：（用苦楚的语调）拉德娜！（欲起身）

鲁德尔：教授，在原地坐着别动！我去看看。（向拉德娜口中喂了些水）噢，原来拉德娜夫人的心肠是如此脆弱！

盖达尔纳特：博士，她亲眼目睹了我的模样。

鲁德尔：拉德娜夫人！拉德娜夫人！（一边唤着拉德娜的名字，一边给她扇风）

拉德娜：（从昏厥中恢复了意识）啊，发生了什么……

（拉德娜在椅子上瘫软无力。她强打精神，迅速走到盖达尔纳特身边，坐在地上）

鲁德尔：（安慰道）拉德娜夫人，您要振作起来。

拉德娜：为什么会这样！

鲁德尔：我早就说过，药水尚未妥当。非但没有从千瓣莲花处生出甘露，反倒让根轮滋生的毒液流遍全身，这才诱发了衰老！

拉德娜：天哪！（表情极为痛苦）

鲁德尔：拉德娜夫人，请原谅。一切都因我调制的药水而起！可我又有多大罪过呢？是盖达尔纳特教授执意这么做的。（将1号椅子挪到盖达尔纳特身旁）来，请坐到椅子上吧。

拉德娜：我不明白，为什么会这样！（拒绝坐到椅子上）

盖达尔纳特：（咳嗽）博士，我原以为，服下药水只有好处，没有坏处。没想到……（不停咳嗽）啊，拉德娜，我的四肢竟如此乏力！

拉德娜：（用乞求的口吻）博士，我现在该怎么办？您的灵丹妙药里总有一味能让他恢复到先前的模样吧？

鲁德尔：拉德娜夫人，很遗憾，并没有这样的丹药。只要这药水一日不成，盖达尔就不得不一直保持这副模样。一旦配制成功，我定帮他恢复原样。

拉德娜：要等多久？

鲁德尔：三四年的工夫吧。

拉德娜：（大惊失色）三四年！实在太久。您刚才不是说，等我们从克什米尔回来就能备好药水，现在又说要三四年！

鲁德尔：您说得没错。我之前一直以为药水已经配好，只差最后一次试验即可。但是，看到药水在盖达尔教授身上作用的结果，我决定把所有可能的方法再试一遍，这个过程起码要花去三四年的时间。

拉德娜：博士，看看您都做了些什么！

鲁德尔：拉德娜夫人，您怎么不想想，这件事会对我的名声造成多大的冲击？鲁德尔博士在试验中彻底失败！世人会怎么说？（从花瓶中抽出一枝花，在手中来回揉搓）鲁德尔博士完了……鲁德尔是个白痴！

盖达尔纳特：（语气平缓地）博士，都怪我，是我硬要你把药水给我的。哎！

拉德娜：（楚楚可怜地）鲁德尔博士，恳求您再配一支能让一切复原的药水吧！您是誉满全球的大科学家，只消在原有药水的基础上稍加改进便可！

鲁德尔：拉德娜夫人，现实没有您说得那么轻易。

拉德娜：只要能奏效，我愿意做任何事，哪怕付出毕生的代价。（双手合十，鞠躬行礼）今生今世，我都不会忘了您的恩情！

鲁德尔：（用宽慰的口吻）拉德娜夫人，不要悲伤。我会抛下全部工作，一心研究改良药水的方法，争取早日成功。在此之前，我只能请求你的原谅了，盖达尔。

盖达尔纳特：（对拉德娜说）拉德娜，眼下是去不了克什米尔了，我连行走游玩的力气怕是也没有了。带我回家吧！

拉德娜：（哀叹着）唉！鲁德尔博士，求您救救他吧，救救他！

鲁德尔：拉德娜夫人，眼下我真的无能为力。

拉德娜：天哪！为什么会这样！（双手抱头，痛苦地躬下身子）

鲁德尔：不过，我倒是有一个办法，或许能化解这棘手的困局。

拉德娜：（激动地直起身来）什么办法？快说，博士！

鲁德尔：依我所见，比起盖达尔纳特，您的状况似乎更糟。盖达尔看见您痛苦不堪的样子，自己的痛苦只会加倍。我可以尝试做一件事。

拉德娜：什么事？（投以急切的眼神）

鲁德尔：根据心理学的研究，唯有一种方法能摆脱此类处境。那就是，让您也变老。（拉德娜的神色瞬间肃穆起来）只有当年龄差维持不变，您和盖达尔之中才不会有任何一人感到纠结。等药水配好，我会将你们二人双双变回原状。

拉德娜：（严肃而迟疑）我……也得……变老？（在1号椅子上坐下）

鲁德尔：没错。不过别担心，不会有丝毫痛苦。

拉德娜：博士，我的老去真的会让盖达尔感到安心？

鲁德尔：一定。即便他嘴上什么都不说，但内心是不会骗人的。对吗，盖达尔？

（盖达尔缄默不语）

拉德娜：（思虑着）我也要变老才行……

鲁德尔：是的。（语气坚定）

拉德娜：那……就把药水给我吧。博士，我对人生充满了憎恨！我对自己的青春没有丝毫留恋！博士，让我从万恶的诅咒里解脱吧，博士……

鲁德尔：等等，拉德娜夫人！请您三思。

拉德娜：现在已经没时间三思了，我即刻就想随盖达尔而去！

鲁德尔：是，您可以去，但去之前应该想清楚，这将是多大的一次牺牲。

拉德娜：我已经准备好了。我的人生无论如何都不会再有安宁了。

鲁德尔：拉德娜夫人，您迷失得有些过头了。

拉德娜：（尖厉地）鲁德尔博士，看在我丈夫沦落到如此地步的份上，您不能这样取笑我。

鲁德尔：（一本正经地）拉德娜夫人！我没有取笑您，也绝不会这么做。我鲁德尔这辈子从不以取笑他人为乐。

拉德娜：请原谅我，博士。我的魂儿已经丢了。

鲁德尔：我刚才只不过是在提醒您为自己着想，未来可不要怪我。

拉德娜：我不会怪您。快，开始试验吧。（恳求道）

盖达尔纳特：（猛然插话）慢！我绝不允许你这么做。

拉德娜：我不会听你的劝阻。

盖达尔纳特：（缓缓地）拉德娜，我不希望你……你的大好青春就这样……白白挥霍。而今我已是将死之人，你又何必糟蹋了自己的世界随我而来呢？

拉德娜：我的世界而今何在？你遭遇了这样的不幸，追随你是我应做的选择。

盖达尔纳特：拉德娜，别喝那药水。

拉德娜：把药水给我。

盖达尔纳特：如果我执意不让你喝呢？

拉德娜：依你现在的处境，我大概只能自行了断了。

盖达尔纳特：不，拉德娜！鲁德尔博士！（焦躁不安）

鲁德尔：如果夫人心意已决，她可以喝下药水。

拉德娜：是的，我执意要喝。

鲁德尔：那好，我这就把药水给您。这次无须在头顶缠绿布，只要保证一口气饮下药水即可。

拉德娜：我保证。

鲁德尔：和刚才一样，试验得在黑暗环境下进行。您无须想任何事，说任何话。由于年龄是正向更替，您不必在心中默念"我要变老"之类的暗语，只要紧闭双眼就好。

拉德娜：快把药水给我！

鲁德尔：好的。

（场灯熄灭，取放杯瓶的声音再度响起）

拉德娜：博士，我已经把药水喝光了！

盖达尔纳特：拉德娜，你都做了些什么！

拉德娜：你放心，我丝毫不觉得痛苦。

鲁德尔：那你有什么别的感觉吗，拉德娜夫人？

拉德娜：没有。

鲁德尔：改变女性的年龄比男性更加容易。很快您就会显出老态，每根头发都会变得雪白。现在我要开灯了。

（鲁德尔博士搬动电灯开关。明亮的灯光下，拉德娜坐在原地，一如过去般年轻动人。盖达尔纳特也恢复了原来的模样，头上的花白明显褪去不少。他坐在椅子上，面带微笑）

拉德娜：（打量着自己）咦，我怎么一点儿没变？这是什么药水？（欣喜地望着盖达尔纳特）哈，你也变回原样了！（走到盖达尔纳特近旁）喔，博士！他真的变回来了！

盖达尔纳特：（笑盈盈地）没错，我又是原来的我了！

拉德娜：（大悦）服药的人是我，变好的人却是他。博士，您的药水莫非有什么魔法！

鲁德尔：（微笑着）夫人，想必是您的青春消解了盖达尔的老迈，这才使你们双双保留了最初的模样。

拉德娜：鲁德尔博士，您的技艺高深莫测，我已经听不懂您在说什么了！

（拉德娜笑着在沙发上坐下。盖达尔纳特教授也情不自禁地露出笑意）

鲁德尔：（儒雅恭敬地）拉德娜夫人，在我们进行下面的谈话之前，请您先收下我诚挚的歉意。

拉德娜：什么歉意？（对盖达尔纳特说）你看，鲁德尔博士怎么道起歉来了？

盖达尔纳特：他的成就有多么卓越，为人就有多么谦逊。

鲁德尔：夫人，您着实伟大。我想不出任何方式足以表达对你的欣赏。见到你，我三生有幸。

盖达尔纳特：幸运的人是我！哦，拉德娜，你简直是印度的瑰宝。①

拉德娜：你们两人在说些什么？

鲁德尔：夫人，实不相瞒，刚才发生的一切都只是我的一项试验。没有人变老，也没有人变年轻。虽说有玩笑的成分，但的确给您平添了苦恼。我为此道歉。

---

① 拉德娜（ratna）在印地语中有宝石、瑰宝之意。

拉德娜：(严肃地）博士，我不懂您的意思！

鲁德尔：我的初衷只是想研究女性的心理活动。这个想法还是拜您的夫君——盖达尔纳特教授所赐。他对这项试验兴趣十足，还亲自拟定了试验方案。我其实早把"永恒青春"的那瓶药水锁在壁柜里了。你们喝的，不过是糖浆而已。

拉德娜：(严肃地）好啊，这么说你们是在拿我做试验喽！

鲁德尔：一项让您光彩倍增的试验。

盖达尔纳特：一项让我心满意足的试验。

拉德娜：鲁德尔博士，谢谢您的称赞，但我并不因此感到高兴。

鲁德尔：所以我要向您道歉。

盖达尔纳特：(双手合十）我也要……（站起身来）

拉德娜：(插话）这是做什么？你们是想联手看我的笑话吧！

鲁德尔：不，您当真是女神下凡。我早就听说您兼具一切美德，今天整个世界都知道您是多么杰出的一个典范。

拉德娜：那好，我问您，如果这只是一次试验，他为什么会变老？

盖达尔纳特：你想知道我为什么会变老？第一次灯光暗下来的时候，我往头上擦了粉笔灰，已经打湿的头发很容易就染成了白色。之所以让你坐在远端的椅子上，也是怕你轻易识破我变身的伎俩。

拉德娜：(好奇地）真是这样吗？可……可你又是怎么变回来的？头发上的白色都哪儿去了？

盖达尔纳特：第二次暗下来的时候，我又用湿毛巾狠狠地擦了擦头。所有粉笔灰都粘在了毛巾上，头发也恢复了原来的样子。

拉德娜：原来是你俩联手设下的圈套。我挣脱得好不辛苦。

盖达尔纳特：请原谅我。把这条粘着粉笔灰的湿毛巾拿去，作为罚金。

（把湿毛巾从口袋里取出，递上前）

鲁德尔：不，这个罚金得我交。

盖达尔纳特：（喜悦地）我愿接受任何惩罚，拉德娜。我已经心满意足了，我所有的疑虑都烟消云散了！

拉德娜：（惊讶地）什么疑虑？

鲁德尔：没什么。我为您的痛苦负全责。我甘愿受罚。今天傍晚，您让我做什么，我就做什么！

拉德娜：当真？可我们不是今天傍晚启程去克什米尔吗？

鲁德尔：我恳请你们别走。盖达尔教授，如何？

盖达尔纳特：拉德娜，既然鲁德尔博士如此坚持，我们晚走一天又有什么损失呢？

拉德娜：好是好，不过有一个条件。今天这出时而变老、时而年轻的闹剧，不许跟任何人讲。（面露笑意）

鲁德尔：绝对不讲。对了，您刚才说谁老、谁年轻来着？

（三人放声大笑）

（落幕）

心理创伤①

（人物介绍）

乌莎：时髦女郎，22岁

伯勒墨德：《民族之声报》记者，乌莎的丈夫，25岁

阿肖克：伯勒墨德和乌莎的朋友，法官，24岁

拉杰诗瓦莉：伯勒墨德的仰慕者，乌莎的女伴，21岁

（伯勒墨德的房间。下午4点。屋子一侧挂着圣雄甘地像，另一侧是伯勒墨德自己的照片。墙上的衣帽钩挂着几件衣服，旁边是日历，日历显示这天是7月18日。门上挂着一只钟。

伯勒墨德是堂堂阿拉哈巴德大学的硕士毕业生，可在他身上看不到丝毫时髦的端倪——下身素净围裤，上身土布衬衣，脚踩拖鞋，头顶蓬发。他在印地语报纸《民族之声报》编辑部做记者，采编新闻是他的头等大事。此时，伯勒墨德正在伏案工作，虽说是周日，可在他的日程表里，周日和一周当中的其他几天实际上并没有什么

———————
① 又名《七月十八日傍晚》。

分别。他把一份英文报纸摆在面前，希望从上面找些有用的信息。在工作中，25岁的他显得比实际年龄更加老成，眉宇间总是透着一股严肃的责任感。

伯勒墨德旁边涂口红的女子是他的妻子乌莎，20岁上下，俏丽可人。与伯勒墨德不同，乌莎堪称时尚化身。俊俏的脸蛋上，先抹一层面霜，再涂一层粉底，隐隐透出月光的色泽。绉纱莎丽，外搭针织套衫。耳垂上挂着新款耳环，肩头点缀着镶钻饰针，脖子上戴着金项链和万字符挂坠，手腕上是金质手表和丝质细镯。

乌莎略显不安。她有意避开伯勒墨德的视线，偷偷留意着屋里的挂钟：差两分4点。伯勒墨德沉浸在工作中，兴致勃勃地朗读起刚刚拟好的报道——）

骇人悲剧！——受伤男女的凄厉哀嚎

比赫达7月18日电：17日晚间，位于巴特那附近的比赫达镇发生了迄今为止最令人发指的火车事故。一列以50英里时速从豪拉开往旁遮普的特快列车，突然在比赫达一带脱轨……（停下来核对英文报纸上的内容）没错，（回到自己的稿件）目前已有300名乘客受伤，死亡人数过百。车头从轨道脱出，斜冲下路基，像个遭受重击的怪兽伏在地面。四五节车厢已经粉碎，另有四节车厢一片狼藉，哀嚎不断。不少乘客手脚严重受伤，其中一人双手被压断，他的新婚妻子……

（钟敲了四声）

乌莎：（不耐烦地）时间到！已经4点了，真不知道你什么时候才能从工作里抽出空来。（焦躁地朝钟的方向看了一眼，再次涂起口红）

伯勒墨德：（沉浸在此前的状态里）他的新婚妻子也受了伤，但无大碍。不过，和她的身体创伤相比，更可怕的，是她的心理创伤。她……

乌莎:(看了看手表)你到底有完没完?人家不过是想出去走走,看样子今天无论如何也出不去了。已经4点多了!(满脸恼怒)

伯勒墨德:(看着乌莎)那又如何,乌莎?4点也好,14点也罢,只要头顶悬着工作,那就得做。

乌莎:(用嘲讽的口气)好啊,你满脑子都是工作,却不管我的死活!24小时足不出户,我可做不到!想想大学时代的那些野餐、约会、讲座、电影,再看看眼前这间牢房!这样下去,真会要了我的命。

伯勒墨德:有谁不让你出门了吗,乌莎?想去哪儿,尽管去。公园里走走,剧院里坐坐,这儿看看,那儿瞅瞅。我什么时候阻拦过?乌莎,我不想成为你日常生活里的一道屏障!可你想想,我也不能时时刻刻都给你陪伴和依靠。在《民族之声报》工作就意味着每天都要发新闻、做翻译、写稿件。不做这些,怎么能保住饭碗?这条新闻今天傍晚——不,现在——就得发出去,否则明天的报纸如何刊印?必须得有轰动的新消息才行。比赫达的火车事故……

乌莎:(愤懑地)火车事故!地震!瘟疫!要我怎么办,蹲坐下来嚎啕大哭?类似的事这世上每天都在发生,难道为此我们就该不吃饭、不睡觉、不洗澡吗?所有人都趁周日休假,唯独你还在埋头苦干,当骡子作马。薪水高些也就罢了,却只挣可怜巴巴的40卢比……(一副愤愤不平的模样)

伯勒墨德:(平静地)乌莎,你但说无妨。可是,堂堂文学和大众传播学双硕士毕业,却仍找不到体面的职位,我何错之有?

乌莎:不是你的错,那是谁的错?难不成是我的?

伯勒墨德:怎么会是你的错呢?要不是我那穷父亲源源不断地把血汗钱送进大学办公室,我绝对拿不到今天的学位。"文学硕士""大众传播学硕士"几个字,把我爸的全部收入吞得分文不剩。

可我到头来又得到了什么？勒克瑙、罗尔基、贾姆谢德普尔①——我跑了多少地方，递了多少申请，拜了多少老爷！全都没了下文。

乌莎：人人都有去处，唯独你没有！

伯勒墨德：（照旧用平静的语调）谁说的？听说他们成立了专门的失业委员会，瑟波鲁先生给许多人做了细致审核，还像模像样地写了推荐信，可到头来结果如何？什么结果都没有。全是谎言……（停顿片刻）你说，什么地方我没试过？什么人我没求过？能做的都做了，除了自杀——哦，或许这才是我的过错吧！

乌莎：自杀有什么用？再说了，这40卢比的饭碗也要不了你的命。想当初，听说你拿了硕士学位，我爸倒是欢喜得厉害。身为堂堂副税收官②，竟也得意得忘了形！我不知道他给多少人写过判决书，又让多少人锒铛入狱，我只知道，他判着判着，竟把自己的亲生女儿也送进了牢房！

伯勒墨德：乌莎，你是自由的！干吗把过错归咎到自己父亲头上？

乌莎：也对，他那时怎会料到，这位硕士先生不仅做不成副税收官，反倒沦落成了领40卢比月薪的小记者！（嫌恶地）记者——多么庸俗的头衔！副税收官——记者！400卢比——40卢比！梦想和现实真是天壤之别！40卢比，我能做什么？过去父亲每月给的零花钱都有50卢比，用于日常享乐的开销还得另算。40卢比，也就跟我家佣人苏莱曼挣得一样多。40卢比，你是打算养活自己，还是养活我？四……十……（思忖片刻）你听好，我要回娘家。父亲那儿有的是丝绸锦缎，你这儿只有土布烂衣！

伯勒墨德：乌莎，何必说这么侮辱人的话呢？归根结底，我有

---

① 勒克瑙（Lucknow）、罗尔基（Roorkee）、贾姆谢德普尔（Jamshedpur）分别位于今印度北方邦、北阿坎德邦和恰尔肯德邦。
② 副税收官（Deputy Collector）是印度官僚体系中地区（District）一级（大致介于邦级和市级之间）的高级官员，主要处理税收、执法等事务。

做错任何事吗？我拼命工作，尚且有这份收入，若是不工作，怕是连眼下这点运气都要丢了。如果我曾经浪费过一分一秒，或是工作不尽心尽力，你的话我照单全收。可我兢兢业业做事，你为何还不满意？我知道，40卢比连件像样的莎丽都买不起，更别提你还要各式各样的饰针、宝石和耳环。读研究生的时候就不懂你整天穿戴的都是些什么，那些五花八门的名字说了我也记不住。而今，要我到哪儿才能获得你想要的这一切？是，我自愧难当。可你告诉我，我面前还有别的路吗？我挣的钱，从没在自己身上花过分毫，全都给了你，全都给了你啊……

乌莎：（刻薄地）"你还要各式各样的饰针、宝石和耳环"——你要我怎样？难道连佩带这些最起码的饰品都要我放弃吗？你说，我的哪项开支减少，能从你的40卢比里挤出盈余来？不吃阿司匹林，会头痛；离了保健品，会浑身乏力；不涂亚德利化妆品，会让脸色显得像病了好几年。如果执意让我舍弃一样，可以勉强把斯洛林糖浆停掉，可那样一来，就得时不时地忍受咳嗽的侵扰。或者，我把填词游戏戒掉算了……

伯勒墨德：什么也不用戒。哪怕搭上这条命，能挣到的我都给你挣。

乌莎：好吧，但我现在不想要你的命，我只想回娘家。

伯勒墨德：（温柔地）我的乌莎，你若高高兴兴地回家，十次百次也但去无妨。可如果你带着怒气回去，我真不知说什么好。咱俩结婚虽刚满两个月，但你我就像两棵彼此紧绕的树，已经被命运的链条永远地系在了一起。这样的状态是不能改变的。如果眼下你过得还算开心……

乌莎：这不是开不开心的问题。母亲身体不好，我得回去看看。

伯勒墨德：（无助地）可我没有假期。不过，如果你觉得有必要，我可以请假，你说几天就请几天。

乌莎：就不麻烦你了。我不需要任何人的帮助。我跟阿肖克一起走，他家也在台拉登①。

伯勒墨德：跟阿肖克一起？

乌莎：你应该认识他才对。咱们一起念过本科，那时候他住乔治城②，家里有辆克莱斯勒轿车。

伯勒墨德：当然，我跟他很熟。毕竟一起念过书，记忆犹新。

乌莎：没错，我一直把他当哥哥看待。他今天傍晚正要从巴特那过来。（朝钟的方向瞥了一眼）很可能明天就启程去台拉登。听说，他最近当上了法官，上任之前想去台拉登看望他父亲。可能的话，我跟他一起走。

伯勒墨德：他今天傍晚就到？

乌莎：对，今天傍晚。大约四点一刻。（看了看腕上的手表）这会儿大概已经到了，四点一刻刚过。

伯勒墨德：你把他当哥哥看待？……

乌莎：（语调尖酸地）对啊，有些日子了。你不会在怀疑什么吧？在台拉登的时候，他就经常光顾我家，我管他叫"阿肖克哥哥"。上大学的时候，我也管他……

伯勒墨德：行了，没必要交代这么多。你应该很清楚自己的处境，乌莎！如果你自认为这样做没什么不妥，那我无话可说。倘若母亲真的有恙，我也不可能反对你回去。

乌莎：（心满意足地）那好，容我再考虑考虑。

伯勒墨德：好。那我可以继续写我的事故报道了吧？

乌莎：（看手表）等等。我经常夜里犯头痛病，这你是知道的。班纳吉大夫推荐用一种古龙水胶条，如果你现在能去帮我买些回来就好了，不然店铺很快就要打烊。至于你的工作，晚上做也不迟。

---

① 台拉登（Dehradun），今印度北阿坎德邦首府。
② 乔治城（George Town），阿拉哈巴德市中心富人区。

伯勒墨德：药店会一直开到夜里9点。不过你既然提了，我这就去买，回来也好安心工作。（从挂钩上取下大衣）

乌莎：哦对，顺便买点儿爱派克斯感冒糖浆。

伯勒墨德：（边穿衣服边说）还有呢？……

乌莎：还有太妃糖和柠檬糖！

伯勒墨德：（朝乌莎看了一眼）极好。（离场）

（乌莎定睛看了看挂钟，随即织起袜子，但心思显然并不在此；拾起一本书想读一会儿，没过多久又放了下去；拿起报纸，猛然一惊）

什么！一只载有10个女孩的船沉了？（在好奇心的驱使下慢慢地读了起来）

贾巴尔普尔7月15日电：今天傍晚，当地一所学校的几个女生结伴前往森格拉姆萨迦尔湖附近的一处山地野营。黄昏时分，正当她们在森格拉姆萨迦尔湖上泛舟时，突然飞来一群蜜蜂。女生们瞬间乱作一团，致使船体倾覆。女孩全部落入湖中，目前仅有两人被救出。潜水队正在搜寻其他落水人员。

（思索着，深吸一口气）要是我当时跟她们同在一只船上……

（后台响起一阵口哨，接着有人唱起英文歌——“如果你是唯一的女孩，而我是唯一的男孩”……同时传来“咚咚”的敲门声）

乌莎：（眉头一紧）谁？

（场外音：阿肖克·库马尔·古普塔！）

乌莎：（雀跃地）啊，阿肖克！请进！

（阿肖克上场。24岁的英俊青年。衣着搭配颇有品味，头发用甘油收拾得光彩照人。打过浆的衣领中间别着花儿一样的领结。西装笔挺光滑，胸前的口袋里插着一块丝质浅色方巾，脚下是漆皮皮鞋。他性格开朗，精神焕发得像刚从浴室里出来一样。胡须剃得格外整洁，眼神风流，面带微笑。手里拿着一盒英国产的“黑猫”牌香烟。他方一进门，整间屋子就立马弥漫起薰衣草的香味。阿肖克对乌莎说——）

喔，古普塔夫人！乌莎小姐！U-S-H-A——乌莎！

乌莎：（兴奋地站起来）阿肖克！恭喜你！

阿肖克：（欣喜地）谢谢！（拉着乌莎的手）还好吗？过得怎么样？

乌莎：马马虎虎吧。你呢？（说着坐下）

阿肖克：过得好极了！我刚从巴特那过来，中途路过比赫达——就是那个事故发生的地方。唉，要是提前一天出发，说不定我就出现在那长长的伤亡名单里了。今天我在那儿亲眼看到了事故受害者，若是昨天出发，恐怕就该换成别人看我了！（顺手点燃一支烟）

乌莎：阿肖克，你这是说的什么话？老天爷明明是在帮你祛祸避灾呢。

阿肖克：有你的美好祝愿，就足够救我了。不过说实话，事故现场实在太惨了！

乌莎：（做痛苦状）可不是吗，真是太可怜了！我刚一听说这条新闻，呼吸立马变得急促起来。5分钟前，我还在为这人间惨剧落泪呢！你本来是能看到那一幕的，怎么偏偏现在才来？人家不知道盼了多久。（看了看手表）

阿肖克：果真如此？我是坐傍晚那班车来的，可能有些晚点了。我不是写信跟你说过了吗。

乌莎：没错，我知道你今天傍晚到。对了，吃点什么？喝茶吗？不过我得亲手准备，家里没有佣人……

阿肖克：哦？那样岂不更加美味！不过还是别麻烦了，我一下车就去了一等座候车室，洗了把脸，顺道饱餐了一顿。

乌莎：那好。不过话说回来，我其实根本不知道该怎么招待你。

你阿肖克一向是有头有脸的大人物，我不过是个穷得叮当响的老百姓。何况你现在的身份真是愈发尊贵了，法官大人！

阿肖克：（神气地）乌莎，我什么时候不尊贵过？你看，大学时代我就是大人物吧——住乔治城，开轿车上学，出入电影院，还有"王宫"影院的贵宾通行卡。在阿拉哈巴德这样干巴巴的城市，我照样可以过得风生水起。当那儿的男生个个像哲学或统计学一样无聊的时候，我却在阿拉哈巴德大学的校园里赏玩春色。乌莎你说，还有比这更尊贵的人物吗？（翘起嘴唇，吐出一口浓烟）

乌莎：（欣然地）你阿肖克当然是不折不扣的大人物了。过去是，现在也是。

阿肖克：你呢，乌莎？你过得怎么样？看看你，骨瘦如柴。笑都不会笑了，难不成连哭都不能正常哭了吧？疯丫头！过去的你像旱金莲一样艳丽，像朝霞女神①一样华贵，像露水一样纯净，像……

乌莎：（痛苦地）阿肖克，别说了。别再用这种话炙烤我的生命了。现在的我什么也不像，只像一条离了水的鱼。（眼中噙泪）

阿肖克：（用安慰的语气）怎么，眼泪都出来了？嘿！我的好乌莎，怎么我一来，你却哭了？这像什么话？来，告诉我，伯勒墨德先生在哪儿？

乌莎：出去了。

阿肖克：（高兴地）离开阿拉哈巴德了？

乌莎：不，就在城里。

阿肖克：哦，那他什么时候回来？

乌莎：一时半会儿回不来。他在集市里有事要办。

阿肖克：是什么特别的事吗？

乌莎：没什么特别的，去买古龙水胶条和爱派克斯感冒糖浆而已。

---

① 乌莎（Usha）在印地语中有"朝霞""朝霞女神"之义。

阿肖克：怎么，他身体不好？

乌莎：不，很好。是我让他去的，只有这样，才……

阿肖克：你怎么了？哪里不舒服？

乌莎：没什么。（看一眼挂钟）我不过是想和你单独见一面！

阿肖克：（满怀赞许地）哦，乌莎，你可真好。想一想，曾经的你我是多么美好！记得吗？那天你坐在阿尔弗莱德公园的草地上，一旁的我为你的秀发别上花蕾，一种美与另一种美就这样自然地结合了。如"夜贵妇"香水般的味道难以自持地充满你周遭的空气，月亮则躲在尤加利树的细叶后窥视着我俩。乌莎，那一刻……

乌莎：（陷入沉思）阿肖克……

阿肖克：教我说什么好，乌莎！你过去什么样，再看看现在什么样？而今的你就像……就像一滴从花瓣掉落到纸上的露珠……一道被乌云笼罩的彩虹……一只被污泥脏了翅膀的蝴蝶！

乌莎：（沮丧地）什么都别说了，阿肖克！

阿肖克：为什么不让说，乌莎！我现在像是在做梦。看到你光彩尽失，我也跟丢了魂儿似的！当年，我父亲对我做了不公正的裁决，就像你父亲对你一样。他们用传统守旧的算命术让你我沦为了祭品。今日重逢，我是多么幸福！这些你都知道吗，乌莎？如果你不仅能拥有我的财富，还能拥有我整个人，那我该多么光荣！若是得不到你，我的痛又该多深，去问问那些春天降临之前被拦腰斩断的新苗，就知道了。

乌莎：（忧郁地）阿肖克，如果你能看到我的心，你就知道它早已被泪水填满。我已记不清度过了多少个无眠的夜晚，好像为了守护一朵花，却被关进了一个狭小的盒子。这就是我现在的处境！难道一点别的办法都没有了吗，阿肖克？

阿肖克：（斩钉截铁地）有，跟我走！以后的路，边走边看。我在给你的信里说，今天傍晚到阿拉哈巴德，当晚连夜启程去台拉登。

如果你愿意，到台拉登后先暂留几日，顺便想想法子。咱们可以径直搬去穆苏里①，不过那样的话，你就只能跟父母分开……（吐出一口烟）

乌莎：我今天已经跟记者先生说过了，我想回台拉登，母亲身体不舒服。

阿肖克：（满意地）母亲身体不舒服——好极了！这种理由绝不会遇到任何阻力。他是怎么说的？

乌莎：他说——我不反对。

阿肖克：真是大度，居然任着你的性子来。

乌莎：是啊，人倒是单纯朴实，总是试图取悦我，可一点儿也不懂浪漫。严肃透顶，好像全世界的事都等着他去打理。对了，跟你说，我已经告诉他我要和你一起去。

阿肖克：真的吗？他难道没大惊失色？

乌莎：起初倒是惊了一下。后来我把陈年往事搬了出来，什么你住乔治城啦，为人正直友善啦，顺势提到母亲的病，他便松了口。

阿肖克：嘞，果真是个绅士！所以，你已打定主意跟我走了？

乌莎：现在？

阿肖克：不，今晚。我现在要出去一趟，得给瑟德耶帕玛买点东西，买好就回来。再说，无论如何也得让我和记者先生见上一面不是！我大概20分钟后回来，这次不会再迟到了。回台拉登的事，你得跟他再确认一次。这次，我要当面看他给你准许，还要当面把你带走——这叫移交合法监护权，明白吗？我去去就回。今晚就将是你我二人的新婚之夜了，乌莎！维纳斯女神，感谢你！

乌莎：可是，阿肖克，我有点儿害怕！

阿肖克：哼！堂堂女大学生，有什么好害怕的？乌莎，为什么

---

① 穆苏里（Mussoorie），台拉登辖区内的一座山城。

要让你受过的高等教育蒙羞？丢人的姑娘！（一边加油打气一边起身）振作起来！跟我走，准不会错！到时候你就和瑟德耶帕玛住在一起。

乌莎：瑟德耶帕玛是谁？

阿肖克：我的远房表妹，是个很不错的姑娘。

乌莎：哦，那就好。阿肖克，实话告诉你，我早就厌倦眼前的生活了！

阿肖克：跟记者过日子，能有什么生活可言！除了墨水、纸笔和成堆的报纸，整天跟文书打交道的人能有什么需求？无外乎一块日本手表（顺便看了一眼挂钟），两张断腿书桌，还有脏兮兮的土布衣裳。等你跟我到了穆苏里，再看看那儿！私家别墅，光是住在里面的管家佣人就足有 20 个。天鹅绒床垫，坐在上面感觉就像坐在人腿上一样柔软。清晨，朝阳把金色光束投进半开的窗口，被阳光亲吻全身的感觉一定不差。此刻，屋内摆放的变叶木也会勾勒出五光十色的彩虹。黄昏时分，清凉的街道上到处是知更鸟的啼鸣，还会留下你我并肩散步的足迹。等夜幕降临，"守护神"俱乐部里的各类演出将轮番登场。到时候，你我坐在核桃木制的安乐椅上，一齐享用冰激凌，还有杜松子酒那洋溢着快乐的芳香……

乌莎：阿肖克，一定！一定！

阿肖克：这么说，你已经打定主意今晚跟我走了？

乌莎：我确定，阿肖克！

阿肖克：那……

（外面传来一阵敲门声）

乌莎：（惊慌地）谁？（阿肖克也从椅子上站了起来）

（进来一位 20 岁上下的女子，衣着朴素，表情凝重。她美丽端庄，眉心点着一粒精巧的吉祥志，微笑像是永久地陷入了嘴角的浅窝里。见到阿肖克，她稍显局促，而后默默地上前向乌莎点头示意）

乌莎:（笑着）喔，拉杰，怎么是你？快来，这是我的好朋友阿肖克·库马尔·古普塔先生，文学硕士，法学学士，现在是大法官。（对阿肖克说）这位是我的女友，拉杰诗瓦莉女士。高中毕业前，我俩和记者先生是同班同学。特别直爽的姑娘，说起甜言蜜语更是一绝，好像造物主在她喉咙里放了只夜莺！

（乌莎和阿肖克哈哈大笑，拉杰却面露羞容，一如来时凝重）

阿肖克:（打趣地）不作声？也难怪。造物主在她喉咙里放了夜莺，所以她大概只肯在春天开口吧！（略带嘲弄地笑着）

乌莎：好啊，你竟开起玩笑来了！

阿肖克：谁让她不说话？在门外倒是报了信儿，靠的是敲门。进来后倒也打了招呼，靠的是点头。

乌莎：你不会以为她会像你一样能说会道吧？

阿肖克：语言之所以存在，是为了说话，而不是为了锁住喉咙。

乌莎：拉杰一向是靠眼睛传情达意的，害羞得很！

阿肖克：也不知道，是只有不好意思的时候害羞呢，还是其他时候也一样？（作睥睨状）

拉杰诗瓦莉:（严厉地）特别是当有人说的话令我厌恶的时候。

阿肖克:（佯装谦逊）哎呦，真抱歉！如果我的话冒犯了您，还望海涵，尊贵的拉杰诗瓦莉女士阁下！乌莎，我走了。20分钟左右回来，到时候我要会会记者先生。（跟乌莎道别）拉杰诗瓦莉女士阁下，再会。

（拉杰诗瓦莉缄默不语，点头表示道别。阿肖克离场）

乌莎：拉杰，快跟我说说，你怎么来了？有什么特别的事儿吗？咱们好几个月没见了。快坐。（拉杰诗瓦莉入座）

拉杰诗瓦莉：姐姐，我……（欲言又止）

乌莎：说呀，怎么停住了？

拉杰诗瓦莉:（声音凄楚地）我遇到麻烦了！姐姐愿意帮我吗？

乌莎：（激动地）当然！快说，什么事？

拉杰诗瓦莉：贾巴尔普尔来信说，我大姐……快不行了！

乌莎：（不安地）什么？快不行了……

拉杰诗瓦莉：嗯，可怜的她……她……溺水了……

乌莎：溺水？我方才在报纸上读到，贾巴尔普尔有一只载着十个女生的小船在森格拉姆萨迦尔湖沉没了。难道其中就有你姐姐？

拉杰诗瓦莉：（语气痛苦地）对，有她。原本只是去野餐，她是女学生们的督导员，结果却和她们一起掉进湖里。虽侥幸被救上岸，眼下却仍在死亡线上挣扎……（泪眼盈盈）

乌莎：拉杰，听了这消息，我十分难过。告诉我，该如何帮你？

拉杰诗瓦莉：我想让伯勒墨德先生跟我一起去贾巴尔普尔，为我大姐料理后续的各种事情。

乌莎：跟你一个人去？

拉杰诗瓦莉：嗯，就我一个。我一向把他当大哥看待，像亲哥哥一样。

乌莎：（困惑中一时语塞）哥哥？……

拉杰诗瓦莉：（坚定地）没错，哥哥，我的伯勒墨德大哥。除了他，还有谁能陪我同去？爷爷年迈，行动不便。弟弟尚小。父亲去年又刚刚过世。

乌莎：（回过神来）哦，你把他当哥哥！可是，就怕他抽不出时间来。

拉杰诗瓦莉：我知道他忙。但他为人慷慨仗义，帮过我许多忙。这样的人，世上很难再找到第二个。

乌莎：真的吗？

拉杰诗瓦莉：（用满怀赞许的声音说）他生活上虽不富足，但那又如何？他的心是富足的，人是实在的。财富和地位不会使一个变得伟大，人的伟大在于内心。伯勒墨德大哥就是这样的人，不仅睿智，而且慷慨。

乌莎：（无可奈何地）在我看来，他不过是个记者罢了。

拉杰诗瓦莉：如果你压根儿无意理解他的报道，又怎能怪他本人呢？他的报道是充满人性的报道，他的行动也是充满人性的行动，能带给别人很多很多！我有充足的理由证明这一点。

乌莎：（用好奇的目光）什么理由？

拉杰诗瓦莉：那是4年前的一天，我正骑车在集市穿行，突然驶来一架双轮马车。由于车夫的一时疏忽，我的自行车被马车狠狠地撞了一下，额头受了伤。当时，伯勒墨德先生碰巧在那里给一个乞丐指路，看我出了事故，他连忙上前帮我把撞歪的车把扶正，还用自己的丝质手帕为我止血。后来，他不仅亲自把自行车送到我家，还带我去医院，尽心尽力地找人帮我处理伤口。那条用来止血的手帕，我至今还小心翼翼地留在身边。

乌莎：（略微讽刺地）留作纪念？

拉杰诗瓦莉：随你怎么想。总之，我没有忘了他，也不可能忘了他。

乌莎：那如果他忘了你呢？

拉杰诗瓦莉：（深吸一口气）的确，自打那天起，他再也没有见过我。几个月前我到你这儿来，其实就是为了专程见他一面。可惜他当时出门了，很可能是为了救济那些不幸遭遇洪灾的农民，去比哈尔了。多么慈悲的人哪！我额头受伤的那天是我们第一次见面的日子，至今已过了4年。这4年里，我竟连话都没跟他说上一句，要是哪里能再受一次伤就好了。

乌莎：（尖酸地）你的意思是，心里？

拉杰诗瓦莉：别取笑我了，姐姐。不过他也真了不起，这件事到今天都没让你知道。实不相瞒，他比我的亲兄长还要亲，我甚至满怀敬意地崇拜他，这种感情你不会明白！反过来想，像我这样的人他不知帮过多少，千百人中又怎会记得我一个？所以我害怕，害怕他根本认不出我来。

乌莎：怎么会，你不是跟他一起念过书吗？

拉杰诗瓦莉：没错，确实做过一段时间同窗，可他从未表露出一丝想要认识我的意思。为了介绍自己，我今天特地带来了那条用来止血的手帕，好让他记起我。看，就是这条。（递上手帕）

乌莎：（接过手帕，仔细端详）嗬，收藏得可真用心！角上绣着一个字母P①，如果我把它撕下来会怎样，拉杰？

拉杰诗瓦莉：（颤抖着拉住乌莎的手）不，乌莎，不要撕它！否则我生命里圣洁的记忆就要破灭了。

乌莎：（微笑着）慌了？多贵重的宝物似的，不过是一小块布料罢了！拿去！（漫不经心地递出）

拉杰诗瓦莉：（接过手帕，叠好）没错，你可以说它只是块布料，但它更是伯勒墨德先生伟大和慷慨的佐证，将伴我一生。你怎么会明白呢，乌莎？

乌莎：没准儿这正是你至今未嫁的原因吧！

拉杰诗瓦莉：（厉声说）乌莎，我今天来，不是为了听你的冷嘲热讽。我现在深陷困境，是来向你求助的！

乌莎：（想起她的遭遇）啊，抱歉，拉杰！我竟把正事儿给忘了。刚才性子太急，是我不对。拉杰，请你原谅！

拉杰诗瓦莉：没关系，姐姐。也不知为什么，每次我来见伯勒墨德先生，他都因为这样那样的原因不在家。我打算明天就去贾巴尔普尔。如果你能亲口告诉他此事，他一定会跟我同行。每当有身陷疾病或是困境的人向他求援，他总是义无反顾。不仅慷慨，而且

---

① 即伯勒墨德（Pramod）名字的首字母。

慈悲！乌莎，这样的人，世上能有几个？

乌莎：（若有所思地）你说得对，这一点我也有所体会。听说我母亲生病的消息，他二话没说就答应了我回家探视的请求。

拉杰诗瓦莉：（吃惊地）什么，你母亲生病了？

（乌莎没有作答）

拉杰诗瓦莉：姐姐，这样的话，我便不强求他跟我去了。他现在人在哪里？是在工作吗？

乌莎：没有，去集市了。

拉杰诗瓦莉：周日还往外跑！嘻，算我倒霉。他什么时候回来？

乌莎：大概再过半小时。

拉杰诗瓦莉：你已经确定回家探望母亲了吗？

乌莎：还在考虑。

拉杰诗瓦莉：那他应该跟你同去。你有提议让他陪你一起去吗？

乌莎：提倒是提了，但我后来说，还是和阿肖克一起去。

拉杰诗瓦莉：哪个阿肖克？

乌莎：就是刚才坐在这儿的那个阿肖克啊。这么快就忘了？

拉杰诗瓦莉：那个阿肖克！姐姐，别跟他走。恕我多嘴，刚才他的眼睛里仿佛有魔鬼跳舞。你能相信他吗？反正我是被他的眼神吓得够呛，一句话也说不出来。

乌莎：我了解阿肖克，他是我们的儿时玩伴，也是大学同窗。

拉杰诗瓦莉：如此，你便去吧。不过，这样的人我是从来都不会轻信的。请原谅我冒失的评论。我这就走。

乌莎：见过伯勒墨德先生再走吧。

拉杰诗瓦莉：不。如果我们见面了，他自然会认为，跟我走将是更合情合理的选择。只要我大姐还在床榻上与死神搏斗，他就一定会选择帮我照料。到时候，我的要求会胜过其他一切要求。可是姐姐，我不想在你母亲抱病的时候，把他从你身边带走。让他跟你回娘家吧，母亲的病榻前，他准能帮上不少忙。请你代我向他问好。

乌莎：请留步，他应该就快到家了。（外面传来声音）瞧，他回来了。

（场外音——送邮件喽！）

乌莎：嘻，原来是邮差！（大声应道）进来。

邮差：（进场）您的邮件。（递上一大捆报纸）对了，还有伯勒墨德老爷名下的一张汇票。需要尽快签字，邮局就要关门了。

（乌莎签完字，接过汇票。邮差退场）

拉杰诗瓦莉：汇票？是《民族之声报》的稿酬吗？

乌莎：不，是从莫蒂哈里寄来的。比哈尔邦洪灾中，不少灾民被他从死亡线上救了回来。那儿的老百姓为他准备了一张荣誉状，预计8月7号寄到。先行汇来了200卢比，作为酬谢。

拉杰诗瓦莉：多么令人钦佩！真是伟大！

（乌莎陷入沉思）

拉杰诗瓦莉：好了，姐姐，我得走了。荣誉状8月7号寄到，今天是7月18号。（看了看日历）还有充裕的时间照料你母亲，他准能帮上大忙。

乌莎：不再坐一会儿了吗？他很快就回来了。

拉杰诗瓦莉：不了，我这就走。我一个人去贾巴尔普尔。（起身离场）

（乌莎静静地思索了半晌，然后走到伯勒墨德的照片旁，端详着他的脸，自言自语道——）

莫非他真有这么伟大？看来一切是真的！拉杰不是说——人的伟大在于内心……他不仅慷慨，而且慈悲……无意理解他的报道，又怎能怪他本人……充满人性的报道……充满人性的行动……记者……我……

（伯勒墨德上场，略显疲惫，不时地用手帕擦汗）

伯勒墨德：乌莎，我跑了三家店铺才买齐你要的东西，这才回来晚了。来，先把太妃糖拿去，然后是古龙水胶条和爱派克斯。

乌莎：（充满感激地）谢谢！刚才拉杰来过了……

伯勒墨德：哪个拉杰？

乌莎：拉杰诗瓦莉女士。

伯勒墨德：拉杰诗瓦莉女士是谁？

乌莎：就是额头受伤的那位。

伯勒墨德：（讶异地）额头受伤？什么时候？

乌莎：4年前。

伯勒墨德：4年前？开什么玩笑！

乌莎：不是玩笑，我说的是实情。拉杰诗瓦莉，年轻姑娘。在市场骑自行车，被马车撞到，头部受伤。当时你正在给乞丐指路。你用丝质手帕为她的伤口止血，带她去医院。你们还一起念过书。可有印象？

伯勒墨德：（回想着）噢，那个拉杰诗瓦莉呀！你不说，我都想不起来了。

乌莎：做过的好事，自己从来都不记得！

伯勒墨德：乌莎，怪我记性太差。是我的错。

（外面传来阿肖克的声音："伯勒墨德！伯勒墨德先生！"）

伯勒墨德：是谁？

（阿肖克进场，手里提着一个袋子）

伯勒墨德：噢，来来来，阿肖克老兄。可还好？（二人握手）快说说，什么时候来的？乌莎，快来，是阿肖克！你的老朋友来了！（乌莎默不作声）诶，你还没打招呼呢！咦，阿肖克，你怎么也不说话？（对乌莎说）快打招呼！

（乌莎和阿肖克彼此行礼问候）

阿肖克：老兄，凡事都得遵循先来后到的原则。你在先，乌莎在后。乌莎夫人，别介意。我先看到的是伯勒墨德先生！

伯勒墨德：你这家伙，和过去一模一样！来，说说，什么时候到的？

阿肖克：我说老兄，这不刚到嘛。我猜你现在要接着问——什么时候走啊？

伯勒墨德：怎么能这么快就放你走。袋子里装的什么？

阿肖克：没什么，给我妹妹瑟德耶帕玛买了些小玩意儿。不过，购物的时候我心一动，想到给乌莎买一枚钻石戒指。

乌莎：（严肃地）我不需要钻石戒指。

阿肖克：这可有点儿损我的面子了。你们这些人，说"是"之前总是先说"不"。这可是我献给你的艺术品。

乌莎：古普塔先生，我再认真地说一次，我不需要戒指，谢谢。

阿肖克：（不屑地）还从来没有人拒绝过我的礼物。这戒指你必须收下。（从袋子里掏出戒指）伯勒墨德，千万别以为我什么都没给你带——瞧，4沓稿纸！（取出稿纸）两只帮助你创作头版新闻的漂亮笔筒！还有裁剪报纸的剪刀……（把所有东西放在桌上）

伯勒墨德：（笑了笑）阿肖克，你开玩笑的本事可一点儿没丢。对了，听说你最近当上了大法官。恭喜恭喜！

阿肖克：谢了，记者先生！法官头衔和我开玩笑的本事有什么关系？法官头衔可不妨碍我浪漫的天性。

伯勒墨德：那这钻石戒指的意思是？

阿肖克：这可不是给你的，是我代表瑟德耶帕玛送给我妹妹乌莎的。

伯勒墨德：阿肖克，这就不必了吧。我是一介贫民，不是什么法官。我们这种人可受不起钻石戒指。像这戒指一样贵重的东西，我们永远也给不了你。

阿肖克：我又没想从你这儿要什么回报。

伯勒墨德：阿肖克，我没有钱，但有自己的原则。你不想，但我会想。

（乌莎沉默地注视着伯勒墨德）

阿肖克：该死！居然讲起大道理来了。算了，我跟乌莎说。我着急走。

伯勒墨德：怎么急着要走呢？在我这儿住个一两天再说。

阿肖克：谢了，我没时间，得尽快赴任。还有一事。（对乌莎说）乌莎，你母亲的健康状况现在很糟。（乌莎缄默）已经知道了？你得跟我去趟台拉登。（对伯勒墨德说）伯勒墨德，你大概也接到乌莎母亲病重的消息了吧？

伯勒墨德：是的，乌莎跟我讲了。

阿肖克：乌莎想回，你一点儿反对意见都没有？

伯勒墨德：当然没有。乌莎的母亲身体抱恙，我怎么会阻止她回家探望？瞧你说的！再说，她是和老朋友、老同学一起去，我更不会有意见了！什么时候出发？

阿肖克：今天傍晚的火车。

伯勒墨德：可她现在什么准备都没做。

阿肖克：我的老兄，看望自家母亲有什么好准备的？

伯勒墨德：总得带几件衣服吧……

阿肖克：没多少时间了。

伯勒墨德：总有时间喝杯茶吧。

阿肖克：不必客套了。六点半的火车，我6点20分必须赶到。车站离这儿有一段距离，让乌莎尽快做好准备。快把你的4沓纸收下，否则别人会觉得咱俩失了和气！别忘了剩下的礼物。

伯勒墨德：即便没有礼物，别人也一样会认为咱俩关系和睦。那我今天就收下这些礼物，在我眼里，这些稿纸的价值如同金箔。

（阿肖克微微笑了一下。乌莎凝重地看着伯勒墨德）

乌莎，收拾收拾，准备和阿肖克走吧。好好回家住一段时间，代我向你父母问好。我会想办法尽快过来……

阿肖克：（插话）不是有我在嘛，伯勒墨德，何必还麻烦你长途奔劳呢？我在，难道会出任何差池吗？同样一件事，你做或是我做，没有任何差别。

伯勒墨德：可你4天之后就要去法院就职了啊。

阿肖克：我会把一切打点好。医生、护士、配药师，他们都任我摆布。实话告诉你，我就是因为收到乌莎母亲生病的电报，才决定去台拉登的。拜访父亲只不过是我找的由头罢了。

伯勒墨德：我不知道是这样。行了，乌莎，你准备一下，我也去洗把脸，这满脸的灰。（离场）

阿肖克：慢慢洗，我的朋友！好了，乌莎，你赶紧收拾，咱们快没时间了……

乌莎：阿肖克，你真的很卑鄙。

阿肖克：想骂人！现在？好！我卑鄙，我无耻！随便怎么骂，只要你高兴就好。从你嘴里听到这种话，我居然抑制不住地喜欢。哦，乌莎，你连生气时都如此迷人，等怒气消了，眉头开了，岂不得美像掀开帷幕的天堂？

乌莎：（难以忍受地）阿肖克……

阿肖克：乌莎，咱俩没时间在这儿你一言我一语地搞什么"二重唱"。现在要做的，是拿出旅行的详细计划。告诉我，你是想直接去台拉登，还是中途找个地方歇歇脚呢……

乌莎：阿肖克，别在我面前油嘴滑舌！

阿肖克：哎呦，这是什么话！女王大人的态度未免也太夸张了，真是难以捉摸！

乌莎：住口！

阿肖克：你是中邪了吗？怎么最后关头来这么一出！难道你不想走了吗？

乌莎：（决绝地）不想走了。

阿肖克：（大惊失色）什么？

乌莎：你自己去吧，恕我不能同行。

阿肖克：你这是怎么了？母亲生病，你能不去？

乌莎：我自己心里清楚，母亲并没有生病。

阿肖克：可你刚才分明说母亲抱恙，不是吗？

乌莎：我是说了，但母亲其实一切安好。总之，我不去了。

阿肖克：乌莎，你是不是疯了？（大声喊道）记者先生，快让你的《民族之声报》刊登一条新闻——乌莎疯了！

乌莎：（愤怒地）请你不要拿他的记者身份取乐。他是怎样的人，你根本不懂。

阿肖克：（一字一顿）《民族之声报》的记者先生……

乌莎：阿肖克，住嘴。你现在可以离开了！

阿肖克：要我自己走？那你的钻石戒指……

乌莎：你自己留着吧，总有派上用场的那天。

（伯勒墨德入场）

阿肖克：那我可自己……

乌莎：对，阿肖克，你自己走吧。我不想再跟你多说一句话。

（朝里屋走去）

伯勒墨德：（惊讶地）我不明白，刚才发生了什么？

阿肖克：随它去吧，伯勒墨德。真不知道，当今女人之中有几个信得过的！前脚穿一身曼彻斯特真丝衣裳，后脚就扎进游行队伍高喊"甘地万岁"。她们的脾气像风一样，你永远摸不准下一秒会朝哪个方向吹。女人的心，难解的谜！罢了，我得抓紧走了。劝你别招惹乌莎，她中了邪，满嘴的胡言乱语。

伯勒墨德：你的意思是，乌莎不去台拉登了？

阿肖克：不去了。

伯勒墨德：为什么？

阿肖克：不知道。前一分钟还好好的，天晓得刚才发生了什么！规矩礼数忘得一干二净。

伯勒墨德：乌莎这么做，确实有失体统。要不我去问问她为什么变卦了？

阿肖克：算了吧，老兄，她肯定也会莫名其妙地对你絮叨半天。这些受过教育的姑娘有个通病，总是想一出是一出。还有什么好问的？生病的人突然没病了，刚才说去现在又不去了。拿她有什么办法！

伯勒墨德：那好吧，既然她不去了，就请你代我向乌莎的父母问好，并速速回信，告知她母亲的情况。

阿肖克：一定。她母亲身体准有问题，这是乌莎亲口告诉我的，现在却矢口否认。

伯勒墨德：阿肖克，我会问清她变卦的真实原因。

阿肖克：问有什么用？她对你也只会用同样一套说辞。老兄，在她们这些人面前，你的智慧、能力统统瓦解。你根本不知道她们在什么时候会生出什么想法。一件事说着说着突然兴趣全无，是这些人与生俱来的权利。

（伯勒墨德浅笑几声）

阿肖克：你说是不是，老兄？前脚说母亲抱病，后脚说母亲康健。前脚说我要去台拉登，后脚说我不去。嗐，随它吧。等她思绪稳定下来，你再问不迟。现在还是先让她休息吧。好了，老兄，我得走了。你可千万别觉得，我阿肖克说来就来，说走就走，不给你面子。我依旧是你真挚的老朋友。需要什么尽管说，物质层面的需求都是凡夫俗子考虑的问题，不应该困扰你伯勒墨德。

伯勒墨德：（难为情地）好啊，怎么说起这个来了！

阿肖克：你虽是记者，但那又怎样？你有通晓世界的能耐。你看天下新闻，饱览群书。只有像你一样渊博的人，才有洞察世事、刨根问底的水平。刚才的玩笑话稍有冒犯，不过扪心自问，我确实比不上你，法官有什么了不起？

伯勒墨德：你可越说越离谱了！

阿肖克：不，老兄，我说的都是肺腑之言。遇到你这样的朋友，是我的骄傲。我走了，回头记得写信。

伯勒墨德：写什么信，如果乌莎的母亲真生病了，我一定亲自到台拉登去！

阿肖克：好，动身之前记得来信，我好去车站接你。老兄，再会！（离场）

伯勒墨德：（挥手作别。为妻子的无礼行为感到纳闷，思虑着返回屋内，唤道）乌莎！

（乌莎改换素衣入场）

乌莎：你叫我？

伯勒墨德：（见到乌莎这副行头，不觉一惊）乌莎，这是要做什么！你怎么想起穿这种衣裳来了？

乌莎：（轻描淡写地）没什么，只是愈发喜欢这样素净的莎丽了。

伯勒墨德：难不成，你还没清醒过来？

乌莎：我很清醒，一直都是。

伯勒墨德：真叫人一头雾水！说真的，你今天在阿肖克面前的表现实在不妥！

乌莎：我的表现合情合理。如果你觉得有错，那我请求你的原谅。（双手合十）

伯勒墨德：请求原谅？向我？自打认识以来，我还是头一遭从你嘴里听到这个词。别埋汰我了！

乌莎：我埋汰你？你的伟大之处，我至今都没能了解彻底。我在母亲的事上说了谎，请你原谅。你慷慨、仁慈，拥有你，我觉得……

伯勒墨德：（笑着）无比痛苦！好了乌莎，恐怕你还得长久地痛苦下去，不过眼下先把你的药收好。（朝药的方向示意）

乌莎：（把药搁到一旁）我现在不需要这些。

伯勒墨德：（惊诧地）我真不明白，你究竟是怎么了？短短时间，说变就变！

乌莎：短短时间？你应该说，这变化来得太晚！（陷入回忆）啊，拉杰，是你擦亮了我的双眼……

伯勒墨德：拉杰？提她做什么？

乌莎：能答应我一个请求吗？

伯勒墨德：（欣喜地）什么请求？

乌莎：请你跟拉杰诗瓦莉去贾巴尔普尔，帮助她姐姐。

伯勒墨德：她姐姐出什么事了？

乌莎：野餐的时候溺水了。虽说被救了上来，但眼下仍在和死神搏斗，急需照料。这儿有一则新闻，（递上报纸）不知你读过没有？

伯勒墨德：（紧张地读着消息）啊，这些落水的人里就有你女友的姐姐？那我一定得去，就算讨吃要饭凑路费也得去！喔，这可怜的姑娘！

乌莎：用不着讨吃要饭。你有我——这个家的财富女神！

伯勒墨德：财富女神？

乌莎：没错！你说多少钱，我都能用法术变出来——10块？20块？50块？100块？还是200块！

伯勒墨德：10块！

乌莎：不仅能变出钱，还能变出荣誉状。

伯勒墨德：什么荣誉状？

心理创伤　　169

乌莎：好啦，不是玩笑的时候。莫蒂哈里来信说，那里的居民打算给你寄一张荣誉状。你不是去比哈尔救济了很多灾民吗？他们特意邮来200卢比，以表谢意。瞧，这是汇票。（递上汇票）

伯勒墨德：（看着汇票）荣誉状实在没有必要。不过，这200卢比用作去贾巴尔普尔的旅费可是绰绰有余！

乌莎：嗯，快去找拉杰，告诉她，咱俩跟她一起去。要快，否则她就要独自动身了。她家门牌号是威灵顿路11号。你出去的当间，我来帮你把报道写完……

伯勒墨德：什么？乌莎，你要帮我写稿！别折腾了，还是留给我收尾吧。我先去了。（匆匆离场）

（为了把未结的新闻稿写完，乌莎来到书桌前坐下，大声朗读起来——）

骇人悲剧！——受伤男女的凄厉哀嚎

比赫达7月18日电：17日晚间，位于巴特那附近的比赫达镇发生了迄今为止最令人发指的火车事故。一列以50英里时速从豪拉开往旁遮普的特快列车，突然在比赫达一带脱轨，目前已有300名乘客受伤，死亡人数过百。车头从轨道脱出，斜冲下路基，像个遭受重击的怪兽伏在地面。四五节车厢已经粉碎，另有四节车厢一片狼藉，哀嚎不断。不少乘客手脚严重受伤，其中一人双手被压断，他的新婚妻子也受了伤，但无大碍。不过，和她的身体创伤相比，更可怕的，是她的心理创伤……

乌莎：（目光上移，语气忧郁地）没错，和她的身体创伤相比，更可怕的，是我的心理创伤。

（落幕）

丝绸领带

（人物介绍）

纳温金德尔·拉伊：保险公司代理，共产主义者，30岁

丽拉：纳温金德尔的妻子，22岁

苏塔勒达：女志愿者，18岁

金檀：纳温金德尔的佣人，45岁

地点：史丹利街20号①

时间：1938年土布周，清晨

（一个精心布置的房间。客厅和更衣室连为一体。两幅巨大的照片，一边是卡尔·马克思，另一边是葛丽泰·嘉宝。旁边有面大镜子。房间一角摆着桌子，上面放了些书和纸。另一角有个衣柜，柜底有两层抽屉。房间正中还有一张桌子，桌上摆着插满花束的花瓶。

---

① 根据剧中出现的地点判断，其背景城市有可能是伊拉哈巴德（Allahabad），即今印度北方邦普勒亚格拉吉（Prayagraj）。

桌子旁有两把椅子。地上铺着天鹅绒地毯。墙上挂着时钟，时间是8点10分。时钟旁边有本日历。纳温金德尔从后台上来，在旁边的一扇门附近站住，凝神聚目地瞧看）

纳温：(紧盯着门口，慢慢地走过去）这么冷的天还要沐浴、敬神……（停下脚步，目不转睛地看着）我这虔诚的老婆呀……惹人疼爱的丽拉！（转身折回来，打量自己）做点儿什么好呢？

（走到舞台中央的桌子旁，拉开抽屉，取出一个包裹，在手里掂量了一番。又从小抽屉里拿出剪刀，剪断绳子，打开包裹，露出两条丝绸领带。情致盎然地把玩起其中一条，单手提着在空中晃了晃，一会儿又拎到高处细细地打量）

真漂亮！（换用另一只手拿着）棒极了！（朝照片看了看）简直和葛丽泰·嘉宝的一样！我何不一试？

（走到镜子旁，吹着口哨试戴起来。一边哼着赫罗尔德·怀特的名曲《你在叫我吗？》，一边打着领带结。走到窗户边停下）

金檀——金檀！（从窗口探出身子，向右张望）喂！今天的茶还没好？

金檀：(从后台出）好了，老爷！

纳温：(整理领带结）这帮家伙的太阳难不成9点才打东边儿出来！都什么时辰了，茶还没备好。混账！一群蠢货！

（金檀端着茶上场）

纳温：(用手摩挲着领带）怎么回事？只要我不嚷着要茶，你就舒舒服服地坐着不动。难道你无事可做吗？

金檀：(往舞台中央的桌子上摆放茶托）老爷，我刚才在给吐司抹黄油呢。

纳温：我在你脑门上抹个大耳光怎么样？蠢货！（看了看表）都8点多了，知道吗？

金檀：老爷，今天起雾，所以没注意到天亮。

纳温：我看是你脑子起雾了吧，不正经的家伙！今天泡的是哪种茶，"黄标"还是"红标"？ ①

金檀：老爷，红标。

纳温：（平静下来）夫人敬神结束了吗？

丽拉：（走上前）结束了，我在这儿呢。大清早的，这是发的哪门子脾气？

纳温：（从椅子上起身）能不生气吗？都8点多了，茶还没来！（气哄哄地点了支烟）

丽拉：（予以慰藉）确实过分！从明天起，我会再起得早些。

纳温：凭什么让你早起？要这帮仆人干什么？

丽拉：（微笑着在椅子上落座）专门供你发火啊。大冬天的，正好还能取取暖！

纳温：（露出一丝笑意，看着金檀）蠢货，到外面歇着去吧！

（金檀离场）

丽拉：（平静地）动这么大肝火，待会儿出门还怎么拉客户？你到月底可得完成25 000的保险订单，眼看今天都18号了。（目光投向日历）

纳温：（余气未消）瞧现下这阵势，已经提前完成指标。（要拿起茶壶）

丽拉：放着别动，我要沏杯奶茶。（接过茶壶）对你来说，25 000算什么？50 000都不在话下。（往杯子里倒茶）这年头，人们总算意识到保险的必要性了。想想10年、15年前，那时的人们还把保险当成不祥之兆呢，现在终于开始思考死的问题了。（观察着茶的色泽）瞧，多漂亮的颜色！

---

① "黄标"（Yellow Label）是立顿（Lipton）旗下的红茶产品，"红标"（Red Label）是布鲁克邦德（Brooke Bond）旗下的红茶产品。

纳温：（看了看杯子）嗯。

丽拉：你别说，冬日里，茶这东西还真是个宝。生意人就该这时候抬高茶价，不是吗？

纳温：千万别把你的想法告诉那帮生意人。

丽拉：至少不会免费告诉他们！糖？

纳温：一勺半。

丽拉：（放了糖，加牛奶之前）看这茶汤，跟你领带的颜色差不多。（稍顿了一下，用疑问的口吻）这就准备出门了吗？（倒牛奶）

纳温：还没。

丽拉：那怎么一大早就打上领带了？

纳温：（抿了口茶）随便看看，你觉得如何？昨天新得的。

丽拉：（一边喝茶，一边用称赞的语气）我觉得不错！

纳温：（精神振奋）真的？太好了！和葛丽泰·嘉宝的很像，你看——（指着照片的方向）

丽拉：（看了看照片）时代果真不一样了，你竟然连葛丽泰·嘉宝都知道。

纳温：（微微羞涩）嘻。对了，这条免费，分文未取！

丽拉：怎么得的？买烟兑换的礼品？

纳温：（摇头）不是。

丽拉：别人送的礼物？

纳温：（呷一口茶）也不是。

丽拉：噢，我知道了。（稍顿）玩赌博游戏赢的！

纳温：（笑着）你一定是疯了！

丽拉：难不成是清仓甩卖捡的？

纳温：错。

丽拉：（笑了笑）好，这回我肯定要猜中了。1元店里淘的！

纳温：（微笑着）胡闹！（吐出烟圈）

丽拉：那我就不得而知了。

纳温：告诉你吧，昨天我去了趟莫登·肯纳店里，见识了各色领带。相中两条，拿了其中一条。没想到，他把两条领带一起打了包，只收了一条的钱。

丽拉：（抿一口茶）那你应该把领带还回去。

纳温：为什么要还？到手的宝贝怎么能说退就退？凡是主动送上门的东西，都应该来者不拒。

丽拉：这和偷有什么区别？

纳温：怎么能说是偷呢？我可是光明正大地把领带拿到他面前，看他亲手打得包。

丽拉：可你只给了一条的钱。

纳温：价是他要的。

丽拉：不，这是不对的。你总是犯这样的错误。

纳温：这样的错误，"忍忍"也罢。（又点了支烟）

丽拉：那好，如果莫登问你，是不是多拿走一条领带，你怎么回答？

纳温：（理直气壮地）那我就说，我怎么知道？你自己在店里找找，没准儿被裹在哪件衣服里了。

丽拉：（不悦地）你到今天都没改了这毛病。上学时就是如此，在书店里就见识过你顺手牵羊的本事。

纳温：（吐一口烟）你也不想想，那些家伙当初是怎么坑咱们的！

丽拉：他们也是谋生，不挣钱，吃什么？

纳温：（挖苦地）不挣钱，吃什么？一分货，敢要我们四分钱，这些敛财之人全是卑鄙下流的资本家！我这么做就是对他们最好的惩罚。你知道卡尔·马克思是怎么说的吗？"哲学家们只是用不同的方式解释世界，而问题在于改变世界"——要的就是改变世界！

丽拉：喔，你的理论可提炼得真好！

纳温：怎么是我的理论？这可是尼赫鲁，是辩证唯物论。

丽拉：千万别把你的毛病也变成如此，否则国家很快就会负债累累！

纳温：管它呢！此时此刻，这领带正戴在文学硕士纳温金德尔·拉伊先生的脖子上，为他增光添彩呢……再添些茶？你今天喝得可真少。

丽拉：谢谢，我喝够了。

纳温：（大喊）金檀，把东西收走。

金檀：（从后台出）这就来，老爷。

丽拉：不论这领带有多好……（金檀入场）今天可真冷，雾气又重。我看是不会出太阳了，是吧金檀？

金檀：（高兴地）是啊，夫人。雾起得很厉害。

丽拉：（起身）那我要去穿些暖和衣裳！（退场）

金檀：（拿起托盘）老爷，刚才来了个姑娘，手里拿了些衣服。

纳温：（皱眉）姑娘？

金檀：嗯，她似乎想推销什么东西，老爷准许的话……

纳温：（若有所思地）等等，我要先去趟维多利亚公园，5分钟就回来。（又一想）算了，叫她进来吧。

（金檀退场。纳温把下垂的领带拿在手里，来回摆弄。苏塔勒达上场，土布装束，手里抱着一包土布。上前把包裹放在地上，双手合十道"礼敬母亲"[①]）

纳温：（晃了晃脑袋）你好，有什么事吗？

苏塔勒达：我叫苏塔勒达，是一名志愿者，想卖些土布给您。

纳温：（难以置信地）土布？

---

① "礼敬母亲"（Vande Mataram）是印度民族独立运动期间盛行的一句口号。

苏塔勒达：是的。土布周从昨天就开始了。您不买点儿吗？

纳温：土布？不，至少现在不买。我的衣服已经够多了。再说，土布衣服要质量没质量，要款式没款式，今天穿上，明天就脏。

苏塔勒达：（用请求的口吻）您真该试试。纯手工纺制，穿起来很舒服的。

纳温：科学年代居然还有人推销甘地先生的纺车。（略带轻蔑地笑道）飞机满天飞，却夸牛车跑得快……

苏塔勒达：这是实现自力更生教育的一种方法。您每天在贾瓦哈拉尔公园演讲时也说……

纳温：我那是在宣传社会主义思想。

苏塔勒达：没错，但您的演讲特别鼓舞人心。

纳温：（窃喜）这么说你听过了？

苏塔勒达：对，我就站在不远的地方。您演讲时全场鸦雀无声，掉根针都能听得清清楚楚。演讲结束后，人们都说："这么精彩的演讲，巴不得天天来听。"

纳温：（喜悦地）好啊！

苏塔勒达：有的人还把您的许多话都抄录下来了。

纳温：是吗，我都没注意到！

苏塔勒达：那时您正讲得尽兴。当真聚集了好多人！老实说，这样的演讲有日子没听过了。

纳温：（语气温和地解释道）我不过是想尽量把自己的观点表达得清楚些。好吧，来，让我看看你都带了什么款式？

苏塔勒达：（欣喜地）您瞧，各式各样！（打开包裹，拿出一款布展示起来）这是产自艾哈迈达巴德①甘地静修所的。您看看，非常

————————

① 艾哈迈德巴德（Ahmedabad），今印度古吉拉特邦城市。

不错！每码①才10安那②，洗起来特别方便。

纳温:（捧在手里）还可以，就是有些糙……

苏塔勒达:（又取出一款）这种是密拉特③产的。同类款式里，怕是找不到比它料子更好的了。每码也只不过1卢比。

纳温:（拿在手里端看一番）嗯……

苏塔勒达:要不再看看这款，比利皮德④的，非常适合您！1.25卢比每码。用它做身西服再好不过了。您的西服大概需要7码布？

纳温:可不是嘛，刚好7码。

苏塔勒达:那就买这款吧，我给您裁7码？

纳温:的确不错，是我目前看过最称心的！但有没有比它再好一些的款式？

苏塔勒达:更好的布料要两三天以后才能到货。

纳温:那就到时候再带来看看！

苏塔勒达:过两天我自然会再来，但也不妨碍您今天先买一些嘛。难道哪里不好吗？

纳温:好是好……可总觉得哪里不对。

苏塔勒达:只要愿意穿在身上就对，否则就不对。

纳温:您还是下次再来吧。

苏塔勒达:难道就让我这么灰心丧气地离开吗？您的保险生意蒸蒸日上，一定挣了不少钱。

纳温:问题是，眼下我手头并不如你想象得那么宽裕。生意顺利不假，但免不了有些相熟的朋友也在这儿上保险，我只好自掏腰包替他们垫付保费，等他们有钱的时候还我。光是这一个月，我已经快垫出去300卢比了！

---

① 1码等于3英尺，约0.9米。

② 16安那等于1卢比。

③ 密拉特（Meerut），今印度北方邦城市。

④ 比利皮德（Pilibhit），今印度北方邦城市。

苏塔勒达：原来如此。可土布周里您真该买些什么！瞧，我进城的这两天，已经卖出去175卢比的土布了。

纳温：这不还有五天时间嘛。下次再来，到时候记得带上您的新款式。

苏塔勒达：那好吧，买衣服倒也不是着急的事情。我过两天再来。

纳温：嗯。（用不确定的语气）到时候再看。

苏塔勒达：（打包布匹）好，您没看中的款式，下次我就不带来了。（双手合十）告辞！

（纳温晃了晃头，做合掌状，目送苏塔勒达离开。不一会儿，苏塔返回——）

我……有一事相求……

纳温：请讲。

苏塔勒达：刚才我在史丹利街14号卖布的时候，不小心把码尺落在那儿了。没记错的话，您的门牌号是20号，对吗？

纳温：没错。

苏塔勒达：如果不给您添麻烦的话，可否把包裹暂放在这儿？我去取码尺，5到10分钟就回来。何必抱着包裹白跑一趟呢，您说是吧？取回码尺，就可以接着往前走了。

纳温：（晃头表示同意）一点儿都不麻烦，放在这儿吧。如果你回来的时候我不在家，我的佣人金檀会把包裹交给你，我跟他交代一下。（大喊）喂，金檀！过来！

金檀：（上前）什么事，老爷？

纳温：如果待会儿我没回来，你就把包裹交给这位小姐，她叫苏塔勒达。明白？

金檀：放心，老爷！

纳温：（对苏塔说）这样可以吗？

苏塔勒达：谢谢您！（离场）

（纳温点了支烟，目光落在《领袖》报上）

对哦，今天的报纸还没读，让我瞧瞧。（一页接一页地翻报，约莫一分钟时间）没什么新鲜事儿。（注意到报纸封底的一则广告）什么？"领带大全"每条8安那，莫登竟收了我12安那。真蠢！

（思忖片刻，纳温把视线移到装土布的包裹上。他慢慢地拾起包裹，小心地打开，从中取出一匹布，看了一阵，然后若有所思地把布展开，放在自己的大衣上比划了一下，觉得甚是般配。他晃了晃脑袋，似乎在思考什么，接着把布放进衣柜底端的抽屉里，再把包裹按照原样系好，回到桌子前开始看报。他眼角的余光飘忽不定，时而在衣柜上，时而在包裹上。丽拉上场）

丽拉：（看了看纳温）你不是要去维多利亚公园吗？

纳温：嗯，看了会儿报纸，耽搁了。（振作了一下）这就去。

丽拉：有什么特别新闻吗？

纳温："领带大全"一条领带卖8安那，莫登却要了我12安那。

丽拉：（微笑）这也是新闻里说的？

纳温：当然不是！是"领带大全"的广告。这家伙居然多收我4个安那，你算见识到他的诡计了吧？

丽拉：算了，别跟他计较，权当这4安那是给他的施舍好了。（瞧见装土布的包裹）哪来的包裹？

纳温：刚才来了个卖土布的志愿者。她把码尺落在别处，放下包裹去取了。

丽拉：你买了吗？

纳温：没有，我对土布一向没什么好感。

丽拉：你对领带总有好感吧？

纳温：（羞愧地）丽拉，别挖苦我行吗？我可听够了你的陈词滥调。我走了。

丽拉：听我说……（纳温离场）好吧，就这么走了？正想问问他我的金戒指去哪儿了。（在桌子的抽屉里找了一番，喊道）金檀！

金檀：是，夫人。

丽拉：知道我的金戒指放哪儿了吗？

金檀：夫人，您昨天还戴着，肯定是摘下来放在什么地方了吧。

丽拉：不在手上，当然在别的地方。

金檀：会不会落在浴室了？

丽拉：（努力地回想）有可能。（退场）

（金檀四处寻找戒指，屋外传来苏塔的声音——我能进来吗？）

金檀：谁？

苏塔勒达：刚才来卖土布的。

金檀：（神气地）哦，进来吧。（苏塔进门）

苏塔勒达：（注视着金檀）你家老爷呢？还没回来？

金檀：还没。你可以拿着包裹离开了。不过，我得啰唆两句，纳温老爷的家门可不是你这个进法。你得当心自己的名声。进门前先请示，懂吗？不是说来就来，想进就进。拜访纳温老爷的规矩，你真得跟我学学！

苏塔勒达：知道了。（拿起包裹，准备离开）

金檀：等等，小姐！你手上没戴金戒指吗？

苏塔勒达：金戒指？问这个做什么？

金檀：随便问问。不过，金戒指的确是个好东西……

苏塔勒达：（瞪了金檀一眼）古怪的家伙！（退场）

（金檀又到处找起戒指。丽拉上场）

丽拉：没在浴室。桌子抽屉里也没有。有人来过家里吗？

金檀：来过一个卖土布的。

丽拉：难不成是她拿走的？不应该，你家老爷当时在场。

金檀：夫人，这可说不准！人心莫测，谁晓得她什么时候……

丽拉：老爷还没回来吗？

金檀：还没，夫人。我出去瞅瞅？说不定已经到门口了。（朝屋外走去）

丽拉：（纳闷地）能去哪儿呢？若真丢了，纳温肯定会发火的。

（再次翻弄桌子抽屉，无果。打开衣柜抽屉，惊讶地发现一匹土布，取出后思量）

咦，哪儿来的土布？他不是说什么都没买吗？那这又是怎么回事？难道是那个志愿者为了卖布有意放在这儿的？……为什么要放在如此隐蔽的地方？……难不成是纳温从包裹里取了一件，偷藏在抽屉里？天哪，他竟堕落到如此地步！……不行，我得把东西还给那姑娘……他要发火，就尽管发吧！等等，什么声音？

（金檀和苏塔勒达正在屋外对话，丽拉侧耳听着）

苏塔勒达：先生，我的包裹里少了一匹布。会不会是落在屋里了？

金檀：（不满地）你说什么？怎么可能在屋里！这包裹系得结结实实，你放在这儿时什么样，取走的时候就什么样！

（丽拉把土布放进抽屉，向门口凑近了些，继续听）

苏塔勒达：我走的时候觉得包裹变轻了，打开一看，果然少了一匹。

金檀：说不定是落在自己家里了！今早大雾，你是知道的。雾蒙蒙、黑黢黢，伸手不见五指！你以为随身带着，其实没有。再说，我们这儿的人谁会动你的包裹？

苏塔勒达：（回想着）有可能，我记不清了。（停顿了一下）不对，那款布可是我亲手向你家老爷展示过的！

丽拉：（喊道）金檀！

（金檀从后台应道："夫人"！）

丽拉：有人在外面吗？

金檀：是那个卖土布的姑娘！她非说自己少了一匹布。

丽拉：没错，她中途出去的时候，我恰好看上一款。这姑娘怎么没拿钱就走了？

金檀：那我让她进来？

丽拉：嗯，让她进来。（思忖着）

（苏塔勒达上场，合掌问好）

丽拉：（回以问候）小妹，真是抱歉！你看你，不辞而别。我刚才在里屋，所以没有察觉。那匹布是我挑的，你没收钱就走了。

苏塔勒达：我看包裹原封不动地系着，便拿起来走了。

丽拉：我的金戒指不见了，刚才正忙着在里屋寻找，一时半会儿没能出来。

苏塔勒达：怪不得您家佣人问我戴不戴戒指呢！

（用犀利的目光盯着金檀）

丽拉：他不懂事，您别介意。对了，这布多少钱？

苏塔勒达：能给我看一下吗？

（丽拉从抽屉里取出布，拿给苏塔看了看）

苏塔勒达：7卢比9安那。

丽拉：（从钱包里取出一张纸币）给，这是10卢比。你再找我2卢比7安那。

苏塔勒达：谢谢！可我身上也只有纸币。稍等，我去换些零钱。

（拿着纸币离开，金檀不怀好意地盯着她）

金檀：夫人，就是她偷了您的戒指！

丽拉：别胡说，金檀！（展开布匹）瞧，怎么样？

金檀：（献媚地）好极了！用它做身西服，老爷穿上简直和贾瓦哈拉尔①一样。

丽拉：（笑了笑）哦？贾瓦哈拉尔还穿西服？

————————

① 即贾瓦哈拉尔·尼赫鲁（Jawaharlal Nehru）。

金檀：是呀，夫人。《泰晤士报》登过一张贾瓦哈拉尔站在飞机旁的照片，他身上就穿着西服！

丽拉：（笑了笑）可你家老爷从不穿土布啊。

金檀：会穿的！只要是夫人买的，老爷一定会穿！

丽拉：（想起戒指的事来）只是我的戒指还是没有下落。要是被你老爷知道了，非生气不可。

金檀：（想了片刻）夫人，会不会是洗手的时候不小心弄掉了？今天早上雾气大得很，没留意也是正常的事儿。

丽拉：你可真行，万事都离不开你的雾！我去看看。（离场）

（金檀站在原地愣了一会儿，然后把土布捧在手里，抚摸起来）

哇，多漂亮！要是穿在老爷身上……（幻想着那样的景象）孩儿他妈就从没给我买过这样的布料。

（纳温上场，金檀立刻显出一副怯生生的样子。看到桌上的土布，纳温心里惊愕与愤怒交杂，难掩张皇失措的语气）

纳温：这是怎么回事？哪儿……来的土布？是谁……把它放到这儿的？我不是说得清清楚楚，现在不需要！再说，她不是拿着包裹走人了吗？然后我才……

金檀：（惴惴不安地用颤抖的声音说）老爷，是夫人……夫人她……

（苏塔勒达上场）

苏塔勒达：您收好，2卢比7安那。耽搁了一会儿，请您谅解。

纳温：（惊异地）这……这钱是怎么回事？

苏塔勒达：您不是买了这匹布吗？

纳温：我……我……我不是说过，让你过几天再来吗？怎么……

苏塔勒达：没错，但您的妻子买下了它。

纳温：不问问我的意思？

苏塔勒达：您应该清楚才对。

纳温：什么？

苏塔勒达：您妻子付给我一张10卢比的纸币，我身上没有零钱，就跑去换钱了。回来得迟了些，还请见谅！

纳温：别客气。您把钱……算了，放在桌子上吧。

苏塔勒达：（把钱放下）这款布料非常适合您，我还特别做过推荐！对了，跟您说件有趣的事儿。我走的时候，隐隐地觉得手里的包裹变轻了，于是心想：会不会落了一件在您家里？就在我和佣人理论的时候，您的妻子把我唤进屋，付给我10卢比。

纳温：（心神不宁地）原来如此。那她喜欢这款布吗？

苏塔勒达：当然喜欢！她趁我出去拿码尺的时候打开包裹，没准儿把所有款式尽数看了个遍，唯独相中了这匹。

纳温：（若有所思）哦。

苏塔勒达：可惜，她不巧弄丢了自己的金戒指，当时正在里屋寻找。我没见到她，自然不知道她选中布料的事，便径直带着包裹离开了。谁能料想，人不在，生意却做成了！莫非是老天动了恻隐之心？

纳温：（继续做沉思状）哦。

苏塔勒达：（欢欣雀跃地）您知道您的妻子是多么的慷慨大度吗？我已经出了门，她特意派人叫我回去，不由分说地付了全款。

纳温：（略显困惑）很好。不过我有些累，想休息一下。您下次再来吧。

苏塔勒达：那好。礼敬母亲！（退场）

（纳温无助地瘫坐在椅子上）

金檀：（慌张地）老爷，是不是头疼？我去叫夫人……

纳温：（稍事振作）不用，别管我，略微有些头晕罢了。

金檀：（急切地）这怎么能行哪老爷！我这就去叫夫人。

（金檀大喊着"夫人""夫人"退场）

纳温：（心事重重地）丽拉……

（丽拉和金檀同时上场）

金檀：（对丽拉说）夫人，快看！

（丽拉连忙上前，把手放在纳温的额头上，分外不安）

丽拉：（焦急地）发生了什么？怎的就头晕了？金檀，去拿些水来。

金檀：好的，夫人！（跑着退下）

丽拉：你不会生病了吧？

纳温：没什么大碍，就是感觉压得喘不过气来。是我拿走了你的戒指，本想照着尺寸定做一枚新的。卖保险赚了些钱。

丽拉：（忧虑地）我不要什么戒指，只求你能健康。头还晕吗？

金檀：（端着水上前）水来了，洗把脸吧！

纳温：（若有所思地）丽拉！

丽拉：你说。

纳温：我觉得这世界糟透了，可是……

丽拉：（对金檀说）你出去吧。

（金檀缓缓地退下）

纳温：丽拉，一个人再怎么坚持进步思想，本质上都得有诚信的内在才行。

丽拉：没错。

纳温：他可以用自认为正确的方式对待别人，也可以和唯利是图的资本家抗争到底，但不能丢了爱和诚信。否则，那个书商的书就不会不翼而飞，那匹土布也……

丽拉：别自责了。

纳温：可是丽拉，我今天意识到，幼时养成的恶习，成年之后非但不会消退，反倒成了骨子里的东西！

丽拉：你既已明白这个道理，就无须再多说什么了。

纳温：丽拉，你真是女神下凡！

丽拉：（羞涩地）说什么呢！……好了，告诉我，现在感觉如何？

纳温：好多了，只是有些……

丽拉：把身上的外衣脱下来，应该会松快一些。领子上还系着领带，难怪觉得压抑，赶快脱下来。

纳温：（激动地）这就脱！（脱下后召唤金檀）金檀！（金檀上场）去，把这条领带打理一下，包好，拿给莫登·肯纳，就说是我昨天不小心带走的。

金檀：老爷，您……

丽拉：（惊诧地）怎么……

纳温：（毅然地）犹豫什么，现在就去！

（金檀拿起丝绸领带，躬身离开）

纳温：这就对了。拿些水来，我要把脸上的污渍洗个干净。

（丽拉端来盛水的杯子，纳温金德尔一边沾水，一边满眼骄傲和喜悦地看着她）

（落幕）

附录：关于独幕剧

一

无论处于何种形态，人类生活都是戏。这戏是如此自然，以至于我们没有接受任何表演艺术的训练，就已施展出炉火纯青的演技；这表演是如此完满，以至于极尽所能地模仿，也不能将它复制第二遍。或许曾经我们都有那么一刻，在站台上来回踱步，一边候车，一边用针一样的视线将两根朦胧的铁轨"缝合"。而今再想演绎彼时的情态，已不可能，因为我们的每个情态都是新的：每次欢笑，都是崭新呼吸吹起的浪花；每滴眼泪，都是为把悲悯的新岸收入眼眸而发出的邀请。我们每天的生活是一部不知由多少表演、多少剧目组成的庞大合集，它的每根线条都像青春的一段岁月，一去不返。

然而，人类渴望将这段岁月带回。过去虽已在痛苦中逝去，但光阴流逝的痛楚恰使甜美的回忆变得诱人。此刻想要重获那段过往，想把它变成模仿的对象。假如今天我们重返20岁，而我们从那时起的种种经历恰好让观看的人称心如意，那我们此刻枯萎的心该收获多少喜悦和满足！正是这种渴望，执意让过往尽可能地重演。这便是戏剧发轫的原点。

人总是希望反复观赏和获得心仪之物，并为此做出努力，这已经成了心理学事实。哪种途径能让他们心满意足，他们就会采用哪种途径、风格和形式，而这样的努力恰好孕育了戏剧行为。在激发自我满足感的过程中，如果对某个人有好感，就会试图模仿他/她；如果喜爱某个场景或事物，就会给它赋予人格；如果偏爱某种情感体验，就会尝试把它具象化。

这种自我满足会把人往快乐的方向引导。快乐和自然有密不可分的联系。当花在天地间绽放，好似生命的花瓣渴望在芳香的轻抚中摇曳；当杜鹃啁啾四起，昏沉的醉意仿佛打了个激灵；当稻穗随风涌动，仿佛掌管整片土地的庄稼女神①在风的舞台上摇摆。见此情景，人的内心会随之舞动，会萌生庆祝的念头，会不禁让自己的双脚被稻穗的舞步同化。

如果这份快乐来得出乎预料，则会更有分量。突如其来的惊奇能让人的快乐获得新的刺激。所以说，惊奇是快乐的催化剂。试想，本来对成绩不抱希望的你，竟发现自己的名字赫然出现在"甲等"之列，内心必定百花齐放。

由此看来，在人的行为中有四件事至关重要：对往昔岁月的留恋、对心仪之物的模仿、心愿得偿所引发的愉悦，以及不期而遇的惊奇。正是人的这四种行为促成了戏剧的诞生。

戏剧作为一种文学样式出现是相当晚近的事。人类生活中最初的戏剧是由大自然亲手写就的。公元前数百至上千年，在《梨俱吠陀》（*Rigveda*）的对话、《娑摩吠陀》（*Samaveda*）的唱诵、《夜柔吠陀》（*Yajurveda*）的仪式和《阿达婆吠陀》（*Atharvaveda*）的情味中就已产生戏剧的各组成要素。当这些要素合为一体，便有了第五部"吠

---

① 庄稼女神（Annapurna），是湿婆之妻雪山女神的一个化身，以食物普济众生。

陀",也就是婆罗多牟尼（Bharata Muni）的《舞论》（*Natyashastra*）。婆罗多在《舞论》中将"吠陀"视为戏剧的滥觞，并由此确立了戏剧的四个主要元素：对话、唱诵、仪式和情味。你或许读过《舞论》中记载的这则传说：在毗婆斯婆多·摩奴（Vaivasvata Manu）的二分时代，人们苦不堪言。因陀罗和其他天神见状，前去向梵天求助，请他创造一种可以愉悦人心的方法。于是，梵天取来四部"吠陀"，在其基础上创作了以"舞"为名的第五"吠陀"。这则传说或许不被现代知识分子所公认，但毫无疑问，《舞论》中所指涉的四大戏剧要素在人类的心理层面是有理论依据的。正是出于这种心理，才有了最初的戏剧。

文学中的戏剧大抵是由对话衍生出来的。对白出现以后，逐渐与特定事件关联，继而从事件中生出惊奇。生奇之事常含多情，多情再孕育出舞蹈和歌曲。所以从演化的角度看，文学中的戏剧是按对话、事件、惊奇、多情、舞剧的次第逐渐演化而来的。戏剧以对话这样极寻常的思想交流活动为土壤，最终生长为舞剧这样高度艺术化的表达形式。在我看来，对多情效应的追求促成了舞台的出现，因为要想对多情做外在化的呈现，必须借助一个装饰过的舞台。

婆罗多牟尼早在公元前就对剧场和舞台做了详尽的设定。他根据需求的差异将舞台分为方形、矩形、三角形等不同形状。方形舞台长、宽均为108腕尺[①]，矩形舞台长64腕尺、宽32腕尺，三角形舞台各边均为32腕尺。按规定，方形舞台用于王室，矩形舞台用于公众，三角形舞台用于家宅。在萨尔古伽（Surguja）地区兰姆伽（Ramgarh）[②]的山丘上，有一些可追溯至公元前350年的洞穴，人们在那里发现了一座剧场。根据出土铭文可知，这座剧场是一位名叫

---

① 印度古代使用的一种量度单位，相当于从肘至中指端之长，约18~22英寸。
② 位于今印度恰蒂斯加尔邦（Chhattisgarh）。

苏塔努伽（Sutnuka）的舞女^①让人建造的。这里也被称为舞女休憩之地。它正是根据婆罗多牟尼的《舞论》修建的。我曾亲眼见过这座剧场，被它的宏大规模和精美工艺所震撼。

公元前的舞台设置既已如此精妙，可见我们国家的戏剧艺术是多么发达。尽管《罗摩衍那》（*Ramayana*）和《摩诃婆罗多》（*Mahabharata*）均提到过戏剧和戏剧表演，但我们是通过跋娑（Bhasa）才获得了真正意义上的戏剧资料，伟大的剧作家迦梨陀娑（Kalidasa）对此有过记述。彼得森（Peterson）博士认为，迦梨陀娑是公元前1世纪人。由此可以推断，早在公元前二三世纪，印度已经出现了成熟的戏剧传统，跋娑等戏剧家很可能就生活在这一时期。此后，迦梨陀娑凭借其高超的剧作技艺扬名于世。^②

有人说，印度的戏剧艺术曾受古希腊影响，证据之一是印度戏剧语汇中的"幕布"（yavnika）或与"希腊人"（yavan）一词有关。古希腊戏剧艺术在西方有着广泛的影响，且在西方被认为是最古老的戏剧传统。但稍加思考便可知，古希腊戏剧中根本没有"幕布"这样的装置。如果一个东西压根不存在，又何谈效仿呢？其实，"幕布"对应的梵语词并非yavnika，而是javnika，后者源于阳性名词jav，意思是"速度、重量、迅猛"，因此javnika代指可以迅速上下移动的帷布。

自迦梨陀娑起，梵语戏剧文学发展迅速，这一势头一直持续到8世纪。印度本土戏剧艺术在笈多王朝^③达到顶峰，后因外族入侵走向衰落，戏剧创作也趋于式微，如同河流在酷暑时节变得纤瘦。在印地语文学中，戏剧的历史并不久远。一直到19世纪，印地语文学

---

① 此处的"舞女"（Devadasi）特指过去印度教寺庙中专门愉悦神灵的歌舞伎。
② 这两位戏剧家所处的确切时代已不可考。有文学史家认为，跋娑是2~3世纪人，迦梨陀娑是3~5世纪人。
③ 笈多王朝（Gupta Dynasty，约320~约540年），是以恒河流域中下游为中心的强盛帝国，被称为印度历史上的"黄金时代"。

还是诗歌的天下，散文和戏剧的空间几近于无。舞台在异族统治下尽数被毁，戏剧创作毫无动力。早期的印地语戏剧大多用韵文写就。大诗人德沃（Dev）①撰写的《幻镜的骗局》（*Devmaya Prapanch*）虽是诗剧，但并不遵从戏剧原则。雷瓦（Rewa）国王维谢沃纳特（Vishwanath）②创作的剧本《罗摩乐剧》（*Anand Raghunandan*）明确采用了戏剧的风格，但它使用的语言是伯勒杰语。这部剧分为七幕，讲述了从罗摩诞生到罗摩之治的故事，其中的人物名称均被同义词替代，比如罗摩换成了"赐福者"（hitkari），罗什曼换成了"形似蛇王者"（dil-dharadhar）等。从戏剧角度看，第一部严格意义上的印地语戏剧是帕勒登杜·赫利谢金德尔（Bhartendu Harishchandra）的父亲戈巴尔·金德尔（Gopal Chandra）的《友邻王》（*Nahush*）。关于这部作品，帕勒登杜曾在自己的戏剧集中如是写道：

> 在印地语界，真正意义上运用戏剧技法并遵从角色塑造原则创作的第一部戏剧是家父——大诗人基里特尔·达斯（真名戈巴尔·金德尔）所作。剧中描写了各种情节，包括因陀罗犯下杀婆罗门之罪、友邻王接任因陀罗之位、友邻王特权生傲并觊觎舍脂、舍脂的忠贞、因陀罗尼施计让七大仙人为友邻王抬轿、友邻王因贪欲受到诅咒以及因陀罗复位等。我还记得，《友邻王》的创作时间应该是25年前，也就是我7岁的时候。

帕勒登杜戏剧集的创作时间是1883年。此前25年，也就是1858年，《友邻王》已经问世，帕勒登杜将它视为印地语的第一部戏剧。这意味着，印地语戏剧传统实际上在1857年印度民族大起义后不久

---

① 全名为德沃德特（Devdatt）。
② 全名为维谢沃纳特·辛格（Vishwanath Singh）。

就诞生了。

据印地语文学史记载，帕勒登杜·赫利谢金德尔的第一部戏剧是《维蒂娅和松德尔》（*Vidya Sundar*），译自孟加拉语。他的第一部原创剧本《旅行》（*Pravas*）写于1868年，但未完成。第二部原创剧本是1873年发表的《按〈吠陀〉杀生不算杀生》（*Vaidiki Himsa Himsa Na Bhavati*）。因此，我把1873年视为印地语原创剧元年。尽管此前印地语界已有诸多从梵语、俗语、孟加拉语翻译的剧本，其中以国王拉克什曼·辛格（Lakshman Singh）翻译的迦梨陀娑的梵语戏剧《沙恭达罗》（*Shakuntala*）最为著名，但印地语戏剧的开创仍要归功于帕勒登杜·赫利谢金德尔和他的同代戏剧家们。在戏剧领域，赫利谢金德尔无愧于"印度之月"①的美誉。

二

戏剧是文学的显在形式，这一点无须赘述。正如无形的"梵"会化身凡间，以便使信众认识其伟大，文学化身于舞台，借戏剧的表象彰显其自身之美。戏剧是可见的诗，它用舞蹈、音乐和表演为内心世界赋予迷人的形象。由此可见，戏剧包含两个面向：第一个面向是人内在的所有知觉，这些知觉与情味交织，进而反映在人们的现实生活中；第二个面向是外部环境的一切形貌，这些形貌借由舞台、服饰、舞蹈、音乐、表演等方式得以呈现。这两个面向都是构成戏剧的必要条件，缺少任何一个，戏剧都无法达到其自身的预期效果。

印地语文学中已经涌现的戏剧作品，无一例外受到过《舞论》等梵语戏剧理论的影响。影响帕勒登杜及其同辈作家戏剧创作的主

---

① "帕勒登杜"是同时期学者赠予赫利谢金德尔的称号，在印地语中是"印度之月"的意思。

要因素就是梵语戏剧理论中的味论诗学。在西方精神分析理论和现实主义思潮的影响下，20世纪以来问世的印地语戏剧发生了或多或少的变化，其中一大变化便是戏剧作品的读本化。梵语戏剧理论根植于舞台。因此，但凡继承梵剧风格的印地语剧作都渗透着鲜明的舞台意识，但它们对于现代社会的现实情况往往有所忽视。反观那些仿效西方戏剧风格写就的印地语剧目，它们表现生活真实，却一味强调心理和思想层面的剖析，将舞台弃之不用，最终只能流于书面。

读本戏剧和舞台戏剧差别很大，特别是在以下方面。对于读本戏剧来说，情节安排没有边界可言，它们可以像长篇小说一样，借助五花八门的角色把一个个或大或小的故事讲清楚，既不在乎场景的真实性，也不必遵循事件发生的顺序。这类剧本的作者通常会随心所欲地增减角色数量，丝毫不关注每个人物的着墨比例是否协调。有的角色出场一两幕便消失得无影无踪，有的角色却不合时宜地频频露脸，反倒抢了主角的风头。它们也很少根据角色的情绪和生活状态做出语言上的调整，从头至尾都是一副腔调。换言之，读本戏剧仅仅是被表演出来的长篇小说，作家只不过是在自顾自地借角色讲故事罢了。

相反，舞台戏剧的第一出发点是创造一种可资表演的文学。它把舞台规范纳入考量，借助必要的场景，把文学变成供人娱乐的素材，从而彰显其自身的美妙。由此一来，舞台叙事便和文学的艺术结合起来，为描摹生活提供了一种新方法。以我个人之见，文学的艺术若不以表演的艺术为先导，舞台戏剧就不会诞生。文学的艺术一旦接纳了表演观念，便可自行发展出一套独特的技法。举例来说，表演的艺术只会选择一个题材中最能凸显主旨的那些情境，而文学的艺术在表现这些情境时通常会选择譬喻的形式，譬喻有助于在尽可能少的时空内展现尽可能广阔的情境。这样可以将宏大的主题缩小，同时避开种种非必要事件的纠缠，像月光般朗照在心湖的水面上。舞台戏剧家不会像长篇小说家那样坠入大小事件的迷网，也不会流连于故事的完整进程，而是会撷取故事中那些能指明叙事方向、展现行动全貌的点。杰耶辛格尔·伯勒萨德（Jaishankar Prasad）的剧本《旃陀罗笈多》（*Chandragupta*）经常让排演者感到苦恼，因为作者像个研究人员一样，连微乎其微的事件都给予高度重视，旃陀罗笈多、阇那迦、辛赫仑的一举一动都被刻画得如年鉴一般。绵延4幕的情节犹如彗星尾巴，几乎快要触到地平线的尽头，这样的剧本更多地关乎历史，而非舞台。因此，表演《旃陀罗笈多》时不得不删去大量场次，情节中的主要事件方能得以突显。相比之下，《阿阇世王》（*Ajatashatru*）更易于演绎，因为其中描写的大都是人们感兴趣的主题。这两部剧我都演过，因此熟悉它们在舞台方面的种种问题。

在舞台戏剧中，人物刻画具有特殊的重要性。人物刻画与性格有关，而性格则建立在人物心理的基础之上。心理有两个面向。第一面关乎人的天性，是对其本性的描摹。一个人的天性是从祖辈世世代代继承下来的，流淌在血液里，很难改变。无论主人贫穷还是富有，它都不会轻易背离。比如在经商方面，一个出身婆罗门或卡耶斯特的男孩不会比一个巴尼亚男孩更容易成功。[1] 再拿我的一个出身贾马尔种姓[2]的朋友举例。他受惠于政府保护低种姓群体的法案，被委以要职。有一次我特意穿了一身丝质西服去拜访他，他对我的西服视而不见，倒是饶有兴致地问我："沃尔马先生，您的鞋真漂亮，

---

① 婆罗门位列四种姓之首，传统上主要从事神职和教育方面的工作。卡耶斯特（Kayastha）是刹帝利种姓（地位仅次于婆罗门）中位阶较高的亚种姓，传统上多为一个国家的行政管理者、辅臣或文书。巴尼亚（Baniya）属吠舍种姓（次于婆罗门和刹帝利的第三级种姓），自古以来以善于经商著称。

② 贾马尔（Chamar）属于四种姓之外的"达利特"群体，常被视为"不可接触者"，主要从事制鞋等与皮革相关的职业。

哪里买的？"我作答之后才猛然意识到，方才的问话其实来自他作为贾马尔人的天性。从天性出发的视角可以使人物性格刻画得更真实。伯勒萨德在《阿阇世王》中十分重视人物塑造：玛根提是个出身贫贱的姑娘，虽贵为正宫王后，但她骨子里的卑微并未消除，最终在迦尸国沦为妓女；维鲁特迦因为有婢女沙格蒂玛蒂这样的母亲，才会变成强盗"沙兰德尔"；切尔娜几经抗争却从未倒下，因为她身上流淌着离车族的血脉。天性是支撑人物的骨架，它让角色的行动在其所处境遇下显得合情合理。

心理的第二个面向关乎环境的影响。天性在环境影响下会发生变化。若影响的趋势与天性相符，角色就会轻易地朝正确或错误的方向发展。若影响与天性相悖，角色就会受困于心理矛盾或思想斗争。在环境的作用下，角色心理的每一个侧面得以清晰显现。人物刻画之美源于内在天性和外在影响的有机结合。倘若这种美再借由表演艺术的模子加以锻造，那么真正的生活就会降临舞台之上。在这样的表演艺术中，没有任何"装"的空间。角色应该沉浸于自己的内心世界，让事件或行动的进程与自己的心理方向趋同。表演者往往会在意观众的趣味，从而囿于舞台之外的现实。但是，正如我们在日常行为中很少意识到别人的眼光一样，演员在舞台上也要无所顾忌。如果我们总觉得有人正在观看自己的一举一动，就会下意识地开始"装"，这会阻碍角色在舞台上的自然表达。正确的情形应该是：角色不顾及观众的注视，全然在自身心理的推动下行动；观众则像透过一个隐匿的墙洞，在角色毫无察觉的情况下观察他们的一举一动。

舞台戏剧的对话应当简洁并富有穿透力。感染力强的语言应当用最少的词语传达最多的情感，这样才能在观众心头打上角色的完整烙印。伯勒萨德时代之前的戏剧喜欢借用韵文来增强感染力。在纳拉扬·伯勒萨德·贝达伯（Narayan Prasad Bedab）和拉泰夏姆·戈塔瓦杰格（Radheshyam Kathavachak）的剧作中，几乎没有哪个主要人物的对话里不夹杂几段韵文。马肯拉尔·杰杜尔维蒂（Makhanlal Chaturvedi）的《黑天阿周那之争》（*Krishnarjun Yuddh*）、伯德利纳特·珀德（Badrinath Bhatt）的《旃陀罗笈多》（*Chandragupta*）、马特沃·舒格勒（Madhav Shukla）的《摩诃婆罗多》（*Mahabharata*）等剧本中也存在大量韵文。相比之下，伯勒萨德的《阿阇世王》和《塞健陀笈多》（*Skandagupta*）只在一两处对话中使用了韵文。除了必要的引经据典，在对话中夹带韵文往往显得很不自然，因此这种传统在后来的舞台戏剧中被摈弃了。与之类似，对自然性的追求使得独白的传统也被彻底抵制，尽管这一传统古已有之。梵语戏剧中的"天语"（akash-bhashit）曾经是令人惊艳的风格，而今在舞台上已不见踪迹。

对话中不仅需要情感强度，也需要娱乐。但娱乐并非对话的主要驱动，非必要的娱乐有碍于角色发展。在古代戏剧中，人们为寻求娱乐创造了一个独特的角色，那就是丑角。然而，丑角惯用的奇装异服和插科打诨而今已经失去了独特的吸引力，不再是娱乐大众的素材。今天，凡是需要谐趣和笑料的地方，都得靠那些对叙事起支撑作用的主要角色来实现。在推动情节发展的严肃场景里间或响起某个或某些角色的朗朗笑声，这样的情况已变得普遍。在伯勒萨德的《阿阇世王》里，丑角是瓦森德迦，而这一角色在《塞建陀笈多》中则由僧伽罗国王子塔杜塞纳承担。即便像《旃陀罗笈多》中阇那迦这样的严肃角色，时不时地也逗趣调侃一番。《特路沃斯瓦米尼》（*Dhruvsvamini*）的喜剧感是由侏儒、罗锅和阉人这三个角色营造的，他们的存在揭示了罗摩笈多性格里的扭曲和轻浮。依我之见，在以舞台为归宿的戏剧中，丑角一类的角色必不可少，尽管他们不会在任何一段对话中起支配作用。观众为了娱乐消遣，终归需要这样或那样的笑料。我认为，发笑是衡量社会健康程度和发展水平的标志。一个社会或个人拥有自嘲的能力，也就拥有世界上最好的净化和反省的艺术。

关于对话语言，我们常见两种不同的观点。一种观点是，戏剧中只有自始至终使用同一种语言，剧情所传达的情感才能一以贯之地触及观众内心。即便故事中有来自异域、讲外国话的角色，他们在对白中也要使用和其他角色一样的语言。伯勒萨德的剧本《旃陀罗笈多》就采用了这种风格，来自域外的斯坎达尔、塞琉古和本土角色阁那迦、旃陀罗笈多一样，都使用纯正雅致的梵语化表述。另一种观点是，一成不变的语言风格有悖于不同角色性格的自然性。正如我们在生活中常见的那样，每个人都有其独特的说话方式。如果舞台呈现的自然性是必要的，那么就应根据每个角色的天性和特质，为其量身定制对话的语言风格。这不仅能丰富戏剧的多样性和情味，还能提高惊奇的程度。剧中若出现外国角色，其语言应在携带自身特色的前提下尽可能向其他人物的语言靠近。如果是普通角色，这种语言风格可以创造趣味；如果是重要角色，则有助于理解其人物性格。两种情况下，自然性都能得以保障。

舞台戏剧中蕴藏着使个人、阶级、社会和国家得以提升的力量。这并不是说，此类戏剧中必然充斥着说教或布道的元素，因为揭示情节本身就能传达生活的真谛，刻画自然的天性和道德的观念。诗歌和小说是听觉的艺术，而戏剧兼具听觉和视觉，因此影响力更强。在戏剧舞台上，我们仿佛创造了另一个世界，并在这里获得了化解自身问题、共情他人爱恨的新视角。因此，戏剧文学若想成为最强有力的艺术分支，就必须把舞台作为它的依托。如果戏剧是生命，舞台就是它的身体；没有身体，生命无法显露其形。

梵语戏剧以舞台为依托，迈提利语戏剧同样重视舞台营建，孟加拉语和马拉提语戏剧也出于自身表演体系的需要，强调舞台的重要性。然而，印地语戏剧没能获得属于它的舞台。凡是穆斯林统治所及之处，皆无舞台萌生的可能，因为设立舞台被统治者认定为非法。除此之外，创建舞台需要安宁祥和的外部环境，而这在异族统治下近乎是天方夜谭。考虑到舞台可能引发的文化觉醒，英国人没有在这方面提供任何形式的帮助。以商业为诉求的帕西剧团（Parsi Theatre）零零星星地在城市间巡演。帕勒登杜的时代活跃着一些规模不大的戏剧团体，但它们并未强大到具备唤醒人民的能力，存续不久便趋于涣散。罗摩本事剧（Ramlila）和黑天本事剧（Raslila）仅在宗教信众和社会下层流行。这一时期的表演艺术至多是街头艺人的滑稽模仿，而音乐则住进了那些供人怡情享乐的殿宇。

新时代的觉醒带来了新的曙光，使得我们丰饶的文学和文化得以彰显。西方在带给我们有声电影的同时，也带来了广阔的舞台。与此同时，我们也借助学生群体的力量和独幕剧的形式，在大学和教育机构中开辟了实验性的舞台。而今，我们的处境已大为改善，表演教育和音乐教育均达到了较高水准。在不久的将来，文艺将被纳入更高层次的课程体系，表演艺术也将作为独立的文化分支取得进一步的发展。

表演艺术既包含对服饰的研究，也包含对音乐、灯光和各种情感的呈现。有声电影为我们赋予了用艺术的眼光看生活的形式。倘若我们能把有声电影中描绘的生活进一步自然化、有限化，就能获得属于戏剧的舞台。若是无法全面地掌握有关舞台的知识，就不能创作出适于表演的戏剧。因此，只有在文学和舞台的结合中，才能孕育出真正的戏剧形式。我相信，舞台和属于舞台的戏剧正在不远处等着我们。

三

一个旅人在道路转弯处的密林阴翳下歇脚时，心里可能会纳闷：

今早路过时，这里明明是一片柔美恬静的藤蔓，现在走近才发现藤蔓的嫩叶中竟带着刺；之前看上去如亭亭起舞般婀娜的树木，近看实则是歪歪扭扭的丑态。正如远处被黛青和翠绿笼罩的山顶，爬上去发现不过是乱石岗，远看清雅脱俗的文坛，身临其境方知，到处是供人苦修的硬石台，被嫉妒和敌意浇灌的荆棘林，还有弥漫着派系纷争的沼泽地。

我知道这么说不好，但坦白地讲，这一切都是事实。人们都说，文学是文艺女神萨拉斯瓦蒂（Sarsvati）的庭院，是集真理、祥瑞、美好于一体的静修林。然而，庭院也好，静修林也罢，通往这里的道路却甚为艰辛。我多么希望，玫瑰花旁没有利刺附着，蓓蕾之中没有虫豸暗藏。文学是决定一个国家福祉的根本秘诀，它是人性试金石上的金色线痕，是射入黑暗之心的火光箭镞，对它的崇敬理应纯洁无瑕。文学场上，没有嫉妒憎恨的位置，也没有结党攻伐的必要。这些杂质减少一分，通往文学成就的道路也就自然清朗一分。

上面的话源于我的切身经验。当我心中第一次涌现创作戏剧的愿望时，人们纷纷报以嘲笑。朋友们用怪异的腔调朗读我笔下的人物对话，用指甲般锋利的批判粗野地揪下我热情的嫩芽，扔在地上任其枯萎。但这些嫩芽并未颓败，因为它们的伤口不断从天性的根脉中汲取营养。

早在孩童时代，我就对戏剧产生了天然的热爱。父亲当时在政府担任要职，他经常把来城里巡演的剧团请到家中，表演罗摩本事剧和黑天本事剧的优秀选段。我有时坐在风琴手身旁，欣赏他翻飞的手指，有时走进绿屋①看罗摩化妆，在他佩戴王冠的时候搭把手。有时，我会帮演员用胶水把红红绿绿的箔片贴到脸上，有时会在剧目开场时帮大人拉一把幕布的绳子。我常常不顾刺眼的灯光执意给

---

① 绿屋（green room），演出之前、期间或之后供演员休息、化妆的房间。

汽灯打气，表盘上指针飞舞的样子至今仍留在我的记忆里。那时候，我总是窃窃地盼着饰演罗摩、婆罗多和设睹卢诋那的小演员生病，那样一来，我就能获得一次临场客串的机会。我不想演罗什曼那，因为我十分害怕持犁罗摩，别说跟他有问有答地交流，就连在他面前开口说话的勇气都没有。只可惜，罗摩本事剧里的小演员从不生病，他们似乎个个吃过神界医师研制的仙丹。

儿时的种种体验在我心中埋下了戏剧的种子。稍大一些，我开始热衷于阅读戏剧书籍。我的叔父是整个地区的委员会主管，他经常从区图书馆借书，回家阅读。有一次，他带回一本克德格维拉斯出版社（Khadagvilas Press）①出版的《赫利谢金德尔艺术》（*Harishchandra Kala*），当中收录了帕勒登杜·赫利谢金德尔的戏剧作品。拿到这本书，我仿佛置身天堂。我废寝忘食地阅读剧本里的每一个字，很多内容看得云里雾里，但阅读本身令我快乐。我最喜欢的剧本是笑剧《黑暗的城邑》（*Andhere Nagari*）和正剧《印度惨状》（*Bharat Durdasha*）。我把它们誊抄在笔记本上，还和街区里的朋友们一起筹备演出。整个筹备花费五卢比四又二分之一安那。②五个卢比是跟母亲要的，四又二分之一安那出自我自己的口袋。演出非常失败，人们厌恶至极，投以嘲笑。一些人满怀恶意地说我们"东施效颦""孤芳自赏"，一时间仿佛所有的负面成语都是为了嘲讽我们而发明。但我的心愿并未止步。一次，我在本子上抄下了已故剧作家伯德利那特·珀德（Badrinath Bhatt）的笑剧《课税候选人》（*Chungi ki Ummedvari*），觉得不满足，于是又抄了一遍，还不满足。抄录第三遍时，我特意找来一个精美的本子。有那么好几个月，每当我遇到好本子，特别是那种胶装封面的高级笔记本，就会在心中萌生"天啊，我要用它抄写《课税候选人》"的念头。那时，买一本

---

① 克德格维拉斯出版社是19世纪后半叶在巴特那创立的著名出版机构。
② 1卢比等于16安那。

《课税候选人》只要二安那，而我沉浸在抄写它的狂热中不知花掉了多少卢比。我一遍又一遍地朗读，一个字一个字地玩味，几乎让这个剧本融进了自己的生命。

进入高中时代，我在伯德利纳特·珀德的《旃陀罗笈多》中扮演一个把"知足常乐"挂在嘴边的乞讨者。人们笑话我扮演的这个角色："税务官老爷的儿子演乞丐！讨什么？难道家里缺口粮不成？放着富家公子不演，非要演什么乞丐，索性让他做一辈子乞丐得了！不在乎自己的名声就罢了，连自家老子的名声也不要了。也是，处处讨，肚子饱。干脆撕破衣裳，拿起钵碗，离家出走算了！"这就是那时的表演经历带给我的"奖赏"。或许正是受其影响，我丢下三弦琴，拿起竹笛，用黑天衣衫换掉了乞丐服。[①]罗摩本事剧对我的影响早已有之，自此以后，我在舞台上只扮演黑天的形象。我在马肯拉尔·杰杜尔维迪的剧本《黑天阿周那之战》中饰演的黑天公认最为出色，剧中台词我至今记得。

每逢暑假，我经常回到家乡纳尔西姆哈普尔（Narsinghpur）[②]。那里有一座推广天城体的图书馆，如今还在。当时，这座图书馆正处于严重的经济困境之中。为了帮它渡过难关，我和朋友们想到了募捐的方法。我们没有去找受财富女神眷顾的富人家求援。相反，我向朋友们提议，利用每个暑假排演戏剧，然后把演出收益捐给图书馆。就这样，纳尔西姆哈普尔有了青年学生排演戏剧的传统，还由此形成了一个名为"朋友会"（mitra mandal）的团体。"朋友会"活动数年后解散，"青年会"（navyuvak mandal）继承了它的传统。那里的人们格外喜爱德维金德尔·拉尔·雷易（Dwijendra Lal Ray）的和拉泰夏姆·戈塔瓦杰格的剧。有一次，我参演了拉泰夏姆的剧本《变革》（Parivartan），扮演剧中抛弃贤妻、爱上妓女的主人公夏

---

① 三弦琴是乞讨者的标志，竹笛是黑天的标志。
② 位于今印度中央邦。

姆拉尔。为了观看这部戏，包括我全家人在内的许多纳尔西姆哈普尔居民都来到剧场。演出结束后，有观众称我表演得十分自然，令他们印象深刻。但一出剧场，姐姐莱卡就把我痛斥了一通："身为名门望族家的儿子，你却爱上妓女，不羞耻吗？当着我们的面演这种剧，哪儿来的胆子？你发誓，从今往后再也不会演这样的角色。"看完演出，我妻子头痛不已，几乎忘了从剧院回家的路。观众要求加演一场的愿望未能实现，因为我得兑现在姐姐面前立下的誓言。从那以后，我再未演绎过和烟花女子的爱恋。次年，我在《西瓦吉》（Shivaji）中扮演苏尔亚吉·贾格雷（Suryaji Kakde）[1]，演绎了为国家尊严自我牺牲的壮烈场面。此后，我在纳尔西姆哈普尔的戏剧演出中很少露脸，主要从事舞台指导工作。

进入大学，我开始获得出演男主角的机会。当时，表演德维金德尔·拉尔·雷易的戏剧是每个大学年度联欢的固定环节。拉泰夏姆·戈塔瓦杰格的剧也时有上演。我们公寓曾排演过《英雄激昂》（Vir Abhimanyu），但当年我的主要精力都花在了戏剧研究上，而非表演。此后，我逐渐恢复了表演活动，参演了德维金德尔·拉尔·雷易的多部剧目。在此期间，我一直参与大学戏剧协会的所有活动，其中伯勒萨德《旃陀罗笈多》的成功上演已经作为不朽的一页被载入了剧协史册。

这就是我的过往历程。凭借它的力量，我得以穿过嘲讽的石块、憎恨的荆棘和斥责的利刺，前行至今。正是这些往昔经历的力量支撑着我在戏剧创作的道路上越走越远。我始终和表演、排戏保持着紧密联系，也曾和舞台上的各种困难做过斗争。所以，每当我构思一部戏时，最先在心头浮现的永远是舞台，然后才是对角色和情节的要求。其结果是，情节和角色会像机器零件一样径自出现，并恰

---

① 17世纪马拉塔民族英雄，西瓦吉手下大将，在与莫卧儿帝国的交战中英勇牺牲。

如其分地拼凑在一个框架中。而后，我对这部戏的想象就会像画一般跃然纸上。

还有一件事是读者们颇为关心的：我为什么不写多幕剧，只写独幕剧？我很难说自己是否拥有创作多幕剧的能力，因为迄今我还未曾遇到这样的机会。[1]我惯以一种独特的视角看待事物或题材。正如摄影师在拍照时总是试图寻找一个能突显照片中所有重要元素并清晰呈现照片特征的角度，我的视角也源自一种寻找人生特征的努力之中。我希望勾勒那个闪烁着人生影像的情感点（bhavbindu）；我希望把整片海洋装入一支陶罐；我希望拥有一把能控制情感的白象[2]进退起落的象钩；我希望自己的写作能生出咒语，让"梵天、毗湿奴、湿婆众神尽显"，抑或让我手握欲神花弓，俘获"世间众人"的芳心。[3]独幕剧就是这样的情感点、陶罐、象钩和花弓。我之所以有这样的倾向，一方面是因为童年时代看过罗摩本事剧或黑天本事剧中某些特别能激发情感的桥段；另一方面得益于当前我在研究过程中提炼生命本质的努力。事实上，我对完整的情节并不感兴趣。我想做的不是捕捉太阳，而是注视阳光。因此，在诗歌领域，我的作品往往以歌的形式呈现，而非散文。它们总是在一个情感点上喷薄而出，说完欲说之言便就此完结。

独幕剧中，环境和人物至关重要。心理让人物像纬线一般分布在经线一般的环境中。如果心理倾向与外部影响一致，人物就会轻易适应环境；如果相悖，则会出现严重的冲突和内心矛盾。在此背

---

[1] 本文撰写于1952年。从20世纪60年代起，拉默古马尔·沃尔马开始频繁地进行多幕剧创作（见"译者前言"）。

[2] 白象（Airavat）是众天神和阿修罗搅乳海时出现的宝物之一，是因陀罗的坐骑。

[3] 这句话借用了《罗摩功行之湖》"童年篇"中的两句诗。一句是 मंत्र परम लघु जासु बस बिधि हरि हर सुर सर्ब, महामत्त गजराज कहुँ बस कर अंकुस खर्ब，大意是"凡让梵天、毗湿奴、湿婆众神尽显的咒语都小之又小，只消一根小小的象钩就能降服迷狂中的象王"。第二句是 काम कुसुम धनु सायक लीन्हे, सकल भुवन अपनें बस कीन्हे，大意为"欲神携带花弓，降服世间众人"。

景下，"三一律"诞生了，即一个动作在同一时间、同一地点完成。这条定律对于任何一部大剧都是不可能的，因为充满细节的动作无法在同一时空内很好地完成。而在独幕剧中，对某个情感点或观念点的感知完全可以在一个固定时空内实现。有的作家不使用"三一律"，说明他们不发自内心地认同"独幕剧"的观念。我坚定地拥护这一观念，因此我所有的独幕剧都在一个场景中完成。

如果你们关注我的戏剧就会发现，我的历史剧多于社会剧，这主要出于两方面的考虑。一方面，我相信历史上的伟人们在国族文化的发展中发挥过特殊作用；另一方面，探究史实可以使我们当下的生活获得一定的道德水准。因此，比起主题，我更喜欢人物的知觉。这种知觉无论以真实抑或理想的形式出现，都有助于我们探寻人生的本质。

我如何写剧本？这个问题需要从不同方面进行回答——基于阅读经验写，还是基于过去思考的问题写？早上写，还是傍晚写？写作前后的心理状态如何？未来如有机会，我会细细作答。有必要在这里说的是，我可以坐在书桌前一气呵成写完一部社会题材独幕剧。问题浮现，刺入心间。人物通常在他/她全部心理可能性的推动下前进，并以自己的速度、在环境影响下多走或少走一些，最终以或喜剧或悲剧的方式探寻一个既定真相。撰写历史剧则不同，它需要对背景中的文化和个人情况做彻底研究，并以此为基础，为人物创造发乎自然的思想感情。因此，创作历史剧绝不可能一蹴而就，除去前期的背景调研，仅写作就要花费少则三天、多则一周的时间。

味论在戏剧中占有重要地位。在我看来，这是梵语戏剧文学的最大贡献。正是基于对味论的理解，我才致力于从事将心理和史实相结合的戏剧创作。我可以就这个议题谈得很远，不过那是以后的事了。